全面解读一生不容错过的古典名著

·名家解读古典名著·

历史小说（下）

解读

《洪秀全演义》

魏忠贤系列小说

《英烈传》系列小说

侯忠义 主编

辽宁教育出版社

图书在版编目（CIP）数据

名家解读古典名著．历史小说．下/侯忠义主编．—沈阳：辽宁教育出版社，2013.1（2014.9 重印）

ISBN 978－7－5382－9960－1

Ⅰ．①名…　Ⅱ．①侯…　Ⅲ．①历史小说—小说研究—中国—古代　Ⅳ．①I207.41

中国版本图书馆 CIP 数据核字（2013）第 018520 号

辽宁教育出版社出版、发行
（沈阳市和平区十一纬路 25 号　邮政编码 110003）
辽宁泰阳广告彩色印刷有限公司

开本：710 毫米×1010 毫米　1/16　　字数：191 千字　　印张：11.5
印数：5001—10100 册
2013 年 1 月第 1 版　　2014 年 9 月第 2 次印刷
责任编辑：严中联　　责任校对：王　静
封面设计：谭慧丽　张　瑞　　版式设计：王　萌

ISBN 978－7－5382－9960－1
定价：22.50 元

目　录

名家解读古典名著

历史小说(下)

解读《英烈传》系列小说

王星琦　袁　华　著

本书在介绍、解读《英烈传》，分析其艺术成就的基础上，从小说与史实的关系及市民阶层的心态等方面，对历史小说作了较为深入的探讨，肯定了它在以小说反映当代历史方面的开拓意义和创造性的文学价值。

一 《英烈传》在讲史小说中的地位

在我国讲史小说史上，《三国演义》具有不可动摇的典范性。它产生之后，讲史小说创作沿着“据正史，采小说，证文辞，通好尚，非俗非虚，易观易入”（《百川书志》卷六）的途径，创作益多。在众多的作品中，产生于明嘉靖年间的《英烈传》，一直受到小说史家的重视。那么，它是怎样的一部书？它在文学史和小说史上的地位又是如何呢？

（一）《英烈传》产生的时代及郭勋其人

一部书的传与不传，情况真是复杂。有的书不传而传，它靠自己深刻的思想光芒和高超的艺术表现力不胫而走，便是禁毁、封锁，也挡不住它那强有力的魅力；有的书传而不传，封建统治者竭力鼓吹，再三宣扬，或许能风光于一时，终因浪淘风化而湮没无闻。这两种情况的例证是不胜枚举的。也有一种很特殊的情况，与上述二端俱不相同。这就是产生于明代嘉靖年间的讲史小说《英烈传》。

一般认为，这部书是武定侯郭勋为标榜其先祖郭英的功绩，带着明确的功利目的而创作的，或是郭勋命其门人按照自己的意图而撰。然而，在我国汗牛充栋的讲史小说中，这部书居然占有一席特殊的地位。论思想艺术成就，这部书无甚高明之处；论普及历史知识之功，此作多因袭史书而拼拼凑凑。活泼不足，涩滞有余，且多有从狭隘的功利目的出发而篡改历史的情况。可它却在民间流传广泛而久远，文学史家和古典小说研究者在一定程度上对它又较为重视，这是为什么呢？

我们有必要先来弄清楚郭勋其人。

郭勋，《明史》无传，其事迹散见于史书中的世纪、功臣世表及有关人的列传中。《明史·郭英传》后附郭勋事略。此外，明刊《皇明从信录》等书中亦有一些零星记载。戴不凡曾据以上资料对郭勋事迹作过钩稽（见《小说见闻录》），但舛误不少。近又有郑平昆氏作《(英烈传）作者考》（《明清小说研究》1991.1），述郭勋家世事迹，订正了戴氏的一些讹误。现综合以上资料，我们大致勾勒郭勋的生平事迹如下：

郭勋是明代开国功臣营国公郭英的六世孙。郭英（1337–1403 年），凤阳人，郭兴（子兴）弟，18 岁随其兄同事朱元璋，为朱亲信，“令置宿帐中”。

后因屡立战功，被封为武定侯。郭家与朱明王朝是亲上加亲的关系，真正称得上是至亲至密的皇亲国戚。按戴不凡的说法，这种亲上加亲的关系至少有四重：郭英的妹妹是朱元璋的妃子，即宁妃，《明史·郭英传》谓："以宁妃故，恩宠尤渥。"这是第一重，也是最重要的一重。郭英的女儿又嫁朱元璋的儿子辽郢王为妃，这是第二重。郭英的大儿子娶的是朱元璋的女儿——永嘉公主，这是第三重。郭英的二儿子郭铭的女儿，嫁燕王世子（后即为仁宗），就是朱元璋的孙媳，亦即永乐帝的儿媳、洪熙皇帝的贵妃，这是第四重。郭铭子玹，因其姊为贵妃，于永乐二十二年（1424年）袭封武定侯。郭玹袭封洪熙、宣德、正统三朝，卒后因其子聪与郭珍（郭镇子，聪之堂兄弟）争袭，遂停嗣。天顺元年，郭珍子昌以诏恩得袭，郭昌卒，其子良承袭。正德二年（1507年）六月，郭良卒，其子勋于翌年三月袭封。《明史·郭英传》附郭勋事略中说："勋桀黠有智数，颇涉书史。"又说："自明兴以来，勋臣不与政事，唯勋以挟恩宠擅朝权，恣为奸慝。"可见郭勋是一个精于权术的人。

正德十六年（1521年）正德皇帝死后，因其无子，由他奶奶（成化皇后）指定，让正德的堂弟继位，就是嘉靖。当时，嘉靖皇帝尚在湖北，未及登基，正德帝的奶奶便命郭勋带领御林军卫戍京城。身为开国功臣之后，在关键时刻又立新功，郭勋当时确是权倾朝野的人物。嘉靖登基后，把郭勋和宰相夏言视为"股肱之臣"。这时，发生了明史上有名的一场朝廷政治斗争——"大礼仪"。什么是"大礼仪"呢？表面上看，是争名分，实质上是权力之争。古人十分重视宗法和祭祀，嘉靖要追尊其生父兴献王为"皇考"，内阁中的实权派多为正德旧臣，他们不同意嘉靖的做法。原因是兴献王是弘治帝的弟弟，未曾做过皇帝，故不能称"皇考"。嘉靖以子侄承伯父弘治之袭为帝，弘治才配称"考"。嘉靖对反对派臣僚的掣肘大光其火，许多人丢官、坐牢，或被拷打，即是所谓"廷杖"，前后有二百多人去职。在这场嘉靖派与正德派的残酷斗争中，郭勋坚决站在嘉靖一边，与张璁、严嵩结成一党，力主追兴献王为"考"。"大礼仪"争论三年，终于追尊兴献王为皇考恭穆献皇帝。于是，郭勋受到嘉靖的赏识和信任，不仅袭封为侯，更晋爵为"公"，称"翊国公加太师"，比他的老祖宗郭英的爵位还高一级。嘉靖十一年居然"摄事"，实际权力在大学士（宰相）之上，俨然一个"亚皇帝"。

如前文所说，郭勋是一个善于弄权术的人，在朝廷党争和派系斗争中，是很有实力的铁腕人物。权势益加，骄纵日长。郭勋在民间多行不法，"假威逞肆"，屡被弹劾，最后弄得连都察院也无法包庇他了，舆论大哗，无法平息。嘉靖帝不得已才下令捕郭勋下狱。正德派老臣力主处勋绞刑，都被嘉靖压下去。嘉靖二十一年（1542 年），郭勋病死狱中。

关于郭勋以《英烈传》而为其祖郭英争得“配享”资格的情况，《皇明从信录》有明确记载。所谓“配享”，就是配享太庙，亦即将死者的神主牌放到皇家神牌一起去。营国公郭英的爵位是“公”，他的神主牌还没有资格挤到朱元璋的两侧或下方去，甚至连太庙也挤不进去。郭勋要设法使其祖挤进去，就动起了写小说树碑立传的主意，待造成舆论和影响之后，事情就好办了。郭家历来是以“好文”著称的，少不了有一帮文人门客和笔杆子帮闲。公侯爷好文，写小说却未必在行，因此，说《英烈传》是郭勋门人所为较为合乎情理，庶几可信。历史上的郭英，确是一员猛将，又救过朱元璋的命，可是历史上朱元璋与强敌陈友谅在鄱阳湖大战时，陈是被乱箭射中身亡的，并非像《英烈传》中所描写的那样，由郭英一箭定战局。朱元璋剿灭吴王张士诚，是大将军徐达生擒士诚，而《英烈传》却写成郭英俘虏了张士诚。这是朱元璋开国辟疆两次决定性的胜利，郭勋将大功统统归于自己的老祖宗郭英头上，使得后宫的帝后嫔妃们都相信《英烈传》的描写是确实的。乘此机会，郭勋上疏，要求将其祖郭英配享太庙，他终于达到了目的。《皇明从信录》卷三十记载：“丁酉，嘉靖十六年（1537 年）正月……进武定侯郭英配享太庙。”五年之后，郭勋就死了。

郭勋其人其事，大略如此。至于戴不凡根据武定版《水浒传》和《三国演义》，臆断施耐庵实无其人，乃是郭勋所依托的说法，我们不敢苟同，且不在我们讨论范围之内，故兹不论。我们感兴趣的是，一部小说，为什么能有那么大的影响作用，致使郭勋身价有加，家族荣耀？

（二）历史和小说的关系

古往今来，开国之君和功臣英烈们，一向是人们所喜闻乐道、热情讴歌的对象，上自三皇五帝，下至朱元璋、努尔哈赤，无不如此。而那些功臣英烈们的发迹史更为人们所注目。一部二十四史，差不多也正是为这些胜利的王侯树碑立传的。纵观中国的历朝历代，对于这些开国的元勋总是封侯加爵，或丹青于云台，或描绘于凌烟，或塑像于庙祀，以表彰他们开基立业之功德，忠孝节义之行为，使后人效仿他们，以为楷模。

《东观汉记》记载，汉光武帝刘秀光复汉室之后，曾下诏：“明设丹青之信，广开束手之路，功臣邓禹等二十八人皆为侯，封余功臣一百八十九人。”

汉明帝永平三年（公元60年）春，又征召丹青妙手，绘制邓禹、吴汉、岑彭、耿纯、耿弇、铫期等中兴汉室的二十八将的肖像，置于云台之上，以显其功。

《大唐新语·褒锡》："贞观十七年，太宗图画太原倡义及秦府功臣赵公长孙无忌、河间王孝恭、蔡公杜如晦、郑公魏徵、梁公房玄龄、申公高士廉、鄂公尉迟敬德、郧公张亮、陈公侯君集、卢公程知节、永兴公虞世南、渝公刘政会、莒公唐俭、英公李勣、胡公秦叔宝等二十四人于凌烟阁。太宗亲为之赞，褚遂良题阁，阎立本画。及侯君集谋反伏诛，太宗与之决，流涕谓之曰：'吾为卿不复上凌烟阁矣。'"这就是后来人们所说的"云台二十八将图"和"凌烟阁功臣图"。可见，为开国英烈树像立赞，由来已久。尔后历代也多有类似之举。

在漫长的封建社会中，人们眼中的明君贤臣不是凡夫俗子，而是天上的星宿下凡，来拯救社会普度众生的，故而一再地美化他们，神化他们，借以歌颂人们理想中的英雄。因此，一些小说家们也借此作为小说创作的题材，塑造民众心中的明君贤臣的形象，叙述他们建立基业的发迹史。这一方面可借小说的形式为封建统治者歌功颂德，以维护和加强封建统治，另一方面迎合了广大读者的心理，而达到小说创作"喻世""警世""醒世"的目的。

郭勋深谙上层统治阶级的心理，为朱明王朝开国君主树碑立传，也为自己先祖评功摆好，故撰《英烈传》，既能讨好于时下天子，又可以为自己抬高身价。当然，更重要的倒是在后者。郭勋又在"好文"的过程中，洞悉了通俗小说创作的一些规律和特点，如有意改变历史，将历史上某一人物的事迹移植到另一人物身上去，这在讲史小说创作中，是正常的情况，《三国演义》中这样的例子太多了。又如明中叶以后，市民阶层对戏曲、小说中的发迹变泰故事有着特殊的兴趣，开国功臣建立功业的过程，实质上也是一个发迹变泰的过程，即由低微而高贵的过程。这样的故事情节，对于当时的一般读者，是很有吸引力的。《英烈传》付梓之后，或许有一段时间还是畅销书哩！

其实，我们抛开郭勋的人品不论，单纯从他对通俗文学的态度来看，他还真的是一位通俗文学的推波助澜者。与其说他好文，不如说他爱好和提倡通俗文学。着眼于此，郭勋在中国通俗小说发展史上，特别是出版史上，无疑是一位有功绩的人。

从小说创作的角度来看，将乱箭穿死陈友谅改为由郭英一箭射杀，将徐达擒得张士诚易作为郭英所俘虏，这似乎是无可非议的，因为讲史小说是小说，而不是史事之实录。问题在于郭勋是郭英的六世孙，为祖争功、标榜自己家族和捞取政治资本之嫌的干系是逃脱不掉的。郭勋太熟悉小说的舆论作用和社会影响力了。不要说一般的读者，就连大文豪王渔洋也写什么落凤坡悼庞统之诗，为士人所嗤，“演义”小说之社会影响力不可谓不大。清人王侃说得好：

“《三国演义》所以通之妇孺，今天下无不知有关忠义者，《演义》之功也。忠义庙貌满天下，而有使其不安者，亦误于《演义》耳……士大夫且据演义而为之文，直不知有陈寿志者，可胜慨叹。”（《江州笔记》卷下）

关圣帝君，在中国是家喻户晓的，中国的庙宇最多的怕要数关帝庙了，这是《三国演义》影响之大的一个有力注脚。王侃所说“士大夫据演义而为文”，指的正是王渔洋题诗悼庞统事。从某种意义上说，讲史小说的影响有时是大于史书的。这正是《英烈传》所以能为郭勋达到政治目的之深层原因。后宫的帝后嫔妃们信小说为事实毫不奇怪，嘉靖帝顺水推舟将郭英阑入“配享”行列则是一种综合力量的作用。郭勋就是这样，巧妙而迂回地为其祖争到了举足轻重的名分。

倘若我们仔细深究，历史并不是凝固的、一成不变的，不同时期，不同阶级及其人们对历史却可以有不同的理解和诠释。历史著作具有文学性，在中国有着深厚的传统。从《左传》到《国语》《国策》，直至太史公的《史记》，都是明显的例证。钱钟书在《管锥编·史记会注考证·秦始皇考证》中说：

“司马光《传家集》卷六三《答范梦得》谓‘实录正史未必皆可据，野史小说未必皆无凭’，故其撰《通鉴》采及‘野史小说’。夫稗史小说、野语街谈，即未可凭以考信人事，亦每足据以觇人情而征人心，又光未申之义也。”

假使我们站在郭勋的立场上说话，不涉及他的为人及其他，只就小说创作而论，则几乎无法加责于他。郭英作战英勇，负过七十多次伤，移易到其身上的二功，虽非所为，于情于理却为其所可能为，为了集中塑造人物，将这种情理中的、符合人物性格和身份特点的行动，加以铺张、渲染和增润，不仅是允许的，而且是必须的。如果郭勋与郭英毫无关系，或者作品中那位功劳卓著的人不叫郭英，问题就简单得多了。然而，所有的假设毕竟是假设，昭彰其祖的郭勋又显然是抱着明确的目的，这就使得问题复杂起来了。

古史与小说（特别是历史小说）之间微妙的关系，是难解难分的。钱钟书《管锥编》还说：

“明清评点章回小说者，动以盲左、腐迁笔法相许，学士哂之。哂之诚是也，因其欲增稗史声价而攀援正史也。然其颇悟正史稗史之意匠经营，同贯共规，泯町畦而通骑驿，则亦何可厚非哉。”

这个“同贯共规”说，很是耐人寻味。那种将历史著作与文学作品（主要是历史小说、历史剧）截然分开来，以为它们之间秋毫不犯的认识，显然是片面的或绝对化的。美国文化人类学家菲利普·巴格比说：“对过去和现在的历史事件作出解释，是历史学家的目的之一。另一个目的不过是给读者带来愉快。历史编纂终究是一门艺术，是文学的一个分支，某些最伟大的文学艺术家就曾是历史学家。”又说：“就其文学艺术家的角色说，历史学家并不把自己限定于仅仅以清晰、和谐的语言描述事实，相反，他从小说家和剧作家那里借用了许多窍门。为使读者欢悦，他强调异常的、有趣的事变。”（《文化：历史的投影》，上海人民出版社，1987年）

巴格比是从历史著作中看到了文学性和戏剧性，而逆转来看，在文学作品中也可见历史精神、风俗人情。更有趣的是，巴格比还引入德国量子力学创始人之一、著名物理学家梅森堡的“测不准原理”，来解释人们对历史的不同理解现象。他说：“只要他需要依赖别人的记述，历史学家就必须就这类问题作出假设：被描写事件的关联次序可能是怎样的，记录作者可能会有什么样的动机来捏造、隐瞒、歪曲某种情况，等等。不用说，这些假设的确切性是可疑的，依赖于文件证据的历史研究的精确性，因此就更加减小了。”（同上）巴氏的观点未必都可取，但他关于历史著作和文学作品关系的论断，还是富于启发性的。

让我们再来假设一次——只是假设。乱箭射死陈友谅，乱箭中有没有郭英一箭——而这一箭又是致命的呢？徐达生擒张士诚，这一仗有无郭英的配合和协同作战呢？恐怕很难以绝对的肯定或否定来回答，便是“测不准”了。

我们无意为郭勋辩解，只是想说明，简单地将《英烈传》看作是为博取地位名分而作，恐怕有嫌武断和轻率，问题要复杂得多。一部《英烈传》在民间产生的影响不容低估，而且它还引出了很多后起的仿作，甚至可以说，在通俗小说史上形成了一个《英烈传》系列。说它是系列，并非指按时代演绎下去的一系列作品，而是指当代人写当代大事件模式的系列。关于这一点，我们后面还将详细谈到。

(三)作品概貌

《英烈传》在艺术上的确是成就不高的,主要是见事不见人,叙写的事件多,描写却很粗略,缺少精微的细腻刻画,故人物的个性化特点就不突出。关于这一点,小说史家和研究者们早已指出过。如黄人就在《小说小话》中指出过:“书甚恶劣,尚不能出《东西汉演义》上,而托名天池,抑何可笑。”天池,就是徐渭(文长),黄氏意在抑《英烈传》,那么拙劣的东西,怎么能栽到徐文长头上去呢?

赵景深也说:“《英烈传》写得很坏。事实多而描写少,使人读来,并不比读正史省力多少。其病就在受了正史的束缚。作者想学《三国演义》,件件事还它一个根据,所以好些部分都与《明史》《元史》、陆粲《庚巳编》、杨循吉《吴中故语》、杨仪《明良记》和《高坡异纂》等书相合(详见钱静方《小说丛考》),因此不能逞其想象,结果成了与新闻纪事差不多的东西。”(《中国小说丛考》)

黄、赵二家所言,从总体上着眼,大体上是符合实际情况的,然嫌抑之过甚。应该说,《英烈传》中有些地方写得还是颇有情致的,并非一无是处。举例来说,如第三十九回《陈友谅鄱阳大战》中,写陈友谅被郭英射杀之后,朱元璋先是大喜,连连称赞郭英。及待旋师又入鄱阳湖时,内心的感情是非常复杂的。且看下面一段描写:

次日,太祖旋师,再入鄱阳湖里来,只见康郎山边,尸首交横,血肉狼藉,不觉泪下潸潸,对众将士说:“我当初从滁阳王起义,今日如此大战,幸得诸将成功,却不见了滁阳王;二来丁普郎等三十五人,并军士三百名,为我立功,一旦身死,忠臣义士,实可怜悯;三来友谅领雄兵六十万,与我交锋,为主者思量大位为天子,为臣者思量富贵作公侯,今者,一旦主死臣亡,三军覆没,尸骨山堆海积,血水汪洋,令我不忍目睹。”

如果我们对这段描写冠以“精彩”二字,恐怕不是溢美吧。大战之后,面对遍野横尸,作为一个胜利者,朱元璋这时的心情微妙而复杂。他想起了初从滁阳王举事以来,驰骋沙场,屡经战事,眼下滁阳王已不在人世,自然心中会升起无限凄伤。面对着陈尸旷野的自己的将士,他又岂能不痛心疾首,心绪黯然!最妙在对自己敌手陈友谅的“主死臣亡”,情绪则很微妙:有同情,也有悲伤。俗话说,兔死狐悲,作为一个人,一个有志得天下的人,面对血流成河的沙场,他同样也会为之动容的。若打了大胜仗,只是兴奋、欢腾，恐怕就不那么真实，也不那么合情入理。兴奋、欢腾之余，心中又油然升起一缕惆怅和伤感，方见出人物的内心世界。犹如在激昂高亢的乐章之后，一段舒缓而又略带哀伤的旋律，那就更加动人。当然，这段描写似脱胎于《三国演义》某些场面的描写，如曹操的横槊赋诗、诸葛亮五丈原临终前视察军营，都是一种艺术节奏上的匠心独运处，亦是表现人物丰富内心世界的画龙点睛之笔。接下来，在这一回的末尾，写朱元璋梦见武当山北极真君，也颇有意趣：

太祖接应道："今者友谅虽死，其子又立，本宜乘胜而往，但彼国士卒伤亡已多，一时穷追，恐无完卵，于心惨然。进退正在犹豫，望神圣指教。"真君对说："这也是劫数应该，何必过虑。"风过处拱手而别，却是睡中一梦。

面对穷寇累卵，要否乘胜追击，捣碎敌巢？在朱元璋头脑中打转。这正是对前文面对遍野尸横，万端慨叹描写的进一步点染，文心缜密，刻画精微。这样的笔墨，是颇具艺术感染力的。

又如，写郭英，也不是一味写他打胜仗，第二十七回"取樊岭招贤纳士"中，写郭英轻率强攻婺州城，结果兵折将损。书中写道：

郭英收了残兵来见太祖，太祖惊说："行兵多年，尚然不识虚实，损威折士，罪过不小。"刘基向前说："乞主公宽宥，待彼将功赎罪。"便密付一纸，递与郭英，说："将军可乘今夜，再取婺州。"

后郭英按刘基之计，终克婺州。这样写，使得郭英性格更显丰富，也更具真实性。哪里有永远不败的常胜将军呢？即便是郭勋要美化其祖，美化得也很高明。若写郭英百战百胜，反不那么真实。忠勇中糅进一丝鲁莽，人物性格则更加鲜明。此外，写徐达因轻敌而被困牛塘谷，亦是明例。

指出一些《英烈传》中写得好的地方，并不意味着全书都写得很好。可惜，精彩动人之处在全书中毕竟不多。但以"很坏"、"恶劣"评价《英烈传》，似亦失之偏颇。

《英烈传》还有一个长处，即穿插了不少的民间故事和传说在其中，增强了书的可读性，亦为一般读者所喜闻乐见。赵景深说"它组织了许多民间传说进去，这都是可喜的"。（《中国小说丛考》）这里，我们只举一个例子，即第七十九回"唐之淳便殿见驾"中，写朱元璋断案一事。

刑官奏报说："张校尉妻被卖菜王二所杀，邻人捉拿王二归案，蒙旨处王二抵命，"及上法场问斩，忽有一校尉叫道："张妻系我所杀，不干王二事，甘愿受刑就戮。”朱元璋心中疑惑，命召来重新审理。一一细问之后，来投案的校尉讲出了实情：原来此校尉与张校尉妻有奸情，日前五更时分，窥见张出门，遂潜入与张妻共寝。不意张又回转家中，校尉惶急中藏于床底。其妻问其夫何以复回，其夫说，天气甚寒，恐妻睡熟，特回来将被子为妻盖好。说罢为妻盖好被子，才又外出。躲在床下的校尉听了这番对话，思其夫对妻如此恩爱有加，而其妻竟水性杨花，有负丈夫，一时忿起，竟以佩刀杀死奸妇而去。王二晨起卖菜来到屋前，为邻人所疑，捉送到官。今王二临刑，人命关天，校尉不愿妄累无辜，大丈夫敢做敢当，故来出首就刑。朱元璋听罢，叹息数声，下断词曰：“杀一不义，生一无辜，尔亦义人也；张妻忍于背夫，罪当死。王二与你俱各赦罪。邻右妄累平民，更无实迹，法官可各笞五十。”

这个故事虽带有较浓厚的封建礼教色彩，但在民间流传颇广。元杂剧中有佚名的《鲠直张千替杀妻》一剧，其本事可追至唐沈亚之的传奇《冯燕传》(《太平广记》卷一百九十五)，基本情节均同。这个“替杀妻”的故事，赵景深《〈英烈传〉本事考》未曾道及，兹特为拈出。

我们知道，郭勋爱好戏曲小说，明宋懋澄《九籥集》卷十“鉴定”条：“世庙时，武定侯进《雍熙乐府》……”《雍熙乐府》可能即为郭勋所选编，至少是他在嘉靖间刻过。郭勋还刊刻过《太和记》，疑即《太和正音谱》。明沈德符《万历野获编》卷二十五《词曲·太和记》：“然翊国公郭勋，亦刻有《太和传》。郭以科道聚劾，下镇抚司究问，寻奉世宗圣旨：勋曾赞大礼并刻《太和传》等劳，合释刑具，即问奏处分。夫刻书至与赞礼并称，似非传奇可知。”这里所说的《太和记》或《太和传》肯定不是戏曲剧本，沈德符的判断是对的。那与“大礼仪”并称，算作郭勋功劳的刻书只能是朱权的《太和正音谱》，朱权为明太祖朱元璋第十六子，世称宁献王。为皇室第一代封王刻书，自然是一大功劳了。郭勋自己（或使别人）将“替杀妻”故事插入《英烈传》，显然得力于他较为深厚的戏曲小说修养。

（四）书名小议

《英烈传》的书名，颇有探究的必要，因为“英烈”这个字眼人们理解不同，且关涉到小说的内容和体例诸问题。钱静方《小说丛考·英烈传》：

“‘英烈’二字，相传为明将花云而设。云，怀远人，貌伟而黑，骁勇绝伦，驻守太平。陈友谅以舟师来寇，云与元帅朱文逊、知府许瑗、院判王鼎迎战，文逊战死，城陷，贼缚云，云奋身大呼，缚尽裂，起夺守者刀，杀五六人，骂曰：'贼非吾主敌，盍趣降?'贼怒碎其首，缚诸樯，丛射之，骂贼不少变，至死声犹壮。瑗、鼎亦抗骂死。太祖即位，追封云东邱郡侯。方战急，妻郜氏挈三岁儿，泣语家人曰：'城破，吾夫必死，吾义不独存，然不可使花氏无后，若等善抚之。'即赴水死……事见《明史》本传。演义因之，以其夫为英雄，妻为烈女，为从龙诸将之冠，故名其书为'英烈'云。"

将"英烈"解释为英雄和烈女，似嫌过于拘泥。其实，"烈"恐不一定专指烈女，而是泛指战死的功臣烈士。观《英烈传》全书，花云只是诸英雄烈士之一，其妻郜氏只是在书中第二十九回中涉笔写到，描写文字并不比上文钱静方的引文多，且文字大略与史书同。万历刊本《云合奇踪》（即《英烈传》）卷首有徐如瀚序，序中说："乃举英烈诸公溯其从来，摭其履历，演为通俗肤谈……"此"英烈诸公"之说，显然以"烈"指烈士了。此书又名《皇明开运英武传》，英武显指朱明王朝开国之英雄烈士，足见钱静方之说不足为训。

另外，此书称"传"，而不名其为演义，也值得玩味。写英雄群像，为英雄立传，近乎于英雄传奇，犹《水浒传》，非以史实为归，而以为群英立传为主。然而，它又不同于典型意义上的英雄传奇，一则史事较多，再则人物行动写实性强，少传奇色彩。故为讲史小说与英雄传奇之间过渡形态的东西。菲利普·巴格比说："严格说，个人行为属于传记，而不是历史，因为这类行为涉及的不是众人，而仅仅是一个人，至多几个人。然而，历史学家在他们的著作中包容了许多有关君王、政治家、将军和其他重要人物的传记性细节。如果要问为什么这样做，他们总是回答说，这些个人的行为影响了众人，因而值得被看作历史。"（《文化：历史的投影》）

我国有史传文学的传统，与巴格比的说法暗合。在《英烈传》中，开基帝王及文武辅臣们的业绩占有重要的地位，与其将其看作是明代开国英烈们的合传，勿宁将其看作元明之交王朝陵替的历史。而且《英烈传》产生于《明史》之前，他依据的史料，只有明代中叶以前类似今天我们称作大事记或文件、回忆录之类，因此它又有一定的史料价值。至少它为《明史》的修撰提供了丰富的感性材料。如第三十三回，写花云妻侍女孙氏救护花家独子花炜，写得细腻生动。《明史》卷二百八十九《忠义传》中花云本传所叙与《英烈传》全同，只是文字上简约得多。这恐怕也是人们看重《英烈传》的原因之一。

总之，对《英烈传》的评价，不可以偏概全，要从多方面去考察，又要作细致分析。相对来看郑振铎先生的论断较为实事求是，他说：“《英烈传》写朱元璋得天下事，把这位流氓皇帝的‘发迹变泰’的故事，烘染得很活泼。”（《插图本中国文学史》）即是说，《英烈传》写得并非“很坏”、“恶劣”，它还是有不少可取之处的。刘大杰先生在指出了《英烈传》“文笔则甚庸弱”之后，认为“此书在讲史中虽非佳作，但影响很大，戏剧、评话多取为题材”（《中国文学发展史》）。亦颇客观。这些评价，均可供我们在阅读欣赏和分析研究中参考。

二 《英烈传》的思想与艺术评析

《英烈传》曾题为《皇明开运英武传》《皇明英烈传》《云合奇踪》等名，是继罗贯中《三国志通俗演义》之后又一部长篇讲史章回小说。它仿《三国演义》“七真三假”的创作手法，既依据史书，又博采杂著、野史及民间传说，叙述了以明太祖朱元璋为核心及其他“开明武烈”推翻元朝统治，建立明王朝的故事。在一定程度上，《英烈传》反映了当时激剧动荡的社会现实，也可以说它是写了一部明朝的开国史。这部讲史章回小说，以史事为经，以人物为纬，塑造了一大批开国英烈的形象，描写了众多令人触目的战争场面，故而鲁迅先生赞许道：“叙一故事而置重于一人或数人者……《水浒》即其一，后出者尤多，较显者有《皇明英烈传》，一名《云合奇踪》，武定侯郭勋家所传，记明开国武烈，而特扬其先祖郭英之功。”（《中国小说史略》第十五篇）鲁迅先生所以重视这部书，主要原因恐怕就在于它代表了讲史小说中的一种模式。它的影响颇大，以至和它的成就并不成正比。

（一）关于版本

《英烈传》自问世于明代嘉靖年间以来，屡经翻刻，且多次更改书名重加编次，一直在民间广为流传，仅孙楷第《中国通俗小说书目》中著录的版本就有十种，而此后经人考订出的亦有五六种之多，现择其主要的略述如下：

《英烈传》，“今所见的明本有三本，书名卷数不同，实一书”（孙楷第《中国通俗小说书目》）。《新镌龙兴名世录皇明开运英武传》八卷，别题《皇明英武传》，以金、石、丝、竹、匏、土、革、木为目，共六十回，明万历十九年（1591 年）刊。卷一题“原版南京齐府刊行”，“书林明峰杨氏重梓”，书后有木记“皇明万历辛卯年（1591年）岁次孟夏月吉旦重刻”的字样。正书上图下文，双边有界，文每半页十四行，图下海行十八字，图旁的低一格，每行二十五字。卷首有序，已残缺不全，只存一页。所附评论署张和英，作诗者为鲁人素斋主人，余不可考。第一卷记滁阳王子某立为王，注云：“旧本其子名道明，年一十四岁。”第六卷徐达奉太祖命匆急攻张士诚，注云：“旧本遗此”。且每卷新增各回，俱以“附增”二字标出。该本今藏于日本的内阁文库，大概是今存最早的《英烈传》的刻本了。由此可知，《英烈传》最早的刊本为“南京齐府”刻本。齐府为明太祖朱元璋第七子齐王朱榑的府第。明洪武十五年（1382年）朱榑就藩于青州，因他“性凶暴，多行不法”（《明史·齐王榑传》），建文初被废为庶人，成祖即位后榑复齐王位，仍屡违法，再度被废为庶人。他的子孙皆为庶人，居南京，故称“南京齐府”。至于齐府为何首刊《英烈传》，还不得而知。

《新刻皇明开运辑略武功名世英烈传》六卷，别题《官板皇明全像英烈志传》，明三台馆刊本，有木记“书林余君召梓行”。书内有图，正文半页十三行，每行二十五字，首有无名氏序。其文字实与杨明峰本全同，仅合八卷为六卷而已。“清乾隆间《禁书总目》有‘君召余应诏刊《英烈传》’，即此本。”（《中国通俗小说书目》）今藏于北京图书馆和日本的内阁文库。

《皇明英烈传》六卷，明刊本。每卷前附图，正文低一格，半页十行，每行二十一字。每卷题“玉茗堂批点”。首有崇祯戊辰（1628年）某氏序，与余应诏本所载序全同，末有万历甲辰（1604年）黄冠野叟跋。“其文与余应诏刻本相同，则知此本从余氏三台馆本出也。”（王重民：《中国善本书总目提要》）今藏台北中央图书馆。

《云合奇踪》，亦题《英烈传》。题“徐渭文长甫编”，当为依托。此书以旧本《皇明开运英武传》为底本，而加以剪裁，间有装点之处。此书有两种刊本。一是以四言联对为每回标题，似最初形式，此种有明刊二十卷本，八十回，书名《京本云合奇踪》，板心题《云合奇踪》，前附图二十页，四十面，半页十行，行二十字，题“徐渭文长甫编”，“玉茗堂批点”，首有万历丙辰（1616年）徐如翰伯鹭序，今藏于上海图书馆，北京图书馆亦有残本；日本《舶载书目》享保间目著录“载道堂”本十二卷八十回，书名为《绣像英烈传》，题“稽山徐渭文长甫编”，有崇祯癸未（1643年）乐此道人序，书未见。

二是十卷八十回本，每回标题为七言单句，而目录皆为七言联对，都载有东山主人序。此种有清代怀德堂刊本和英德堂刊本，有像无图，半页十行，每行二十二字，题“稽山徐渭文长甫编”。东山主人序后有“东山”“墨敢”印章两颗，似托之冯梦龙。另有道光丁酉（1837年）务本堂坊刊本，同“怀德堂”和“英德堂”本，但版本较劣。

此外旧刊《英烈传》，还有坊刻五卷八十回本，以及较为流行的致和堂本、恒顺堂本、文富堂本等。因该书版本较多，故不再一一赘述。

1959年，上海中华书局编辑所出版了赵景深校注的《英烈传》，虽订讹较多，但删改之处也多。1981年，北京宝文堂书店出版了田藻校点的八十回本《英烈传》。该书是以致和堂本为底本，参校文富堂本而成，所据本虽不为善，但基本上保存了原书的面貌，是目前较好的一个读本。

（二）内容概要

《英烈传》全书共八十回，约二十三万字。书叙元朝末年，顺帝荒淫失政，为开通黄河，大征丁夫，又强拆民房。“石人一只眼，挑动黄河天下反”，因而引起天下大乱。颍州刘福通、蕲州徐寿辉、徐州芝麻李、泰州张士诚等十四处兴兵反元。不久，元丞相脱脱率兵镇压了毛贵、韩林儿、芝麻李等路义军，却反遭谗言饮鸩而亡。此时，玉皇因恼“下界如此昏蒙”，故遣身边金童玉女降生人世。金童转世于淮西濠州凤阳府钟离乡朱家，名为元龙，即明太祖朱元璋。太祖自小多心计，有帝王之志，尝与牧童玩君臣之戏。十七岁时父母双亡，无处栖身，只好到皇觉寺出家为僧。十八岁那年，他随母舅郭光卿到金陵贩卖乌梅，路中结识了汤和、邓愈、郭英、郭子兴、吴祯等人。朱元璋饮酒醉卧，有红光罩体，众人惊服，遂拜从他，随滁阳王郭光卿于滁州起义。太祖自为神策上将军，与马氏（即玉皇身边之玉女转世）成婚，并广招天下英豪，先后有丁德兴、赵德胜、李善长、耿再成等好汉来投。太祖又礼贤下士，请出贤士徐达同掌军机。初战元军，便大告胜捷。时又有常遇春、胡大海等来投。不久滁阳王病故，太祖立滁阳王之子为和阳王，自为兵马大元帅，徐达为副帅。旧部孙德崖父子不服，设兴隆会欲杀太祖。太祖单骑独往，只吴祯一人保驾，用计杀死孙德崖。

太祖听从冯国用先取金陵以固根本之言，率众将引兵四万欲取金陵。先抵桐城湖口，大败元将蛮子海牙十万大军。海牙兵屯采石矶，阻截太祖通往金陵的要路，先锋常遇春独登采石矶。沿途连败蛮子海牙、陈也先等军，射死海牙，兵围金陵城。金陵守将曹良臣纳降，元臣达鲁花赤福寿因城破自刎而死，太祖遂据金陵，且迎和阳王入金陵，自为吴国公，主持军务。此时，经孙炎引荐，宋濂、刘基前来辅佐，于是乘胜进攻张士诚。徐达兵取镇江、常州，计擒张士德、张九广，大败赵打虎。张士信率吴兵解常州之围，徐达因轻敌被困牛塘谷。常遇春、汤和率兵分两路至常州与郭英会合，大败张士信、张虬，解徐达之围，乘胜攻下常州、江阴、长兴等地。常遇春率兵攻打宁国府，义释元将朱亮祖。元至正十八年（1358年），和阳王病薨，众臣议立太祖登基，太祖以大事未成为由，力拒不从，继率兵攻打金华，收服元将胡深，又智取樊岭，夜夺婺州。

江州徐寿辉改元即位，令陈友谅攻取江州左胁之地安庆府，城破，元将余阙自刎而死。陈友谅因与倪文俊之争受责，杀徐寿辉，害倪文俊，自称汉帝，欲与张士诚合兵取金陵，率精兵三十万及战船五千艘，水陆并进。采石矶太平府守将花云力战不利，城破死节。太祖获悉，令康茂才遣人诈降，约为内应，骗得陈友谅前来偷营，友谅中计大败而逃，张士诚亦连战皆北，逃往苏州。太祖追剿陈友谅，友谅自知不敌，遁向武昌，复联络张士诚共击太祖。张士诚派吕珍、张虬攻破安丰，杀害刘福通、韩林儿，太祖驰救不及，怒夺安丰。陈友谅欲趁机攻取金陵。太祖从刘基计，与陈友谅大战鄱阳湖，被困马家渡口，韩成舍身取义，与太祖调换冠袍带，假扮太祖投水而死，骗过友谅军，太祖始得脱。刘基用水战火攻之策，令原陈友谅部将丁普郎诈降以为内应，设坛祭风，朱兵乘风举火，陈友谅于梦中惊醒，仓惶逃奔。混战中郭英一箭射死陈友谅，汉兵惨败，张定边自刎，陈理归顺。太祖于鄱阳湖边康郎山下建忠臣庙，追赠韩成等三十六人。

太祖派朱亮祖兵伐陈友定，亮祖于鹤鸣山自识前世为火神罗睺，显神圣夺取汀州。太祖又遣徐达、常遇春等伐张士诚。徐达用计赚得泰州守将史彦忠前来劫寨，乘虚攻占泰州，继而又攻占濠州，士诚守将望风而降。常遇春与张士诚军大战湖州，火烧战船，士诚溃师丧子。李文忠率大兵追至杭州，守将潘原明献城归降。常遇春又战湖州杀张士信，又收降吕珍、李伯升。张豹怒摆八门阵，徐达破阵夺取姑苏城。张士诚被俘，羞愧自缢而亡。大局已定，李善长等再次劝进，太祖遂筑坛受禅，国号大明，改元洪武，列封群臣，自称太祖。嗣后，太祖令徐达引军十万北伐元廷，汤和率兵十万南伐陈友定取闽广，李文忠领兵十万东伐方国珍取浙东之地，邓愈为帅领军五万取东西两广未附州郡，以定天下。先是李文忠捷足先登，攻取台州使方国珍就范，后又与朱亮祖合兵长驱延平，助汤和攻陈友定。城破，友定为明军所俘，后又被胡深之子胡桢杀之，以祭亡父。方国珍也因反复无常而枭首示众。

再说徐达率兵进取山东，元将扩廓帖木儿惊逃太原，青州守将普颜不花城破服鸩而亡，于是山东诸郡望风而降。徐达既定山东，复取河南，兵围汴梁，与元平章李景昌相峙。常遇春已回师伐元，领兵先攻洛阳，以分其势，洛阳守将脱因帖木儿败逃陕西。元廷知明兵攻取中原，于是诏命扩廓帖木儿为大元帅守河北，李思齐等出潼关恢复河南，又令丞相也速引兵收山东。徐达撤围汴梁之军，先取李思齐，火烧李军的树栅大败之，又与常遇春合兵，收取河南，汴梁不战自破。太祖闻汴梁已破遂亲统大军来到汴梁，会同徐达兵马攻取河北，以克元都燕京。徐达率军直逼直沽海口，与也速鏖兵相战，时值朱亮祖领兵前来助战，杀得元军四散溃逃。徐达乘势率众攻打燕京，城破，元顺帝见大势已去，潜开建德门逃亡，遂改元大都为北平府。

徐达复扫平河北诸郡，进取山西，攻克太原，在陕西咸阳再败元军，李思齐受降，姚晖、姚平父子诛庆阳守将张思道，张良辅兄弟降明，陕西遂定。也速等人统军围攻明兵，徐达等挥师迎战，大将常遇春于居庸城下枪挑也速，至柳河川突然病逝。刘基劝太祖乘势剿灭元兵，太祖派徐达为征元大将军，继续北伐。元顺帝知大势已去，病重而亡。刘基、李文忠率兵追元太子至红罗山乌龙江边，不料白浪中突现一座铜桥，将元太子渡过险境，又见角端神兽现形，知天意不可争，遂班师回朝。太祖一面仿宋太祖之制以铁券封赠功臣，一面又令汤和率军伐蜀，讨夏。成都城下，明军与夏丞相戴寿演练的猢狲大战，朱亮祖因得赤脚僧之助，大败夏军，夏王明升归降，于是巴蜀尽归明朝。

嗣后，刘基功成身退，不欲受封，以诚意伯衔归居故里。待制王祎自荐赴云南招降元朝梁王，被元臣雪雪暗害，太祖遂命傅友德、沐英、郭英等分两路征伐云南和贵州。沐英率军先占贵州，破永宁，然后与傅友德合兵灭梁王属下达里麻，又在铁冠道人的帮助下，灭梁王，定云南。至此大明一统天下。明太祖功成既定，遂猜忌功臣，宋濂、廖永忠、朱亮祖等皆被贬、被累，忧愤而逝。太祖封诸子为王，镇守各地。至此全书结束。

（三）故事与本事

史实是讲史小说创作的基本材料。作为讲史小说，它对史实的依赖是不可避免的。有史可据，以史辅叙，是讲史小说的共同特点，《三国演义》如此，《东周列国志传》也是如此。那么，作为讲述一部明代开国史的《英烈传》，它的史实性又如何呢？它几乎事事都囿于史料。对此，赵景深曾作过一篇《〈英烈传〉本事考证》，件件事情都还它一个根据。

赵氏采用了《新元史》《元史》《纪梦》《翦胜野闻》《庚巳编》《平汉录》《平胡录》《平吴录》《吴中故语》《北平录》《平夏录》《明太祖实录》《明史》等三十二种史传、杂著、野史，广引博征，“以《英烈传》本文用否为去取标准，务使密合无间”（《英烈传本事考证》例言），考证得较为仔细全面。兹参照小说原文（赵氏考证未附小说原文），移录数条，以说明该书依赖史书的程度。

第一回“元顺帝荒淫失政”：

于是顺帝日从其事，广取女子入宫。以宫女一十六人学天魔舞。头垂辫发戴象牙冠，身披璎珞大红销金长裙，云肩鹤袖，镶嵌短袄，绶带鞋袜，各执巴剌般器，内一人执铃杵奏乐。又宫女十一人，练垂髻，勒帕常服，或用唐巾，或用汗衫；所奏乐器，皆用龙笛、凤管、小鼓、筝篥、琵琶、鸾笙、桐琴、响板。以内官长安迭不领之。

《新元史》卷九十四：

“以宫女三圣奴、妙乐奴、文殊奴等十六人按舞，名为十六天魔。首垂发数辫，戴象皮佛冠，身被璎珞，大红销金长裙、金杂袄、云肩合袖、天衣绶带鞋袜，各执葛布喇完之器，内一人执铃钹，奏乐。又宫女十一人，练槌髻，勒帕常服，或用唐帽窄衫。所奏乐用龙笛头管、小鼓秦筝、琵琶、笙、胡琴、响板、拍板，以宦者长寿布哈管领。”

第十回“定滁州神武威扬”：

却说铁冠道人已知太祖驻兵滁州，一日竟进帐前说：“道人善相，将军要相么？”太祖因记前者柳阴中邓愈六人说到过的道人，戴个铁冠等话，便迎他入帐，问道：“道人高姓道号？”道人说：“我姓张字景和，江西方外之士。将军若听我，我替你说，你若不听我，说也无用。”太祖说：“君子问凶不问吉，正要师父直讲。”道人说：“声音洪亮，贵不可言，但四周滞气，如云行月出之状。所喜者，准头黄明，贯于天庭。直待神采焕发，如风扫明翳，便是受命之日；然期也不远，应在千日之内。但边头驿马有惊气，南行遇敌，切须戒惧。”太祖说：“师父肯在此军中，时时看看气色，以知休咎何如？”道人说：“我虽云游天下，却也时常可来。你既有盛情，我便在此也得。”自后道人常在军中聚会。

《庚巳编》：

“铁冠道人张景和者，江右方士也。太祖驻滁阳时，诣军门言曰：‘天下淆乱，非命之主，未易安也。今其在明公乎?’上问其说，曰：‘明公龙瞳凤目，贵不可言。若神采焕发，如风扫阴翳，即受命之日也。’上奇之，留于幕下。”

第十六回“定金陵黎庶安康”：

冯国用又领兵协助，城内便不能支。遇春挺抢先登，三军乘势而入。福寿却向北拜了四拜，哭说：“吾为国家重臣，不能固守，城存而存，城亡而亡。”言讫，遂拔剑自刎而死。

《元史》卷一四四：

“十六年三月大明兵围集庆，福寿数督兵出战，尽闭诸城门，独开东门以通出入，而城中势不复能支，城遂破。百司皆奔溃，福寿乃独居胡床，坐凤凰台下指麾左右。或劝之去，叱之曰：‘吾为国家重臣，城存则生，城破则死，尚安往哉?’俄而乱兵四集，福寿遂遇害。”

第二十五回“张德胜宁国大战”：

却说太祖正在潭中洗手，只见五条花蛇儿，攒聚到手边来。太祖暗祝说：“若天命在予，还当一心依附于我。”便除下头上巾帻，将五条蛇儿盛在巾内，恰喜他蜿蜿蜒蜒，聚做一处不动。太祖正仔细观看，那些值日将官，并李善长、刘基、宋濂一行人，骑着马向前来迎。太祖连忙将巾帻仍戴在头上，路中备细说了前事，倏忽间已到府门。太祖偕众上堂，解去衣冠，另换便服。忽天空中雷雨大作，霹雳交加，望那巾帻中烨烨有光，顷间白龙五条，从内飞腾而去。诸将的心，益加畏服。

《翦胜野闻》：

“太祖在滁，尝濯手于柏子潭，有五蛇扰而就之，因祝之曰：‘如天命在予，汝其永附焉。’一日战毕，群坐藉土，蛇忽蜿蜒其侧，帝乃掩以兜鍪。顷复报战，亟戴兜鍪而往，是日手刃甚众。军法，战胜必祭甲胄，众推帝功居多，乃置其兜鍪于前。甫奠，忽霹雳大震，白龙夭矫，自兜鍪中出，挟雷声握火光腾空而去。诸将自是威服。”

第三十五回“朱文正南昌固守”：

却说张子明潜夜驾小船，越水关，晓夜兼行了九日，方抵牛渚渡登岸。又经四个日头，得到庐州，即见太祖，上表求救。太祖说：“这贼乘虚取我江西，大为可恶!”因问：“兵势若何?”子明说；“彼兵虽多，然斗死者亦不少。此时江水日涸，贼之巨舰皆不利用；况师欠乏粮，大兵一至，必可破矣。”太祖因嘱咐子明先回，说：“但坚守一月，吾当取之。”子明辞了出帐，还至湖口，恰被友谅巡兵捉住……走至城边，大叫说："前蒙元帅令小官到庐州上表，主公吩咐道：'元帅谨守城池，目下便统大兵自来。'不期回至湖口，为汉兵所获。友谅要我招元帅来降，我特佯许脱身，来见元帅，告知此情。我今必然死于贼人之手，望元帅尽忠报国，与主公平定天下！"言讫下马撞阶而死。

《平汉录》：

"文正破围日久，遣千户张子明告急于建康。子明取东湖小渔舟从水关潜出，越石头口，夜行昼止，半月始达建康。见太祖，具言其故。上问：'友谅兵势何如？'子明对曰：'友谅兵虽盛，战斗死者亦不少。今江水日涸，贼之巨舰将不利用。又师久乏粮，若援兵至，必可破也。'太祖曰：'归语文正，但坚守一月，吾当取之。'子明还至湖口，为友谅所执。友谅使呼文正出降，子明至城下呼曰：'大军且至，固守以待。'文正闻之，守益坚，敌不能破。"

第四十回"朱太祖误入庐山"：

太祖方才坐定在胡床上，只见英杰径至帐中，太祖大惊，只有郭英在帐，便叫："郭英为我杀贼。"那英杰径对太祖刺将过来。郭英奋叫直入，手起一枪，把英杰登时槊死，将剑枭了首级。太祖即解所御赤帜袍，赐与郭英，说："真是唐之尉迟敬德。"

《武定侯神道碑》：

"侯自少事高庙四十余年，小心谨慎，未尝有过。为人沉毅多智，尝从征陈理，其将陈同佥骁健善槊，驰入中军帐下。上遽呼曰：'郭四为我杀贼！'侯奋臂持枪，贼即应手坠。上解所御赤战袍衣之曰：'唐尉迟敬德不汝过也。'"

第五十九回"破姑苏士诚命殒"：

顷刻已至九江，诸将把士诚缚了，送至太祖面前。士诚也只低头闭目，朝上着地而坐。太祖叱之说："你何不视我？"士诚大声道："天日照你不照我，我视何为！"太祖大怒，令人将士诚监禁，排驾回城。士诚自思赧颜，泣下如雨，至夜分以衣带自缢而死。

《翦胜野闻》：

"伪周张士诚面缚见帝，首瞋目，踞坐甚不恭，帝叱之曰：'盍视我？'对曰：'天日照尔不照我，视汝何为哉？'帝以弓弦缢杀之。"

第六十三回"征福建友定受戮"：

不花见势不好，便领着残兵急走入城，坚闭不出。徐达因令前军直至城下，四围攻打。不花退入官衙，见了母亲说道："此城危在旦夕，儿此身决以死报国，忠孝难以两全，如何是好?"那母亲回报道："有儿如此，虽死何恨。况你尚有二弟，我的老身自可终养。"正在抱头而哭，只见外边报道："平章李保保开门投降，朱兵已入城了。"不花即至省堂服鸩酒而死。其妾阿鲁真抱了幼子，携了幼女，俱到后院池中投水而亡。

《元史》卷一九六：

"大明兵压境，普颜不花捍城力战，城陷，而平章政事保保出降。普颜不花还告其母曰：'儿忠孝不能两全，有二弟当为终养。'拜母趋官舍。主将素闻其贤，召之再三，不往；既而，面缚之，不屈死。普颜不花二弟之妻各抱幼子及婢妾溺舍南井死。比普颜不花妻阿鲁真欲下，而井填咽不可容，遂抱子投舍北井，其女及妾女孙女皆随溺焉。"

第七十七回"练猢狲成都大战"：

那人道："臣幼与冷谦有善，渠怜臣亲老家贫，难以度日，即于臣寓所壁间，画有库门一座，白鹤一双，因对臣说：'若要银子，可将画门轻敲，其门自开，但进内看了钱两，无得多取。'臣依法行事，果然开门，可以进取。昨日之间，臣见金银满库，或多取也无妨，便恣意取之而出，不觉失下凭引。臣出无奈，实是冷谦所为。"……太祖随令御前校尉收取冷谦。冷谦见校尉一到，便道："圣旨所在，不得迟延。"便随校尉行至午门前，且对校尉说："今日我死也。但是十分口渴，列位可将水一碗，略解吾渴，亦感盛情。"校尉看他哀诉，便汲水一碗把他，转得一眼，但见冷谦一个身子都在碗中，凭你拽扯，只是不起，倏然之间，连形连影一些也不看见，止有清水一瓯。校尉高声叫道："冷谦，冷谦，你既如此，我辈都死了！"正要啼哭，那水碗中忽成声响说："你们都莫忧虑，将水进上御前，你们必然无害；且我也有话正要奏闻。"那校尉只得收泪，把水盏进上，并他的言语一一申奏。太祖便说："冷谦，你可显出见朕，朕必不杀你。"那碗中便应道："臣有罪，决不敢出。"龙颜大恼，将盏击碎于地，令内侍拾起，片片皆应。

《高坡异纂》：

"冷谦有故人，贫不能自存，知谦有异术，求济于谦。谦曰：'汝命薄。吾指汝一所，有赢金二锭，可以资助，但勿过取。不听我戒，吾与汝皆不利也。'乃于壁间画一门，一鹤守之。令其人敲门，门忽自开。入其室，金玉烂然盈目。其人恣取以出，而不觉遗其引。他日内库失金，守藏吏获引以闻。执其人讯之，词及谦，因并逮谦。谦将至城门，谓逮者曰：'吾死矣，安得少水以救吾渴？'守门者以瓶汲水与之，谦遽以足插入瓶中，其身渐隐。守者惧罪，遂携瓶至御前。上问之，辄于瓶中奏对。上曰：'汝出见朕，朕不杀汝。'谦自言臣有罪，不敢出。上怒碎其瓶，片片皆应，终不知所在。"

从以上数例可以看出，小说的内容几乎与所征史料完全相吻合，有的甚至连语句、措辞也完全相同。可见《英烈传》对史实依赖的程度了。它的确是"受了信史的束缚"（赵景深《中国小说丛考·英烈传》），缺乏再创造性。

（四）创作动机及其他

明代中叶，通俗戏剧、小说在文坛上占据了重要的地位，在社会上也产生了强烈而广泛的影响。统治者也认识到通俗文学的社会作用，故竭力号召以传统的封建思想来占领这块新的文学阵地。一些正统文人，为了迎合统治阶级的意图，主张文学应主持世道，设法立教，"只取忠臣孝子故事，使愚俗百姓，人人易晓，无意中感激他良知起来，却与风俗有益"（明·刘宗固：《人谱类记》卷下）。这就使小说家们改变了他们的创作意图，在小说中公开宣扬一些封建的伦理观和道德观，即小说家们和批评家们所谓的"传道"。《英烈传》也正是在这种传道理论影响下产生出来的一部讲史小说，所以作者在书中也竭力歌颂劝善惩恶的道德观和忠孝节义的伦理观，以明明白白的是是非非说教于读者，以达到"警世""喻世""醒世"的目的。

《英烈传》作者笔下所歌颂的人物，上自君主下至将佐，都是一些忠孝节义的形象。如徐达对朱元璋的赤胆忠心，被朱元璋誉为"股肱之臣"。常遇春、胡大海、朱亮祖、傅友德、耿炳文、郭英等也都是忠孝节义的典范。

在"太平城花云死节"一回中，明将花云力战陈友谅大军，失利被擒，当友谅问他："你还欲生乎，欲死乎？"花云对天大叫道："城陷身亡，古之常事。你这弑君之贼，谁贪你的富贵，还要多言。今贼缚我，若我主知之，必砍贼为肉脍。"说罢，挣断绑绳，夺刀又砍翻了几人，才被乱箭射倒，至死还骂不绝口。

再如在"韩成将义死鄱阳"一回中，当朱元璋被陈友谅围困之后，进退两难，臣僚韩成替朱元璋冒死以解汉兵之围，他说："臣闻杀身成仁，舍生取义，是臣子理之当然。昔者纪信诳楚，而活高祖于荥阳。臣愿代死，以报厚恩。"又说："一身为国，岂复念家。"遂投水自殉。所以作者以"不知无死不成忠，主圣臣忠垂万古"，"惟有忠魂千古在"等句赞扬他。

对于这些忠孝节义的英烈，统治者也是不惜为他们树碑立传，建庙造祠的。朱元璋在鄱阳大战后，先在康郎山下建立忠臣庙，春秋二祭，并追赠他们官爵，韩成、丁普郎、陈兆先等三十六位英烈们或封侯，或荫子，或封男，死亡的军士也各赠封武毅将军，正百户，子孙世袭。康郎山忠臣庙建立之后，太祖又在南昌建立豫章忠臣庙，祭祀赵德胜、李继光等一般功臣英烈。太祖在剿灭张士诚之后，又将战死的大将廖永安、俞通海、丁德兴等塑像置于功臣之庙。作者有关这些忠孝节义场面的描写用墨颇多，忠臣们的言语亦可谓掷地有声，铮铮在耳；忠臣的行为，更可谓是气壮山河，青史永垂了。

小说在歌颂明代开国忠孝节义的英烈们的同时，也赞扬了一些元廷的忠臣贤将。如元丞相脱脱镇压义军芝麻李、刘福通之后，而被奸臣谗言服鸩而死，作者以“昏君信佞忠良死，群鬼贪残社稷墟”为他鸣不平。再如元金陵守将福寿城破拔剑自刎，以身殉国，朱元璋竟以厚礼葬之。青州守将普颜不花城破服鸩酒自尽，妻妾和子女也投水而死，徐达亦以厚礼葬之。这些场面的描写，作者深谙正统史观的意图，无论敌我双方，各得其主，只要是忠烈之臣，都加以歌颂。

作者歌颂忠孝节义，完全是从宣扬封建正统的伦理观出发，一方面是迎合了封建统治者的某种意图，另一方面，也是出自他个人的目的，沈德符说作者为此书的目的是妄想使其先祖配祀太庙。这是很有道理的。因为历代配享太庙的人物都是些忠孝节义的开国功臣。所以说，忠孝节义观是《英烈传》创作的根本思想之一。

再者，明清小说家们所宣扬的“警世”“喻世”“醒世”，在某种程度上也反映了读者的阅读倾向。对于当时的一般读者来讲，扶正祛邪，劝善惩恶，鲜明强烈的道德观，是他们最易接受的内容，也是他们在感情上的最大满足。《英烈传》的作者基本上把握住了这一阅读倾向，把鲜明的道德倾向渗透进全书。

作者在书中处处美化朱元璋及其臣僚的形象，而其他各反元义军的首领，如陈友谅、张士诚、明玉珍、方国珍等被斥之为“弑君之臣”“伪夏”“奸吴”等，尤其把陈友谅描写得极为卑劣、残暴、阴险狡诈。为了更好树立朱元璋这位明主贤君的形象，将其部下廖永忠杀害红巾军首领韩林儿的罪状移栽到张士诚头上，又将朱元璋在郭光卿死后杀其子天爵又夺兵权一事，说成是病死和禅让。这就是作者所谓的“扶正”。而写敌对一方则大相径庭。历史上的方国珍在降明以后是以善终的，书中“征福建友定受戮”则说“这方国珍反复无常，枭首示众”。再如历史上的陈友定是一个很懂得行军布阵、誓死报效元廷的抗明人物，小说则把他描写得完全是一个小人模样：侥幸得官，居心叵测，既无忠臣之心，又无良将之能。对于这些人物的描写，大约是作者“惩恶”之道德观的表现吧。或者说，作者的出发点很明确：达到小说“劝善惩恶，有益风化”的目的。

小说虽采用了一些民间传说，并渗入了某种神话成分，但迷信色彩亦颇浓厚。如刘伯温出世法降白猿，朱亮祖魂返天堂，常遇春病逝柳川，元太子铜桥渡险等，都充满了宿命论的气味，给人以消极的感受。再者对铁冠道人、周颠、张三丰、冷谦等人的描写皆充满了神仙道化意味，更为全书增添了一层神秘主义的色彩。

（五）艺术上的得失

章学诚在《丙辰札记》中指出《三国演义》的缺点是“七分实事，三分虚构，以致观者往往为所惑乱”，如《列国志》等，“多纪实事”，《西游记》之类的“全凭虚构”，都可以，唯“不可虚实错杂如《三国》之淆人耳”（章学诚《丙辰札记》）。其实章氏所论有些绝对化了。作为讲史小说的开山之作的《三国演义》，它“七真三假”的创作方法是具有典范性的，“七分实事”是雅，“三分虚构”是俗，雅俗中和正是我国古代讲史小说发展到颠峰时期必然追求的一种审美方式。它既迎合了士文化的心理，又赢得了市民阶层这一广大读者群的需要。故此后的讲史小说往往模仿这一集史实与虚构为一炉的创作方法。

历史固有惊人的相似之处，但更多的还是不同之处，社会背景、政治制度、文化风俗、生产力水平以及人与人之间的关系等都是不尽相同的。如果这些都是千篇一律，如同一个模子倒出来的话，那么我们的社会就不会发展，历史也就不能称其为历史了。从这个意义上说，每一部讲史小说的情节也就理所当然应有其独特性，不能照搬某一部小说的情节模式。然而《英烈传》却不然，它的情节发展乃至人物的描写大都模仿前人的讲史之作，其中又以《三国演义》的烙印尤为明显。

一部《三国演义》中最大的贤士恐怕要数诸葛亮了，他的出山，是刘备前军师徐庶走马推荐的，然后刘备三顾茅庐，引出诸葛亮隆中对那一段精彩描写。《英烈传》中的徐达、宋濂、陶安、刘基等人在作者笔下都是如同诸葛亮一样的贤才，他们的出山，都必须有人推荐，然后去请才出山的，有趣的是，他们通常都住在乡下或山中，去请他们的人，一般都会见到隆中一般的景色。

第九回“郭光卿起义滁阳”中写道：

席间（太祖）便问李善长说：“我欲立一员大将，统设军机，未知何人可用?”李善长云：“昔汉高祖问萧何说：‘谁人可将?’萧何对说：‘周勃敦厚少智，灌婴爱欲不明……凡为大将者，仁、智、信、勇、严，缺一不可。国君好贤，贤才必至。’……韩信弃楚投汉，遂设坛拜他为天下掌兵都元帅，后来抚有汉祚。今欲求大将，庶几一人可当此任。”太祖问说：“是谁?”善长说：“濠州城外永丰乡，有一人姓徐名达，字国显，祖贯凤阳人，精通韬略，名振乡里……若得此人，大事可成。”太祖说：“烦公就与我招他何如?”李善长说：“昔汤聘伊尹，文王访吕尚，汉得张良，光武求子陵，蜀主三顾诸葛，苻坚任王猛，此乃下贤之效，还是明公自去迎他才是。”……太祖即同善长乘马去请。

这段文字活脱脱的是“徐庶荐诸葛”的翻板。再看第九回“访徐达礼贤下士”：

却说太祖同李善长辞了滁阳王，前至永丰乡。太祖遂屯了军，传令不许扰劫居民。两人竟自下马，步入村中。探到徐达门首，忽听门内将剑弹了几下，作歌曰：

万丈英豪气，怀抱凌云志。
四野埋祥麟，盐车困良骥。
何年龙虎逢，甚日风云际?
文种枉奇才，卞和屈真器。
挥戈定太平，仗剑施忠义。
蛟龙潜浅池，虎豹居闲地。
伤哉不通时，未遇真明帝。

善长便向太祖说：“此歌就是徐达声音。”太祖喜曰：“未见其面，先听其声。只这歌中的意思，便知是个贤才。”善长扣门良久，只见徐达自来开门。太祖看了，果然仪表非常：又温良，又轩昂，又谨密，又奇伟。三人共入草堂，讲礼分宾主坐了，茶罢一巡，徐达问说：“二公何人，凭事下顾?”善长叙出原因。徐达俯谢说：“既蒙光召，焉敢不往。但未卜欲某何用?”……徐达便说：“欲救生灵，还须扫净群雄，统一天下。但今元势尚盛，诸雄割据，亦都富强，以濠州一郡之兵，欲成六合一统之业，不亦难乎?”……徐达笑曰：“从来定天下者，在德不在强。明公能以仁德为心，德天下，不以嗜杀为本，天下足可平也。”便安顿了家属，与太祖、李善长，三人并马竟至礼宾馆中。

这哪里是李善长荐徐达，明太祖请徐达，分明是徐庶再现，刘备再生，诸葛亮再度复活的又一场“隆中对”。可惜作者才气不足，笔力不逮，模仿的本事并不高明，使人一看便有明显的模拟之痕。

再如宋濂出山，是降将曹良臣所荐，是由大夫孙炎请的。刘基出山，则是由宋濂所荐，孙、宋一同去请的。真是仁者荐仁，智者荐智，《三国演义》中“隆中”模式一演再演。

读《三国演义》时，张飞有义释老将严颜一回，觉得这个粗中有细的猛将张飞也动了爱才惜仁之念，甚是有趣。而《英烈传》中也有雷同之笔。第二十五回“张德胜宁国大战”：

常遇春喝令左右，拥过亮祖到阶，大怒骂道：“匹夫无知，敢以枪来刺我，幸有护甲，不致重伤。今日被拿，更有何说？”亮祖对说：“二国交锋，岂避生死，今事既然如此，便杀我足矣，又何必与你言。”遇春听了益加气恼，叫左右快推出去斩首。亮祖回头说道：“大丈夫要杀就杀，何必发怒，况既到你阶前，任你凌辱，虽怒何为。”大步的向外走去。遇春见他勇壮，心中一时转念道：“不知亮祖可肯降否？”

接着在第二十六回“释亮祖望风归降”中继续写道：

（常遇春）见朱亮祖慷慨就死，便转念道：“有如此好汉！”因对众将说：“昔日张翼德释严颜，后来有收蜀之功，今我欲释彼，以取江南如何？”众将说：“常元帅既然惜才，有何不可！”遇春急命且宽亮祖转来，就下帐解了缚索，问说：“朱公肯为我用否？”亮祖回说：“生则尽力，死则死耳。”遇春急唤取上等衣冠来，与亮祖穿戴了，就说：“将军智勇无双，英雄盖世，请上坐指教，以开茅塞。”饮酒间，却把江南、江北攻取州郡的事情访问。

历史上释朱亮祖之事，乃明太祖朱元璋所为，小说却张冠李戴，嫁接给了常遇春，使这个“豹头环眼，燕颔虎须”的常遇春更近于《三国演义》中义释严颜的张飞了。而朱亮祖不卑不亢的言辞和后引招降所部的行为，更与严颜如出一辙，只是朱亮祖无严颜之老而已。

《英烈传》第三十八和三十九回叙述的太祖与陈友谅鄱阳湖大战，显然是模仿《三国演义》中孙、刘联军与曹操赤壁大战的情节。先是太祖派丁普郎等前往陈友谅大营中诈降以为内应，类似周瑜打黄盖所设的苦肉计，随后刘基登坛调兵遣将。待到“日坠西山，月生东岭，太祖便同军师登岸。那四将已把木台依法筑成。太祖上台看了一回，但见浮云一点也不生，河汉澄清，新秋荐爽，日间的风，又是寂了。却问军师：‘怎的得个风？’刘基回说：‘但请放心，自当借来助阵。’就一边唤四将作速摆列行仪。军师整肃衣冠，登台礼请”，便开始作法借风。果然，大风陡起，狂飙从天而降，朱军内外放火，漫天大火烧遍陈友谅的连营。友谅出逃，刘基预先用计在小道埋下伏兵截杀。可以说这段鄱阳湖大战从起势、发展、高潮、到收场，均是“赤壁之战”的翻版。

再如第十一回“兴隆会吴祯保驾”中虚构的常遇春与胡大海争做开路先锋一段，是仿《三国演义》中黄忠、魏延争取汉中先锋的模式。又五十四回“俞通海削平太仓”中描写常遇春仿吕布辕门射戟，收降吕珍等，更是有意的套用。《三国演义》中吕布射戟解围是在情理之中，而常遇春身当双方激战之际，竟也去射戟服敌，未免有些牵强。

小说除在情节上有意模仿《三国演义》之外，也沿袭了其他的作品。如吴祯保护朱元璋至孙德崖处赴宴，在席间孙将吴通舞剑欲刺朱元璋，而为吴祯所杀，就酷似“鸿门宴”。红罗山白猿守护石室中的兵书一事，则又似模仿《平妖传》中袁公的形象。白猿盗取、迷惑民女等，又正是取了六朝志怪、唐传奇中某些描写方法。

《英烈传》在人物形象的塑造上，模仿之迹更为突出。如刘基是模仿诸葛亮的，常遇春“豹头环眼，燕颔虎须”似张飞，傅友德“身长八尺，阔面长须。一双隐豹的瞳人，两道卧蚕的眉宇”，提青龙偃月刀，跨着赤兔追风月，则几乎是关云长再现了。

不难看出，《英烈传》的情节和人物塑造大都模仿前人之作，缺少艺术个性。从某种意义上说，作者的创造意识很薄弱，艺术功力也不够深厚。实在要找出一点特色来的话，只能说是《英烈传》的作者精熟于诸如《三国演义》一类小说，以至情不自禁地加以模仿。在模仿过程中，偶有较为精彩的笔墨和可观之章节。如同郑振铎先生所说，郭勋“是一位很懂得欣赏小说的人物”（《插图本中国文学史》）。然而，懂得欣赏和精于创作毕竟还不是一回事。

三 《续英烈传》的承袭与突破

继《英烈传》这部由本朝人写本朝事的讲史小说之后，明无名氏又撰写了《续英烈传》。明代的"开基功烈，已有《英烈正传》传载，兹不复赘。惟即位之后，兴礼乐，立纲常，要开万世之基"（第一回），故作者立此书以为之续。"削夺诸藩"、"燕王靖难"、"壬午殉难"和"建文逊国"，是这部讲史小说演叙的主要内容。

《续英烈传》的作者无可考，小说旧题"空谷老人编次"。因其书前有"秦淮墨客"之序，考秦淮墨客为明代纪振伦的别号，故孙楷第谓"似作者即纪氏"。倒底是否是纪氏所作，历来并无定论，孙氏之说也仅是一种推测而已。

该书的版本不多，仅有数种。"旧刊大字本，五卷三十四回，半页九行，行二十一字。"（《中国通俗小说书目》）又有"集古斋梓刻、经国堂刊印的本子，页九行，行二十一字，共五卷三十四回，前有署名'秦淮墨客'的序。"（田藻：《续英烈传校点说明》）今藏于首都图书馆和北京师范大学图书馆。光绪八年（1882 年）盛德堂亦刊五卷本，三十四回，半页九行，行二十一字，今藏于南京图书馆。另有道光二十年（1840 年）双桂堂刊、二十四回本的《续英烈传》，则当另系一路。

1986 年，北京宝文堂书店出版了田藻校点的《续英烈传》，是根据集古斋本为底本，删去原本卷首的序，调整了第三十三回的错版，卷目、回目依旧。文字上也未作增删，只是参考一些有关的史料，改正书中一些显系错讹的地方。由于该书基本上保持了原来的风貌，又订正了错舛之处，是目前读者能看到的一个通行本子。

（一）《续传》大要

书以"幸城南面试皇孙"开始。洪武二十五年（1392 年），太子朱标病死，太祖朱元璋立标的长子允炆为皇太孙以继帝位。一日，太祖驾幸城南，观皇太孙的学问，出"风吹马尾千条线"以为上联，太孙以"雨洒羊毛一片毡"以对。时四子燕王棣也以"日照龙鳞万点金"句献上。太祖虽喜太孙风雅淳厚，总觉得气度不如性格酷似自已的燕王那么博大，自此动了传位于燕王之念，左右不决，于是召诚意伯刘基问之。刘基认为皇太孙纯仁至孝，是继世之主，又说燕王龙行虎步，智勇兼全，英雄之主，天既生之，自有次第。刘基与太祖密语半晌，献出一策，太祖乃取度牒三张、剃刀一把及僧衣鞋帽，秘密缄封，嘱心腹太监王钺妥善收藏，至期献。太祖自此以后便安心立皇太孙为嗣，分遣诸王各就藩封。再说燕王自幼随太祖东征西战，智勇绝伦，太祖宠爱有加，每自比李世民，不料一时竟遣就藩封，心下愈加不服，便阴怀大志，暗暗招纳英豪，只候太祖一旦晏驾，便图大举。这就演出了十四世纪末和十五世纪初所发生的“削夺诸藩”、“燕王靖难”、“壬午殉难”和“建文逊国”这段明王朝统治阶级内部一场殊死的政治和军事斗争。

南直隶长洲有一个叫姚广孝的人，自幼丧双亲，在杭州妙智庵削发为僧，法名道衍。一日，姚道衍游于嵩山为神相袁珙所见，说他日后得志，不为宰相则为帝王之师，唯天性嗜杀，不像佛门弟子。道衍笑道：天有杀运，不杀不定；杀一人而生万人，则杀人者正所以生也。自此，道衍谢绝交游，隐姓埋名，留心寻访异人。忽闻桐城灵应观道士席应真有异术，遂沐浴更衣，携香前往。席应真开始时拒绝拜师，后见道衍志诚，乃授以秘术。道衍问：“定天下非杀伐不能，若天下已定，自当舍杀伐而尚仁义。”席道士说：“仁义为圣贤所称，名非不美，但用之自有时耳。大凡开创一朝，必有一朝之初、中、盛、晚，初起若促，则中盛必无久长之理。譬如定天下，初用杀伐，杀伐三十年，平复三十年，滋养三十年，而后仁义施，方有一二百年之全盛，又数十年而就衰，此开国久远之大规模也。若杀伐初定，而继以仁柔，名虽美，吾恐其不克终也。”这也是《续英烈传》作者借席应真之口，道出明王朝统治阶级内部这场斗争的“原因”。道衍拜受要旨后，常作疯癫之状，遨游四方。高僧崇泐推荐他为北平庄寿寺住持，入侍燕王。他屡屡进言劝燕王思取天下。燕王原有大志，又时时被道衍怂动，经袁柳庄相得如神，便满心欢喜，决意图谋天下，因命心腹张玉、朱能等暗地里招兵买马，聚草屯粮，只候太祖晏驾，便行大事。

洪武三十一年（1398年），太祖驾崩，皇太孙允炆遂登大宝改元建文。忽闻诸王皆来会葬，建文恐有不利，以太常卿黄子澄之计草诏遗书以阻会葬的诸王。时燕王奔丧已至淮安，接遗诏不肯开读，朝廷强令他回燕地，只得恨恨而返。建文元年二月，燕王暗地发驾入京，当陛下不拜，以藐视朝廷。礼部主事齐泰和黄子澄等都劝建文早除燕王，以绝后患，建文优柔不忍。时精通术数的四川岳池教谕程济上奏，说明年七月北方有大兵起，侵犯京师，乞求建文先事扑灭。建文受群臣妄议，将程济下狱候至期定夺。同时召齐、黄二人密议防燕王之法，派遣张昺、谢贵为北平布政使、都指挥使，察访燕王举动。此后，建文又采用齐、黄二人“削夺诸藩”的策略，不到一年，周王、齐王、湘王、岷王、代王等尽皆废削。消息传入燕王之耳，大怒，欲举兵讨伐，道衍认为时机不妥，劝他佯狂装疯，以避朝廷削其燕藩之诏。张昺等识破燕王之诈，密写表章告知朝廷，为燕王所觉。

建文二年（1400年）七月，道衍认为天时人和，正是举兵的好机会，燕王遂召张玉、朱能等计擒张昺、谢贵等，杀省城九门以举事。为了出师有名，道衍建议说，臣读祖训，见内有清君侧之恶训。今齐泰、黄子澄是君侧之恶，朝廷之难乃彼而作。大王应以靖难为名请诛二人，使天下知大王非私天下，则举义名正言顺。又认为南征为缓，北伐为急，因以奇计袭破居庸、怀来，擒斩戍边大将宋忠。建文命老将耿炳文率兵三十万北征。燕王中秋之夜奇袭雄县，又以计取黄州、真定，大败耿炳文，斩首级三万多。闻此消息，建文复命庸将李景隆为帅，赦程济出充任军师，统兵五十万北征燕王。燕王闻李景隆大兵已至德州，反袭大宁。李景隆遂率兵攻打北平，勇将瞿能父子已领千余人攻上城墙，景隆忌功，命其退出。时燕王已将得胜之师回兵以击，景隆逃归德州，北平之围遂解。景隆败绩，权臣齐、黄二人为之弥缝掩饰，建文不察。时值隆冬，道衍又献计给燕王，先攻大同，诱李景隆往救，疲于奔命，冻死饿死的兵卒不可胜数。朝廷遣开国老臣郭英、吴杰、俞通渊等相助李景隆。白沟河之战，燕王几为瞿能所获，忽旋风大作，沙土漫天，燕军反败为胜，瞿能父子战死，俞通渊亦被燕军所杀，李景隆、郭英率残兵各自奔逃。

时山东参政铁铉，见李景隆毫无才略，举动皆合败辙，心中忿忿，一面招集义勇兵将，一面收集溃亡士卒，坚守济南。燕王进兵济南，围城三月不下，又值朝廷命盛庸为征北将军，只好下令撤围，班师回北平去了。盛庸、铁铉克复德州，兵威一时大振。燕王托言征辽东而暗袭沧州。盛庸假示弱以诱敌，会战于东昌，大败燕军，且斩燕王勇将张玉，燕王死战得脱。建文帝降诏：燕王虽然叛逆，然是朕叔父也，只可生擒，不可暗伤，使朕有杀叔父之名。盛庸等受帝戒不敢轻举妄动。建文帝用方孝孺等计，降诏赦燕王之罪，暗中调集天下兵马攻取，为燕王识破，乃遣轻骑焚南军之粮。方孝孺又献离间燕王父子之计，降诏燕世子高炽，令他背父归朝，许以燕王之位。不料高炽将诏书送往燕王大营，离间计遂败。燕王命邱福、朱能等将率兵南伐，攻破了东平、汶上、沛县。时程济正监军徐州，以伏兵杀败燕军，然孤城势单，弃城而走。朝廷又派徐辉祖督战小河，一战大败燕军。燕王北还之议传入朝廷，建文帝竟召徐辉祖回兵，于是南军失势，何福大败，灵壁失守。燕王率师直趋扬州、仪真，耀兵大江之上。建文被迫因假太后之命遣庆成郡主往燕营讲和，燕王笑道："此非太后意也，特欲假此缓我师耳。军中非叙亲情之地，郡主请回，无多言也。”齐泰、黄子澄见事已败，俱弃建文而去。程济于是劝建文出亡，忽老太监王钺奏说太祖生前有大箧子收藏，大难临身，方可奏知。启箧视之，只有为僧的度牒三张、袈裟三套、僧帽三顶、僧鞋三双，并祝发剃刀一把。建文帝乃祝发为僧，从鬼门关而出，至神乐观为僧，从者共二十二人，俱以师弟相互称之。

燕王入正清宫，登皇帝位，改元永乐，认为建文被烧死，以天子之礼葬之。诛杀齐泰、黄子澄、铁铉、陈迪等。永乐帝慕方孝孺之名，命他草永乐即位之诏。方孝孺不从，投笔于地，骂不绝口，遂碎磔于市，九族坐死者有八百七十三人。又景清谋刺燕王未遂被擒，剥皮实草，系于城楼。一日，永乐过城，景清皮坠于驾前，行三步为犯驾之状，永乐大怒，命人杀其全族。

建文逊位二十多年间，东流西奔，直到永乐和洪熙两帝晏驾，宣德即位，从亡的已死去八九，他神情恍惚，心中无主，遂萌发东归之念。正统五年，六十四岁的建文帝决意东归，命程济卜其吉凶，正好是“无吉无凶，正合东归”，遂至五华山寺披露隐情，府县不敢隐瞒，报知京师。正统降诏召他入京，且着老太监吴亮辨之，建文讲述往昔细事，吴亮闻听，乃知为实，伏地痛哭，不能仰视。正统命迎入大内，造庵以居，寿终葬于北京西城外黑龙潭，题碑曰“天下大师之墓”。全书至此而终。

(二) 《续传》与《太宗实录》

《续英烈传》在创作方法上与《英烈传》同出一辙，都是据史实加以辅叙而成。小说所写内容除第二十九回“欲灭迹纵火禁宫，遵遗命祝发遁去”以后数回，是根据传说和野史记载而附会的以外，其他的几乎回回都依据正史实录所载。这里不妨对照一下《太宗实录》，略举一二，证其前二十八回的描写与史实的依赖关系。

第一回“幸城南面试皇孙　承圣谕阻止传贤”：

忽一日，众翰臣经筵侍讲，讲毕，太祖忽问道：“当时尧舜传贤，夏禹传子，俱出于至正公之心，故天下后世服其为大圣人之举动，而不敢有异议。朕今欲于传子之中，寓传贤之意，尔等以为何如？”言未毕，只见翰林学士刘三吾早挺身而出，俯伏于地，厉声奏道：“此事万万不可！”太祖道：“何为不可？”刘三吾道：“传贤之事，虽公而易涉于私，只有上古大圣人偶一为之。传子传孙无党无偏，历代遵行，已为万世不易之定位矣，岂容变易，况皇太孙青宫之位已定，仁孝播于四海，实天下国家之大本也，岂可无故而动摇……如必欲舍孙立子，舍子立贤，无论皇太孙仁昭义著，难于废弃，且将置秦晋二王于何地耶?”太祖听之，默然良久。

《太宗实录》卷一：

“上一日召侍臣密语之，曰：‘太子薨，长孙弱不更事，主器必得人，朕欲建燕王为储，贰以承天下之重，庶几宗社有托。’翰林学士刘三吾曰：‘立燕王置秦晋二王于何地？且皇孙年长可继承矣。’”太祖默然。

第六回“建文帝仁义治世　程教谕术数谈兵”：

唯燕王有心窥伺，一闻太祖驾崩，即走马奔丧。及遗诏下时，早已到了淮安。燕王接了遗诏，不肯开读……不数日，只见朝廷差了行人，赍了敕书，勒令燕王还回。燕王见敕，起怒道：“望梓宫咫尺不容孤一展哭泣之诚，是断人天伦也。既无父子，何有君臣！”遂恨恨而归。

《太宗实录》卷一：

“三十一年闰五月，太祖不豫，遣中官召上（即燕王），已至淮安。太孙与齐泰等谋诈，令人赍敕符，令上归国。”

第八回“徐辉祖请留三子　袁忠彻密相五臣”：

燕王遂遣三子，备了祭礼同往。到了京师，朝见过，齐泰密奏道：“燕王不自来，却遣三子来，当拘留他。拘留三子，亦与拘留燕王无异。乞陛下降诏拘留之，以系燕王之心。”黄子澄道：“不可！不可！前日废削五王，皆五王自作之孽，非朝廷无故加罪。今燕王遣三子来行祭礼，是遵朝廷，无罪也；无罪而拘留之，则燕王之举兵有辞矣！莫若遣还，以示无知。”

《太宗实录》卷一：

“世子、二郡王高煦、三郡王高燧皆在京。齐泰曰：‘三人在此宜先收之。’黄子澄曰：‘不可。事觉则彼先，发有名，且得为备。莫若遣归，使坦怀无疑也。’遂遣归。寻悔，遣人追之不及。”

第十回“北平城燕王起义　夺九门守将降燕”：

朝廷又降下密敕与卫官张信，敕他乘人卫之便，手执燕王。张信接了密敕，大惊道：“朝廷殊无分晓，燕王何人，我一卫官，怎能手执？”又系密敕，不敢与人商量，只得告知母亲。其母甚是贤智……其母道：“不如转祸为福，密告于王，王无祸，则汝亦无祸矣。”张信细细忖度，知母言为是，遂暗怀密敕，走到燕府，要见燕王。

《太宗实录》卷二：

“元年七月癸酉，有醉卒磨刀于市者，邻媪问曰：‘磨刀欲何斮？’卒厉声曰：‘杀燕王府人。’媪窃以告。”

第十二回“设奇计先散士卒　逞英雄杀入怀来”：

忽又报燕王亲帅大兵，来取怀来。宋忠闻报，这一惊不小。因心生一计，聚集调选燕府的精壮……道：“前日朝廷旨意，选调你们到我麾下，是爱你们精壮，可以边上立功名，故着你们家小原住北平，异日立了功名，封妻荫子。不期燕王反了，道你们归顺朝廷，不助他为恶，一时恼怒，遂将你们家小都杀了。你们知道么?”……宋忠见人心已动，因说道：“你们父母妻子，已被他杀了，哭也无用。莫若抖擞精神，与我去擒燕王，与你们去报仇”……早有细作探知其事，报与燕王。燕王因命军中查出选去精勇的子侄来，叫他张用旧时旗号。又叫众精壮的亲戚、朋友、乡邻，同聚一队，向前厮杀。又立起一面招降旗，招呼精壮归降。不多时，两军相遇，各各射住阵旗。众精壮远远望见燕阵中的旗，倒有一半是他们旧时名号……尽欢喜道：“原来主将骗我们!我们家眷俱各无恙。”又看见燕营竖着招降旗号，早早纷纷过去了一半。

《太宗实录》卷二：

“癸末，上卒马云、徐祥等马步精锐八千，卷甲倍道而进。至怀来，先是获敌谍者言，宋忠诳其将士云：‘尔等家在北平城中，皆为燕王所杀，委尸积满道路，宜为报仇。’将士闻之，或信或否。上闻之，乃命其家人张其旧用旗帜为前锋。众遥识旗帜，又识其父兄子弟无恙，相乎辄应，喜曰：‘我家固安，几为宋都督所误。’皆倒戈来归。”

第十三回“燕王定计取两城　炳文战败回真定”：

燕王领兵乘胜而来，离真定还有二十里，不知耿兵屯于何处，因叫前哨去捉了几个城中出来采樵的百姓，问他耿兵于何处……燕王问得明白，厚赏百姓遣去。就命张玉、朱能领兵鸣锣击鼓，从西北向直奔耿营作正兵，与之交战，自带邱福，暗暗领三千精骑，绕过城西，直逼东南的营阵作奇兵。

《太宗实录》卷三：

“壬戌末至真定二十里，获采樵者询，知炳文军惟备西北，其东南无备。上率三骑先至东门，突入其运粮车中，擒二人问之，其南岸之营果多于北岸，由西门而营，直抵西山。”

第十七回“掩败迹齐黄征将　争战功南北交兵”：

燕王道：“国师之言是也。然据寡人看来，李景隆志大无谋，又喜自专，因是无用之物。郭英虽系名将，然今老迈，定退缩而不敢前。平安虽英勇善战，却刚愎自用，无人帮助，不足畏也。至于胡观，骄纵不治。吴杰、俞通渊，懦而无断。皆匹夫耳，无能为也。”

《太宗实录》卷六：

“上谕诸将曰：‘李九江志大而无谋，喜专而违众。郭英老迈退缩，平安愎而自用，胡观骄纵不治，吴杰懦而无断。数子皆匹夫，徒恃其众耳。’”

第二十一回“假示弱燕王欺敌　恃英勇张玉阵亡”：

张玉见南兵苦战，皆是盛庸督战，暗想道：“要脱此围，除非斩了盛庸，方才能够。”因大喝道：“盛庸奸贼，勿要逞雄，且吃我一刀。”遂舞刀直杀过来，不期盛庸贴身皆精勇弓弩护持，看见张玉突来，一齐放箭。张玉躲闪不及，左臂上早中了两箭。再欲回马，而盛庸挥众齐上，竟将张玉斩于马下。

《太宗实录》卷七：

“张玉突入敌阵大战，连杀百数十人，玉亦被伤而殁。”

第二十四回“间计不行于父子　埋伏竟困彼将士”：

平安遁还真定，报马到京师。建文帝愈加不悦，因诏群臣建议。众臣皆无一言，唯方孝孺奏道：“日今河北师老无功，德州饷道又被烧绝，事势艰危，大有可忧。向以罢兵之说诱之，既不能，则当别用一策以图之，安可坐视以待祸。”……“臣闻燕王平素最爱次子高煦及三子高燧。世子高炽为人朴实，尝为二弟所谗。今世子居守北平，而高煦、高燧随征在外，正嫌疑之际，何不因其嫌疑，而用计离间之，使燕王信谗，则必疑其子，而趋归北平矣……”建文帝听之大喜，即命孝孺草诏赐燕世子，令其背父归朝，许以燕王之位。

《太宗实录》卷八：

“方孝孺言于朝曰：‘今河北师老无功，而德州饷道又绝，事势可忧。向以罢兵之说诱之既不能行，则当别图一策，安可坐视。臣有一策。’……对曰：‘燕世子孝谨仁厚，得国人心，燕王最爱之。而其弟高燧狡谲，素忌其宠，尽谗之于父，不信。今但用计离间其世子，彼既疑世子，则必趣归北平。’……遂令孝孺草书贻世子，令背父归朝，许以燕王之位。”

第二十八回“燕王耀兵大江上　建文计空思出亡”：

诸将中有说当先取凤阳为直截，有说当先取淮安无后患。燕王道：“皆不然也。若先取凤阳，我想凤阳楼橹坚定，非攻不下。若攻，则未免震惊皇陵，试思皇陵岂可震惊乎？若先取淮安，我想淮安积储饶裕，人马众多，攻之岂易破乎？若攻不破，势必旷日持久，那时援兵再集，岂我之利乎？莫若乘胜直趋扬州、仪真。况两城兵弱，不须苦战，可招而下。既得真、扬，耀兵江上，则京师震骇，必有内变。京师既定，凤阳、淮安又何虑焉?”

《太宗实录》卷九上：

“上曰：‘凤阳楼橹监（坚）完，所守既固，非攻不下恐震惊皇陵。淮安高城深池，积粟既富，人马尚多，若攻之不下旷日持久，力屈威挫，援兵四集，非我之利。今乘胜鼓行趋扬州，指仪征，两城军弱可招下。既得征、扬，则淮安、凤阳人心自懈，我耀兵江上聚舟渡江。’”

至于小说第二十九回建文帝削发为僧逃离京城，《实录》则谓其投火自焚。自此后数回的内容，皆荒诞离奇，多为正史所不载。

综上小说内容与其本事的对比，可以说，小说中所铺叙的故事皆有史实所据，只是小说中的情节更加生动些罢了。值得一提的是，小说中所描写的人物，《实录》中都有所载，唯独作者大费笔墨描写的姚广孝，在《实录》“奉天靖难事迹”中却只字未及。《明史·姚广孝传》中所述大致与《续英烈传》相吻合。有人认为，“《明史》成于清代，早于《明史》的《明史纪事本末》也出现于清初，而《续英烈传》大都认为成于明代。如果事实诚然如此，那么，《明史》其源恐怕应该追溯到这部小说，而这部书的价值也就应该重新评说”（田藻：《续英烈传校点说明》)。这一说，不无道理。加之《太宗实录》亦为永乐帝近臣所录，难免有亲君而妄加篡改史实之嫌。如此看来，《续英烈传》所描写的历史事实，甚至于建文帝祝发为僧逃难的经历（《实录》记载建文帝是投火自焚。《明史》则并立自焚和出逃两说，恐怕是受《续英烈传》的影响为多)，应当更为读者乃至史学界所瞩目了，其价值比之《英烈传》也不可同日而语了。当然，对于这些，我们还只是一种推测，可以作深入探讨，但不能就当作定论。

(三) 《续传》的艺术特色

明代后期，通俗小说的创作水平，总的趋势是处于上升阶段，人物的描写，情节的安排，文字的口语化等都在不断地发展，并日臻完善。《续英烈传》是在整个通俗小说创作水平上升时期产生的一部讲史小说，它在各方面都受到同时期或前人创作的影响，与《英烈传》相比较，模拟前人的痕迹不甚明显，描写亦多活泼生动之笔。它在艺术上是不乏独到之处的。

在传统通俗小说中，人物的塑造和情节的展开是两大主要支柱，且决定了小说艺术水平的高低。《续英烈传》在人物形象塑造上，摒弃了《英烈传》人物描写的空泛和缺乏鲜明性格之处，比较生动地塑造了燕王朱棣、建文帝允炆、姚广孝、景清、方孝孺、铁铉、徐辉祖等人物形象，精彩之笔也屡屡可见。

燕王棣和建文帝允炆是这部小说中敌对双方的代表人物。作者通过叔侄俩为了争夺皇位这个万钧之座的险恶斗争，把这两个人物性格刻画得淋漓尽致。在作者笔下，燕王是一位精通权术，深懂机谋的雄杰，而建文帝则是一位具有文人气质，柔弱、温厚的贤主。书中第一回，作者用对比映衬的手法，描写了两人截然不同的性格。太祖为了测试皇太孙（建文帝）的学问，出了“风吹马尾千条线”的上联，建文以“雨洒羊毛一片毡”以对，而燕王则以“日照龙鳞万点金”相对。通过简单的属对描写，人们不难觉察到建文帝的柔弱和燕王的博大。再如第六回，太祖驾崩第二年，燕王单骑入京师，借吊丧之名，窥探建文帝的虚实。燕王深知建文帝的禀性，竟视朝中文武如偶人，故“进入朝门，径驰丹陛，步步龙行虎跃，走将上去。到了殿前又不山呼万岁，不行君臣之礼，竟自当殿而立，候旨宣诏。”当有御史弹劾他时，连忙跪奏假辩说：“臣棣既已来朝，焉敢不拜。但于路伤足，不能成礼，故鹄立候旨。”而建文帝则说：“皇叔至亲，可勿问说了。”及待又有人参劾燕王无礼时，建文帝再次委曲求全。侍郎卓敬向建文帝“晓明大义”后，建文帝听了默然良久，说道：“卿且退，容朕细思。”而燕王在宫中朝见后匆忙回北平去了。这里，作者采用强烈对比的手法，把燕王睥睨不可一世的性格和建文帝柔弱寡断的性格描写得判然有别，相映成趣。小说描写燕王和建文帝正面冲突的文字仅此两处，虽落笔不多，人物的个性且生动鲜明，可扪可触。

小说还通过燕王假装疯癫逃避朝廷削藩的诏书，以及在“靖难”过程中足智多谋、诡诈多变、身先士卒、冲锋陷阵，和在得意后屠杀建文帝旧臣等场面的描写，深刻地揭示出这个在政治上明争暗斗，军事上火并鲸吞，集机谋和胆气于一身的雄杰形象。相比之下，建文帝则处处被描写得懦弱柔顺，当断不断，最后落得个祝发逃亡结局的哀君形象。

姚广孝，是作者在小说中着墨较多的一个人物。书中从第三回到第五回，用较大篇幅叙述了他的身世和发迹史。对于姚广孝的塑造，作者是基于“大凡天生一英武之君以取世，必生一异能之臣以辅佐之”这一观点来写的，故作者把他塑造成有点类似《三国演义》中的诸葛亮和《英烈传》中的刘基，处处可见到他的才智。但有趣的是作者对姚广孝的结局处理：

姚广孝等，既遭富贵，又各衣锦还乡，报答有恩，以酬其尘埃拔识之力。后来姚广孝终不蓄发娶妻。一日奉命赈济苏湖，往见其姊。姊拒之曰：“贵人何用至贫家为?”不肯接纳。广孝乃易僧服往，姊坚不出，家人劝之，不得已出立中堂，广孝即连下拜，姊曰：“我安用你许多拜？曾见做和尚不了，底是个好人?”遂还户内，不复见。

姚广孝回京后不久便去世了。可见作者对姚广孝这个人物形象塑造是前后矛盾的，它反映当时市民阶层的一般心理，即人民需要安定局面，不需要战争，而姚广孝在这场明王朝统治阶级内部斗争中起着举足轻重的作用。人们不敢骂皇帝，所以只好拿他当替罪羊，落得个连亲姊都不认的结局，得出了“曾见做和尚不了，底是个好人?”的结论。

人物描写的最精彩之处是燕王得意之后戮杀建文帝旧臣时的场面。这些描写是相当壮烈而感人肺腑的。兵部尚书铁铉，被俘后燕王问他：“为君自有天命，天命在朕，人岂能违？当日济南铁闸，还造成汝今日之死，于朕何伤?”铁铉回答说：“人谁不死？死于忠，快心事也，胜于篡逆而生多矣!”且昂然反背立于庭中。燕王命其转面反顾，他大声说：“无面目对篡逆也!”燕王大怒，令人去其耳鼻，铁铉还是不顾。燕王再命人碎分他的躯体，他至死骂不绝口。至此，一个怀忠不悔、宁死不屈的义士形象兀然站立在读者面前。再如，当永乐帝要方孝孺草拟即位诏书时，“孝孺大恸，举笔投于地下道：‘天命可以强行，武功可以虚耀，只怕名教中一个篡字，殿下虽千载之下，也逃不去！我方孝孺，读圣贤书，探春秋笔，死即死耳，诏不可草!’永乐大怒道：‘杀汝一身何足惜，独不顾九族乎?’孝孺道：‘义之所在，莫说九族，便十族何妨!’哭骂竟不绝口。”难怪后世戏曲多取了这个场面加以敷衍，其壮烈慷慨，令人动容。

其他如景清被剥皮实草系在城楼之上，当燕王路过此地时，景清之皮突然坠落在这位新君之前，并向前走了三步作犯驾之状；侍郎王观闻知燕王登基之后，正朝服向东跪拜后投江而死等。

这一系列人物形象的塑造，虽然作者本意是出自于传统史观来歌颂他们的忠孝节义的，但在小说的艺术性上也具有相当高的水准。他们死得壮烈，使人感动，而他们的语言慷慨激昂，犹如玉磬金钟般掷地有声，遗音不绝。这一方面表现了铁铉、方孝孺、景清等人的忠烈，另一方面也揭露了燕王的凶残和暴虐。可以说第三十回“即君位杀戮朝臣”是整部小说的高潮，也是作者塑造人物形象最为成功的一回。

其他的如徐辉祖、湘王柏、卓敬、张玉等人物，虽落笔不多，但也较成功地刻画了他们各个不同的性格特征。

《续英烈传》的情节设置，一扫《英烈传》模仿前人（主要是《三国演义》）的弊端，在矛盾冲突处理上颇具匠心。无论是建文帝的“削夺诸藩”，还是写“燕王靖难”“建文逃亡”等，均详略有致，跌宕有姿。由于此书是以明王朝争夺最高统治权斗争为题材的，或者说作者创作此书的本意另有寄托，但读者可以从小说情节的发展和矛盾冲突的激化中，充分领悟到这场斗争的残酷性。《续英烈传》在构结情节的扣子上也较《英烈传》巧妙得多，回回都有扣子，再层层解开来以引起读者的兴趣。这也反映了当时小说创作对于技巧的有意而为。

小说所铺叙的内容绝大部分都是史实，但也吸收了一些民间传说，这主要表现在“建文逊国”后的内容上。它的引入，在某种程度上给作品带来了几分浪漫情调，使得这部讲史小说虚实结合，增强了作品的可读性。

（四）《续传》与星相

从总体来看，《续英烈传》思想艺术水平略胜《英烈传》一筹，然而，许多重大的事件和矛盾冲突没有得到充分的展开，人物形象刻画亦嫌粗略，一些颇具戏剧性的场面没有得到充分发挥。这与当时整个讲史小说的创作水平有关，更主要的是与作者的创作思想有关。《续英烈传》是本朝人写本朝事的一部讲史小说，由于历史的复杂性，作者在描写敌对的双方时，不能明确地评论谁是谁非，谁应该占据皇帝的宝座，“审理乱之大趋，道政治之得失”，在这里是做不到的。因此，作者只有沿用诸如“天命论”等封建正统的唯心史观来评介史实，褒贬人物，解释事情的成败、人物的命运。

在整部书中，诸如“天意有定，人心难逆”“天意不可违”“此中有天意”“上合天心”“天命如此”等字眼比比皆是。由此，书中的人事都是上苍旨意早已安排好的“定数”，建文帝的逊国是天意，燕王的靖难谋权也是天意。尤其是席道士和姚道衍的那段对话，更加突出了这种宿命论的天命观。作者在书中既歌颂了建文帝的仁孝敦厚，也歌颂了燕王的果决智勇。燕王棣诛戮建文旧臣这种带血的残暴，在作者笔下是英雄所为，建文旧臣的死难、愚忠又被描写谨守君臣大义的英烈行为。这也是一是非，那也是一是非，毫无是非可言。因为作者时时用这种“天命论”来审事度人，必然会走到传统讲史小说的老路上去：采撷史实，堆砌材料，貌似公允，实则是推卸自己判明是非的责任。可以说，封建正统思想和“天命论”，是《续英烈传》成就所以不高的最根本原因。

然而，事事都用“天命论”来解释和评价，未免会让读者们感到太空泛了，故作者也采用了一些有关星相占卜的描写，企图以此来解释复杂的历史事件，以增加一点神秘色彩，吸引读者。星相占卜是我国古代社会的一种文化现象，它反映了一定时代人们的文化心态和习惯。这种文化心态和文化习惯涵盖很深，主要包括了统治阶层的士文化和下层百姓的俗文化心态和习惯。从王朝的兴衰、用兵征伐，到寻常的耕猎渔牧、婚丧嫁娶等，都可以用星相占卜来推测、解释，所以，不论高贵者，还是卑贱者，都信之、畏之和敬之、拜之，无不五体投地。在明清小说中，星相占卜的描写成为一种普遍现象，构成一种特有的艺术意境，表现出一种神奇的艺术风格。他们“或绘声绘色地表现睿智之士怎样从星象变化以推断吉凶，企求摆脱命运之神的摆布；或娓娓动听地叙述江湖术士如何鼓动如簧之舌，编造种种神示，以售其奸；或运用白描手法，勾勒占卜术的变化莫测，力图调制出一股扑朔迷离的氛围，以神异其事；或驰骋游戏笔墨，描绘星相家有以假乱真之能，旨在创造别具意蕴的境界，使格调出新。”（吴圣昔：《向命运之神膜拜、戏谑和挑战的合奏：明清小说和星相占卜》，《明清小说研究》，1990，3）《续英烈传》的作者大概也和其他小说家一样，能深深领悟到用星相占卜来增润小说的妙处，或者说他很会抓住两种文化心态的共同之处吧，故而在书中大费笔墨来描写这方面的内容。

第三回“姚广孝生逢杀运”中，和尚姚道衍在路上无意中碰到了神相袁柳庄，请其相面。袁柳庄笑道：“和尚，你莫要自家看轻了。你容色皙白，目有三角，形如病虎，后来得志，不为宰相，则为帝王之师，盖刘秉忠之流也。但天性嗜杀，不像个佛门弟子。奈何！奈何！”又说：“和尚须自重，我袁柳庄许了人，定然不差。但愿异日无相忘也。”“得意之后，万万不可还俗。”后果如袁柳庄之言，姚广孝成了燕王的主要谋士，出谋划策，东征西杀，富贵后亦“终不蓄发娶妻”，以和尚终了一生。又第八回“袁忠彻密相五臣”，当建文帝派宋忠、张昺、景清、谢贵、耿巘五臣到北平暗地察访燕王行动时，燕王顾虑重重，特召袁柳庄之子忠彻来暗相五臣。忠彻道：“宋忠面方头阔，可称五大，官至都督至矣，然身短气昏，两眼如睡，非大福令终之人。张昺身材短小，行步如蛇。谢贵臃肿伤肥，而神气短促。此二人不成大事，目下俱有杀身之祸。景清身倭声雄，形容古怪，可称奇相，为人必多深谋奇计，殿下当防之，然亦必遭奇祸。耿巘颧骨踵鬓，色如飞火，相亦犯凶。以臣相之，此五臣皆不足虑也。”燕王听后笑道：“若果如此，寡人无忧矣。”

后亦如忠彻之言，燕王诛张昺、谢贵等人以靖难之名开始与建文帝交战。其实这些迷离恍惚的相面描写，一方面是借相士之口为一切皆天数的宿命观以作张本；同时，也为情节的启承转合作了必要的预示。

再看占卜术的描写。第五回“姚道衍借卜访主”中写道，装疯卖癫的道衍被燕王召入宫内殿问卜，他取出三个太子铜钱，递与燕王道：“请殿下自家祷祝。”就在案上连掷了数次，排成一卦，因说道：“此卦大奇！初利建侯，后变飞龙在天。殿下将要由王位而做皇帝么？”十一回“夺居庸二将成功”中，姚道衍荐金忠为燕王占卜，燕王问道：“姚国师说，你受了席道士一种数学，可为寡人细细一卜，看靖难师出胜负何如，几时能成大事？”金忠领旨卜完，因奏道：“此卦乃潜龙升天，大吉大卦。靖难师出，攻无不克，战无不胜。但遇大木穿日，小不利耳。若问成事，只候水拥马来，便登大宝矣。”当燕王问道，“何谓大木穿日？何谓水拥马来”时，金忠很神密地说：“此系天机，臣不敢泄，时至自知。”这两次占卜的描写，明眼人一看便知，道衍和金忠所言，实已摸清了燕王的底细而有意投燕王所好而已。“此系天机，臣不敢泄，时至自知”，亦是金忠的圆滑之语。胜败乃兵家常事，燕王也不可能处处得胜的，因有“大木穿日”之说。作者对占卜术的描写，实际上是想给读者带来一种神秘之感，增强想象力，使他们沉浸于富有神奇色彩的意境中去。这样看来，此类描写倒还有一些意趣。

程济是作者在描写建文旧臣中着墨较多的一个，在作者笔下他是一个极懂术数的“先知”。第六回“程教谕术数谈兵”：写建文帝览表，竟然见四川岳池教谕程济一本，奏道：“臣夜观乾象，见荧惑守心，此兵象也。臣以术数占之，明年七月，北方有大火起，侵犯京师，为害不小。乞陛下先事扑灭，无贻后悔。”可惜的是建文不听程济之言，而是听任群臣将程济押入大牢，候至期定夺。后来果如程济所言。程济伴随建文帝逃亡在外五十年，当建文欲东归时，程济又为其卜吉凶，“无吉无凶，正合东归”，遂一起回到北京。作者有“自称智士，真无愧矣”之语褒赞他。作者对程济星相占卜术之灵的描写，和前面大肆描绘的相面打卦场面，都是为小说情节的跌宕而服务的。

应当指出，《续英烈传》在描写星相占卜方面，比《英烈传》要成功的多。《英烈传》对星相占卜的描写比较平庸、粗糙和呆板。小说中广泛描述这方面的内容，一方面是投读者的猎奇心理，另一方面借此以丰富人物的性格，充实情节的丰富性，并使全篇结构严谨化，故事前后呼应，自圆其说。更主要的是作为一种文化心态，它反映了一个时代的文化风貌。

如前文所说，《续英烈传》的作者是用封建正统的唯心史观来讲这部“靖难”史的，总的看来好像比较“公正”，不偏不倚，但实际上还是有倾向性的，只有在小说的字里行间细细推敲，就不难发现作者对于建文帝是持同情态度的。首先他把建文帝描绘成仁孝淳厚之君，具有文人之风，比较柔弱，当诸臣劝其诛灭燕王时，怕落个“弑叔”之罪，而对燕王一而再，再而三地姑息让步。对他在政治上和军事上的失误，作者都归罪于那些庸臣劣将，以弥补他的寡断，竭力将他写成一个“贤主”形象。“强者愈强，弱者愈弱”，是作者从另外一个角度塑造这个形象的根据，因而可怜他，在小说后附会了一段民间流传的“建文祝发逃亡”的传说，最后还返回京城，被正统皇帝封为“天下大师”，得到了一个带有悲剧性的大团圆的结局。这种思想倾斜，一方面美化了明王朝统治者形象，另一方面也迎合了市民阶层“抑强扶弱”的审美观点。再者，明王朝后期的统治阶级日趋腐败，帝王多贪婪、残暴，这样写建文，似亦有婉讽的意味。

四 《英烈传》系列小说的影响

前文就《英烈传》和《续英烈传》的思想内容和艺术特色作了一些介绍和分析。从小说总的思想和艺术水平来看，它们在诸多明清讲史小说中，顶多属于二流作品，在文学史上也不为人们所看重。然而，它们在讲史小说发展的环节中，毕竟占有一定的位置。

(一) 开写本朝史之风气

首先，在讲史小说中，绝大多数的作品都是由后代人写前代史事的，如《三国演义》《南宋志传》《西汉演义》《东周列国志演义》等，唯独《英烈传》《续英烈传》和为数不多的作品，是本朝人讲本朝史事的。在某种程度上，可以说《英烈传》和《续英烈传》，尤其是《英烈传》，是讲史小说中开写本朝史事先河的作品。继它们之后，这一类讲本朝史的小说不断涌现。据孙楷第《中国通俗小说书目》所载，这一类讲史有二十多部。其中主要的有：

《真英烈传》。据《小说小话》所引称：“似因反对《英烈传》而作，开国诸将中，于郭英多所痛诋，而盛述傅友德、胡德济、邵荣功业。平川之役，特表万胜，胜前书多矣。又谓沐英为高后私生子，而懿文与永乐皆畜养于宫中者。永乐为庚申君遗腹，其母甕妃，为蓝玉俘获，太祖纳诸宫中，而玉曾染指。亦见明人野史。”可惜这部《真英烈传》已失传，今天我们无法看到了。

《于少保萃忠全传》，又称《旌功萃忠录》，为明万历间钱塘孙高亮所作，共四十传。书叙明朝浙江钱塘人于谦，少年时就聪敏异常，才华出众，十岁即考取生员，后来游学苏州一带，结交了徐理、段民。于谦与朋友打赌，独自到宝极观驱鬼，又治愈何老的女儿之病，且娶何老的外甥女。后来于谦去山东搬取岳父灵柩回葬，在青州结识了石亨、石彪二人。僧人蓝如占卜惊叹他们三人将来必定是救乱的将相。于谦中进士后，吏部授他监察御史之职，奉旨巡按广东、江西，体察民情，惩治污吏。宣德时，于谦随驾平定汉王叛乱，因功升伍佥都御史兼兵部右侍郎，后又奉旨巡抚山西、河南十年，明察秋毫，秉公执法。正统年间，瓦剌大军侵犯明朝边境，正统帝率军亲征，不料明军作战失利，全军覆没，正统帝本人也被敌俘获。于谦奉太后之命辅佐朝政，并升任兵部尚书。景泰帝登基，瓦剌进攻北京，于谦率军民抗击敌军，士气高昂，节节胜利。时侍讲徐理奏请皇帝迁都南京，于谦竭力阻止而得罪于徐。后于谦见边地平和，无外敌入侵，便保奏廉正官员外放治州县。徐理改名有贞治水有功，请于谦举荐他为国子监祭酒，然皇帝不准。徐理以为是于谦从中作梗，遂怀恨在心。于谦不徇私情，革除了石亨手下冒功之人，又得罪了石亨。景泰帝病危，石亨、徐有贞迎请正统帝复位改元天顺。在石、徐等人的诋毁和诬陷下，天顺帝处死了于谦。后来于谦火中现形，向天顺帝陈诉冤屈，皇帝略有所悟，遂赦免了于谦之子于冕。不久，徐有贞因罪发配云南，石亨因聚众叛乱被捕入狱，亦死于狱中。于冕见奸臣已除，便上书为父申冤，弘治时终为于谦平反昭雪。

小说涉及明朝永乐、洪熙、宣德、正统、景泰、天顺、成化七代六帝的历史演变，是一部融国家命运和个人遭际于一炉的纪传体讲史小说。它成功地塑造了于谦这个睿智廉洁、爱国恤民的清官形象。就艺术形象的内在吸引力及其真实性而言，这个人物的塑造已达到了较完美的程度。从某种意义上说，这部作品融会了演义、公案、神魔小说和传记文学的特点，在我国古代小说发展史上具有一定的意义。“正如《英烈传》一样，这两部小说都产生于明史的著述之前。它们并非根据明史演绎而来，而是为明史的修撰提供了丰富的感性材料。就当代人写当代人的长篇传记来说，《于少保萃忠全传》在文学史上也属首创。”（孙一珍《谈〈于少保萃忠全传〉》，《明清小说研究》第5辑）

《警世阴阳梦》十卷四十回，明崇祯年间长安道人国清著，叙述明末权宦魏忠贤作恶多端，死后在阴间受审的故事。全书分《阳梦》《阴梦》两部分。《阳梦》叙述了魏忠贤由一个市井无赖发迹，到控制中央政权为非作歹的故事。《阴梦》叙述魏忠贤死后被凌迟及在阴司受审的故事。这是一部反映时政的讲史小说。

《梼杌闲评》又是一部由本朝人写本朝史实的讲史力作。该书又名《明珠缘》，有人以为系明末李清所著，共五十回。明代嘉靖末年淮南泛滥成灾，工部侍郎朱衡总理治淮河务，修复高家偃，且在赤练村烧死作怪红蛇兴建闸洞。在工程竣工的祭祀河神会上，艺人魏丑驴之妻侯一娘与昆旦魏云卿私通，生下一子，乳名辰生。一娘随夫往泰安卖艺的路上为强盗所劫，丈夫被害，屈从强盗。十年后，一娘带着辰生，裹携强盗银子和三颗明珠骑马出逃，为蓟州石林庄主客老收留。辰生改名进忠，与客老的外孙李永贞和刘瑀（即刘若愚）结为兄弟。一日，进忠随母进京寻父，行前，客老将孙女印月配给进忠。母子二人在京流落半年后各奔东西。进忠先为中书程世宏长随，后又拜在鲁太监门下，历经沧桑，四处谋生，最后流落街头。在一老僧的帮助下进入宫中为太监，看守东宫之门。在“梃击”和“红丸”案中，进忠因功升官，掌管东厂，皇帝赐名忠贤。魏忠贤与在宫中当乳母的客印月相互勾结，害死司礼监掌印太监王安，由魏掌管司礼监，将李永贞、刘若愚升为秉笔，控制了皇帝起草圣旨的大权，并在宫中到处安插亲信，多行不义。副都御史杨涟、工部郎中万燝等人弹劾魏忠贤罪状的奏本，均被魏忠贤扣押，且杖杀万燝，杨涟也告病回乡，群臣无敢吱声。魏忠贤的罪恶愈演愈烈，捏造罪名陷害大臣，搜捕东林党人，处理镇辽大臣熊廷弼，卖官鬻爵，搜刮民脂民膏，势焰熏天，晋爵上公。天启帝病危时，他欲加九锡封王爵，公开摄政，因群臣不从未成。崇祯即位，严惩了魏忠贤，魏自知罪恶极大，自缢而死。其他党羽也一一被杖杀或斩首。魏之前妻傅如玉得知魏忠贤伏诛，欲为魏超度灵魂。碧霞元君下凡，点明因果，说魏忠贤和客氏为当年雌雄二蛇转世，杨涟、左光斗、万燝分别是朱衡等人的后身，众魂各得报应。

《梼杌闲评》是一部讲史的现实主义作品，它的思想性和艺术性都有较高的成就。小说以魏忠贤专权乱国的经历为主线，比较真实地反映了万历后期至崇祯初年的朝政大事，“其所载侯、魏封爵制辞，皆不类虚构；述忠贤乱政，多数与史相参”。（邓之诚《骨董续记》）又以相当多的篇幅描写了男女之间的感情纠葛和细腻的家庭生活，表现了讲史小说与人情小说合流的倾向。

再者作品成功地塑造了魏忠贤由一个顽童变为流氓，再变为权奸的反面形象，具有鲜明的时代色彩。因此有人认为，“《金瓶梅》之写淫，《红楼梦》之写侈，《儒林外史》《祷杌闲评》之写卑劣……皆深极哀痛，血透纸背而成者也。”（王钟麒《中国历代小说史论》）

此外如《皇明中兴圣烈传》《辽海丹忠录》《平虏传》《大英雄传》《剿闯通俗小说》《陆沉纪事》《七峰遗编》《掌故演义》等均属此类，这里不再一一枚举。

由此，我们不难看出，自《英烈传》问世后，到了明末清初，这一类直接反映当时政治军事史实的讲史小说迅速发展，表现了明末清初小说创作的高度繁荣和新的倾向。而《英烈传》在这一类小说确为开风气之先的作品，具有某种典范意义。

（二）纪事本末体小说的范本

明清讲史小说历来是通俗小说中流品至杂的一类，它们的体例也没有一定的模式。“有演一代史事而近于断代为史者；有以一人一家事为主而近于外传别传及家人传者；有以一事为主而近于纪事本末者；亦有通演古今事与通史同者。其作者有文人，有闾里塾师，瓦舍伎艺。大抵虚实各半，不以记诵见长。亦有过实而直同史抄，凭虚而全无根据者，而亦自托于讲史。”（孙楷第《中国通俗小说书目·前言》）作为讲史小说中的《英烈传》和《续英烈传》，应该属于哪一类呢？它们倒有些类似“以一事为主”的纪事本末体。

众所周知，我国古代的通俗小说的繁荣时期是明代嘉靖年间，在《英烈传》之前，多数的讲史小说是演一代之事，以《三国演义》为典范，所叙内容从东汉末年一直到西晋一统天下。然而继《英烈传》这部专叙以一事为主的纪事本末体小说诞生以后，这一类讲史小说又不断出现，较著名的有《孙庞斗志演义》《铁冠图》《乐田演义》《瓦岗寨》《说岳全传》等。

《孙庞斗志演义》又称《前七国志》，作者是谁，说法不一，一般题作“吴门啸客述”，全书二十回。战国时期群雄割据，燕国驸马孙操之子孙膑天资聪颖，胸怀大志，为报强秦挟制之仇，拜云梦山鬼谷先生为师学艺，途遇魏国庞涓，义结金兰结伴而行。鬼谷先生见庞涓貌似不善，意欲拒收，经孙膑多方说情始留下。孙膑对庞涓一片赤心，而庞涓对孙膑却心存戒备。艺成之后，庞涓和孙膑先后下山。庞涓应招魏国，阵上擒了齐将田忌，被拜为大元帅，封为武晋君，招为驸马，一时宠荣，骄矜狂大。庞涓为借助孙膑之力扶佐魏王，骗孙膑出山。魏王命孙庞斗阵，庞不识孙的阵法，临阵出丑，遂嫉恨孙膑，且屡屡陷害孙膑。孙膑在义士朱亥的帮助下化险为夷。齐国慕孙膑之才，请他来到齐国，住在齐王之弟田忌府中。孙膑为田忌排忧解难，又收服草寇袁达，被封为大元帅、南平郡王，又与丞相苏代之妹结为夫妻。齐国太师邹忌妒孙膑之才，勾结庞涓计捉孙膑未果。庞涓用邪术使孙膑中邪，生命危在旦夕，幸得冯驩显露奇才，破法救命。为报庞涓屡加陷害之仇，孙膑诈死埋名，赚庞涓出兵齐国。在马陵道伏兵杀败魏军，生擒庞涓，遣送回国。庞涓落得个“七国分尸”的可耻下场。孙膑被封为天下总军师、挂七国金印。孙膑却具辞表逊谢，退归岩穴。

《孙庞斗志演义》可能是根据平话《七国春秋前集》改编的，具有一定的文学性和可读性。语言简洁，风格朴实，基本上保持了市廛说书和平话的特色，但人物事件与史实乖谬错舛之处很多，且穿插了不少神仙灵怪的描写，给这部讲史蒙上几分神奇迷离的色彩。

《乐田演义》又称《后七国志》，清初徐震撰，共十八回。小说以乐毅、田单为中心，描绘了战国时期燕、齐之间兴衰争斗的故事。燕、齐两国结怨深厚，齐残灭燕嗣，燕国朝野怨恨于齐，暗中图报复，到终南山迎太子平即位，称燕昭王。燕昭王为重振燕国，高筑黄金台，招纳四方贤士。赵国的乐毅相貌伟岸，高谈阔论，昭王倾心折服，授以亚卿之职，执掌大权。乐毅劝昭王休养生息，伺机报仇雪耻。二十八年转眼即逝，燕国日益强盛，齐国内部却危机四伏。乐毅感到时机成熟，遂联合秦、赵、韩、楚、魏五国，共伐齐国。仅半年光景，燕国便攻下齐国七十余城。楚将淖齿杀死齐湣王自立为齐王。齐王孙贾左袒刺死淖齿，宗人田单崛起。此时燕惠王即位，愚暗多疑，中了田单的反间之计，怀疑乐毅的忠心。乐毅眼见燕国君昏臣奸，国事日非，遂交权归赵。田单乘机用火牛阵大败燕军，尽复齐城，重立齐国宗庙，重整残局，迎立襄王，自己被拜为平安君和相国。这时，燕惠王如梦初醒，痛恨不已，修书迎请乐毅。乐毅复书婉言谢绝，但表示要为燕赵修好，略尽绵薄之力。从此，燕赵往来如同一家。作品敷衍史事，不涉神魔，字里行间流露出鲜明的爱憎褒贬，其间穿插了不少诗词，更是画龙点睛，直抒胸臆。但多泄愤直露之语，缺少含蓄，性格刻画也缺乏典型性。

《铁冠图》又称《忠烈传奇》，清初松滋山人著，共五十回。小说用艺术形式详细完整地描写了明末李自成起事造反，推翻明王朝，最后被清兵和吴三桂击败而身亡的故事。作者对农民起义不无攻击，但整个过程的叙述基本上还是比较客观的。

再如人们所熟悉的《说岳全传》，亦称《精忠说岳》，为清代钱彩、金丰合著，共八十回。此书称得上是清代较为著名的“纪事本末体”讲史小说。小说以北宋末年至南宋初年的阶级矛盾和民族矛盾为背景，叙述了岳飞父子抵抗并战胜金兵的故事。且围绕着岳飞，又成功地塑造了牛皋、宗泽、杨再兴、高宠、梁红玉、王佐等形象。小说从第一回至第六十一回，主要写岳飞出世、成长、抗击金兵、屈死风波亭的悲壮一生，为全书的精华。从第六十二回至八十回，主要写岳飞之子承父志挂帅扫北，生擒金兀术的故事，内容多出于虚构，不如前一部分生动感人。但该书在民间一直广为流布，至今影响很大。

其他记一事为主的讲史也还有一些。从讲史小说的“纪事本末体”的角度来讲，《英烈传》和《续英烈传》又有一定的代表性，它为后世的讲史小说中以“纪事本末体”写时事类作品，提供了一个范例。

（三）讲史题材上的拓展

描写草泽英雄的发迹史，为那些开国功臣们歌功颂德的内容，历来为读者们所津津乐道。这种描写开国英烈、草泽英雄发迹的讲史小说，直到《金瓶梅》的问世才有所改变。但是这种改变，还是局部的，相对的，描写开国英雄发迹变泰类小说的创作，仍不时出现。《英烈传》的内容正是描写了明代开国英烈的群像，这一题材在它以前的讲史中并不多见，所以说《英烈传》又是发掘这一类题材而为讲史小说的开风气之作。相类题材的作品主要有：

《说唐》，一名《说唐前传》，清如莲居士著。全书共六十八回，写隋炀帝荒淫失政，天下大乱，李渊、李世民父子起兵建立唐朝的故事。北周大将杨忠、杨林兄弟兵伐北齐，济南守将秦彝兵败身亡，留下夫人宁氏和儿子秦琼。周主晏驾，太子庸懦，杨林扶侄儿坚篡夺皇位，建立隋朝。杨坚派次子广率兵攻陈，见陈后主二妃貌美遂起强占之念，李渊等恐女色误国杀二妃，与杨广结下怨仇。因杨广陷害，李渊乞回太原，途中被杨广等人劫杀，为历城捕快秦琼所救。秦琼至汾州因欠钱当锏卖马，巧遇单雄信等好汉。皂角林，秦琼误杀吴广，充军发配至河北幽州。在罗艺帅府，秦琼与姑母相认。因罗艺所荐，秦琼在山东节度使唐碧手下为官。秦琼押解寿礼入京送与越公杨素，途中巧遇王伯当等人，一起进京且大闹长安城。杨广荒淫无道，弑父缢兄夺得皇位，为收买人心，大赦天下。程咬金遇赦出狱，与尤俊达结为兄弟，长叶林劫得靠山王杨林十六万银的皇纲。秦琼受命办理此案无绪，只好冒名投案，被杨林收为义子，为十三太保。绿林群雄借秦母大寿之际，在贾柳店歃血为盟，结为兄弟。徐茂公等人劫牢反狱，大闹山东，与闻讯逃出长安的秦琼一起同奔瓦岗寨。咬金三斧定瓦岗，被众人谑称为混世魔王，隋将邱瑞、裴仁基等先后归降瓦岗寨。炀帝下扬州观琼花，逼反了相州刺史高谈圣、曹州富户孟海公等十八路反王。诸路英雄兵聚四明山，捉拿杨广，幸得李元霸领兵杀败各家反王，炀帝免于难。时李密逃奔瓦岗寨，被拥为西魏王。

李渊父子见隋朝失政，举兵叛隋，杀进长安。杨林献计在扬州设武科夺魁，诱使天下英雄自相残杀，罗成夺取状元，杀死杨林，率众英雄冲出险地。宇文化及缢杀炀帝自登帝位，李渊、李密等也各自称帝。瓦岗寨君臣不和，王世充偷袭瓦岗寨，李密兵败投唐，后又思反，被秦王李世民追杀于艮宫山。秦琼、罗成、程咬金也先后投唐。王世充约窦建德等四路反王合击唐营，俱败被杀。秦王率师回长安，为元吉、建成陷害投下天牢。后汉王刘黑闼举兵犯唐，李渊见国势危急，赦出世民，又复诸将官职。李世民率师击败刘黑闼等四路反王，班师回朝，在玄武门计杀建成、元吉，高祖李渊被迫退为太上皇，李世民登基，史称唐太宗。

《说唐》是继《英烈传》之后，又一部在民间广为流传的讲开国史的通俗小说。它是在唐朝杜光庭《虬髯客传》、元朝郑廷玉《尉迟恭鞭打李道焕》、《徐懋公智降秦叔宝》等杂剧，以及明人罗贯中《隋唐两朝志传》、熊大木《唐书志传通俗演义》、袁于令《隋史遗文》和清褚人获《隋唐演义》等书的基础上，演进和结集的结果。《说唐》虽说有不少缺点，如结构松散、模拟前人之作等，但比之后来出现的各种衍唐续书都好得多；反映了一定的历史真实，歌颂了“乱世英雄”，成功地塑造了众多英雄人物。

《飞龙全传》亦是一部讲开国史，歌颂开国英雄发迹的讲史小说。全书六十回，为清乾隆间吴璿所作。书写宋太祖赵匡胤发迹与建国的故事，起于后汉隐帝刘承佑乾佑元年（948 年），止于陈桥兵变，周恭帝揖让皇位，北宋王朝建立的公元 960 年，前后十二年的史事。小说主要叙写赵匡胤的落难、发迹与建立赵宋王朝过程。作品对后周与北汉、西蜀、南唐斗争的描写也较为详尽。《飞龙全传》同《英烈传》和《说唐》一样，揭示了当时社会的混乱、黑暗和腐朽，谴责了统治者的荒淫和丑恶，寄托了作者圣君治世的政治理想，歌颂了开国英烈，在一定程度上反映了人民所遭受的压迫、苦痛和反抗精神。

从上述诸方面来看，《英烈传》和《续英烈传》在我国明清讲史小说中仍具有一定的典范性。

（四）对民间文艺的影响

《英烈传》和《续英烈传》描写了草泽英雄的发迹变泰和王朝的兴衰史，比较投合市民阶层的口味，故在民间颇为流传。特别是《英烈传》，对我国的戏剧、曲艺的影响相当大。据陶君起《京剧剧目初探》所载，有二十多出剧目与《英烈传》有关，兹略举一二，以见其源流影响。

《武当山》，一名《洪武打擂》，写陈也先与妹秀英在武当山设百日擂台。朱元璋遇刘基及胡大海、常遇春、沐英、郭英等订交，同往打擂。朱元璋击败陈也先，陈逃至真武庙，朱至烧庙，杀陈也先，但朱非陈秀英的对手。真武大帝显圣，助朱元璋杀死陈秀英。朱许真武以将来重修庙宇。此剧是根据《英烈传》第七回“贩乌梅风留龙驾”中太祖在武当打擂一段改编的。徽剧、河北梆子中也有此剧目。

著名京剧表演艺术家盖叫天曾主演过一出《智取北湖州》的戏，剧情大意是朱元璋攻湖州，元守将葛雅仙出战。葛甚勇，诸将皆不能与其匹敌。蒋忠出与葛交战一昼夜，各弃衣甲，拼死格斗。胡大海巡哨，盗取葛之衣甲，乔装葛状，诈开城门，遂克湖州。葛雅仙弃城逃走，巧遇朱元璋在山头瞭望，葛追之，幸遇常遇春，救朱杀葛。此剧是根据《英烈传》第十回“定滁州神武威扬”中取和州杀也先帖木儿事改编的。

《百凉楼》，一名《兴隆会》，又叫《乱石山》、《常遇春救驾》，是取材于《英烈传》的第十一回“兴隆会吴祯保驾”。剧情梗概是：朱元璋继郭子兴起义，刘福通忌之，用孙德崖之计，设兴隆会于百凉楼，诳朱赴宴，设伏欲害之。吴祯伴朱前往。刘命部将舞剑欲刺朱元璋，反为吴祯所杀。朱脱身下楼，刘率众追击，至乱石山，蒋忠锤震乱石山，常遇春力败刘兵，救朱元璋出险。这一出戏，徽剧和秦腔中亦有搬演。

《采石矶》，是根据《英烈传》第十四回“常遇春采石擒王”改编的。徐达攻采石矶，陈友谅部将铁长宫御之。矶高不可攀，常遇春藏身于桅杆斗内，乘潮涨时，跃登矶头，夺得太平城。川剧、湘剧、徽剧、滇剧、秦腔、同州梆子等地方戏中也都演过这一出戏。

《战太平》，花云辅佐朱元璋之侄文逊驻守太平城。北汉陈友谅进袭，花云奋勇抵御，但因采石矶守将乏人，被陈部陈友杰暗袭，夺得矶头。太平城破，花云拟突围，朱文逊贪恋家眷，贻误战机，与花云同遭擒获。陈劝降，朱文逊屈膝被杀，花云坚决不降。陈命缚于高竿，以箭加以威胁。花云挣断绑绳，力杀多人，终因中箭伤重，自刎而死。事见《英烈传》第二十九回“太平城花云死节”。此戏为谭鑫培、余叔岩的代表作，后来谭富英和李少春也曾演出过。汉剧、川剧、滇剧中有《太平仓》，湘剧、秦腔、粤剧中有《花云带箭》，河北梆子有《太平城》，桂剧中有《太平庵》等，剧情亦与京剧相同。

其他如马连良曾主演过《广泰庄》，又称《三请徐达》，是根据《英烈传》第九回“访徐达礼贤下士”改编的。《取金陵》是据第十七回改编的。《宁国府》，一名《天长关》，是据第二十五至二十六回中朱亮祖降太祖改编的。《游武庙》是增删第七十八回“帝王庙祭祀先皇”而成的。

赵景深在有关《英烈传》一文中也记载了皮黄戏中六种与《英烈传》有关的戏：《智取北湖州》《白凉楼》《取金陵》《战太平》《挡谅》《游武庙》。

《英烈传》对我国的曲艺，尤其是评话的影响也是很大的，至今评书中有专讲《明英烈》一书的，其中的常遇春反武场、太平城花云死节、徐达被困牛塘谷、刘伯温辞官隐逸等都是《英烈传》的关子书。

《英烈传》除了对我国的戏曲、曲艺有深刻的影响之外，对后来的讲史小说和民间口头文学，也有明显的影响。如小说第七十四回“现铜桥开赐奇祥”，即为明罗懋登所写的《三宝太监下西洋记》（简称《西洋记》）第九回稍加改编所沿袭。再如第五回“牧牛童成群聚会”中的朱元璋拜皇帝和偷牛的故事，和第十四回“常遇春采石擒王”中常遇春独登采石矶，留下一只大脚印的故事等，直至今日还在民间故事中口头流传着。由此可见，《英烈传》的影响还是很深远的，甚至与其成就不成正比。

和《英烈传》相较，《续英烈传》的影响稍差一点，但由于它反映了明王朝封建统治者内部的权力之争，仍为戏曲家们所注目。京剧、川剧等一些地方戏曲亦以此为内容，编演故事。

《英烈传》和《续英烈传》虽然艺术水平不甚高明，但它们反映的内容却是历史上的重大事件，故在民间影响很大，这对于明清小说的研究者来说，无论如何，它都是不容忽视的。至于受此二书影响而创作出来的一系列其他作品，我们亦有必要作参互比较，以循到明清讲史小说创作的某些规律和特点。我们只是提供了一些材料，并作了一些初步的探讨，目的在引起读者和同行们的兴趣，以便作更为深入的研究。

名家解读古典名著
历史小说(下)

解读魏忠贤系列小说

邱忠孝　著

魏忠贤是我国历史上最惹人恨的太监，死后不到半年就有揭露他罪行的小说问世。本书以解读《梼杌闲评》为中心，旁及《警世阴阳梦》《斥奸书》《皇明中兴圣烈传》三书，对揭露他罪恶的四部小说予以解读，系统剖析了它们的情节结构和人物塑造艺术。

一　众矢之的，文坛罕见

纵观中国历史，“忠”“奸”二字的界限总是十分清楚的。忠者，千载受人崇敬称颂；奸者，万代受人唾骂鞭挞。因此，后人称忠臣百世流芳，斥奸臣遗臭万年。这样的结论，无疑是带有高度的概括性，同时也表达了多少年来人们的普遍的心理状态。明末奸臣魏忠贤同样没有逃过历史的规律，他死后，不光是史书记载了他的累累丑行，而且民间也流传不少揭露他罪恶的文艺作品。一句话，他成了众矢之的。

魏忠贤（1568—1627年)，生活在明神宗、光宗和熹宗年间。年轻时原是无赖，后赌博输钱，走投无路而自我阉割。万历（神宗）中期被选入宫中，先依靠太监孙暹，继而谄媚太监魏朝，而后又与明神宗长孙乳母客氏勾结。明神宗死，光宗即位。光宗短命，熹宗即位后，魏忠贤便升为司礼监秉笔太监，兼管东厂事，一时权倾朝野，残害忠良，鱼肉百姓，直到熹宗死，崇祯即位，魏忠贤畏罪自缢，其祸国殃民达七年之久。魏忠贤死后，不到一年，便有长达十万字的小说《警世阴阳梦》付印，而后有《斥奸书》《皇明中兴圣烈传》《梼杌闲评》陆续问世。其速度之快，数量之多，在中国小说史上实属少有的现象。但这也正好说明了社会上人们的普遍心理：痛恨祸国殃民的奸臣贼子，热爱为国为民的忠臣义士。

现在我们先介绍一下四本小说的情况。

《警世阴阳梦》共十卷四十回，刊于明崇祯元年（1628年)。作者为长安道人国清，生平不详，据原书封面题识有“长安道人与魏监微时莫逆，忠贤既贯，曾规劝之，不从。六年受用，转头万事皆空，是云阳梦，及既服天刑，道人复梦游阴司，见诸奸党受地狱之苦，是云阴梦云云”。樵元九的序中也说作者“知忠贤颠末，详志其可羞、可鄙、可畏、可恨、可痛、可怜情事”。

两段引文说明两个问题：一，作者是魏忠贤同时期人，并且对魏忠贤比较了解；二，作者对魏忠贤“规劝”及道人梦游阴司之说，在书中有所反映。《阳梦》第八回、第九回，曾有相士陶玄赠金相救魏忠贤的描写，并叮嘱魏忠贤：“你不读书，不识字，但记着自己的名一个忠字儿。愿你尽忠报国，便得保全身命了。切记，切记。”三十年以后，这个相士得道成了道士，在魏忠贤最得意的时候又来指点迷津：“我风鉴一世，阅人多矣。难道我不识你这兽心人面！我当时再三叮咛你想个忠字。你今日如何做这许多逆天大罪的事！

特来点化你，还不回头哩。”而在《阴梦》中，则以道人入梦开始，出梦结束，道人作为线索贯穿始终。

《警世阴阳梦》的回目安排自有它的特点。它以卷为单位，每卷分三回、四回、五回不等，每卷各有侧重点。例卷一的三回，侧重于魏忠贤从无赖到京都谋到差役后，吃喝嫖赌诈骗等无赖行径更有所发展；卷二的侧重点，则是叙写魏忠贤因嫖赌吃了官司，丢了差使，流放落魄，吃尽苦头。其余卷目依次是魏忠贤再进京，混进内廷当太监，逐渐爬上高位、窃取权柄，矫旨残害忠良，鱼肉百姓，内廷遍布心腹，外镇安插亲信，冒功晋爵，到处建立生祠，密谋篡权夺位，直到熹宗死，崇祯即位，魏忠贤畏罪投缳自缢。阴梦的卷目安排也是如此。这种卷目的安排方法，读时结构条理清楚，重点突出，读后印象深刻，应该说是一种优点。

《斥奸书》共四十回，现残存二十六回（第一回到第十二回，第二十二回到第三十回），刊出时间稍后于《警世阴阳梦》。本书作者为吴越草莽臣，即陆云龙。以上残存的二十六回有峥霄馆的评语，且有眉批，全名为《出像通俗演义魏忠贤小说斥奸书》。因全书无序跋，因而有关此书的情况所知甚少。而第一回的后面有这样几句话：“向西湖志中有魏监传，近谀，近有小传，近诋，而且不根。兹则参之北人之传闻，为奸党发身之实录。”这几句话表明了作者对几部魏忠贤传记的看法，并说明自己的材料来源、创作态度。至于峥霄馆评语，往往夸大其词，名实不符。例第一回的评语为：“此回自幼及长，欢乐与穷愁毕具，叙得不烦不简，入理入情，点缀灵巧，远可以齐《水浒》，近则《金瓶》诸传不足数也。”这可以说是对《斥奸书》评说的基调。但从作者的叙事能力及文字技巧看，与评语相差甚远，实不可取。

《皇明中兴圣烈传》共五卷，每卷回目多寡不定，多则十几回，少则三四回，明末刊行，乐舜日撰，西湖义士述，生平皆不详。卷首有前言，说明此书的写作过程。魏忠贤在朝弄权期间，作者在“忧民”“忧君”之余，曾有“埋轮分，蹈越俎”的想法，愤激之情溢于言表。提到本书的材料来源以及创作目的，则说“逆珰恶迹，罄竹难尽。特从邸报中与一二旧闻演成小传，以通世俗，使庸夫凡民亦能披阅而识其事，共畅快奸逆之殛，歌舞尧舜之天矣”。从书中的人和事以及文字材料来看，作者所说的材料来源，大致可信。

《梼杌闲评》又名《明珠缘》，五十卷五十回，清初刊行，作者不详。该书署“京都藏版”，书名为《绘图梼杌闲评全传》。卷首有《总论》，阐述写作此书宗旨是“讲谈尽合周公礼，褒贬咸遵孔圣文。按捺奸邪尊有道，赞扬忠孝削谗人”。总论后有该书主要人物图像十六幅，背面对每个人物都有评语。例如对魏忠贤的评语是“群凶之首，万恶之魁。实从何来，为虺为蛇”。对被魏忠贤残害的忠臣义士却没有评语，而是在书中随其遭遇则用诗词作赞颂或惋惜。关于书名“梼杌”，《辞海》“梼杌”条第二解：古代传说中的怪兽名，常用以比喻恶人。张守节正义引《神异经》：“西方荒中有兽焉，其状如虎而大，毛长二尺，人面虎足，猪口牙，尾长一丈八尺，搅乱荒中，名梼杌。”对照魏忠贤其人，作者给该书题此名也许即出此意。

以上四部小说，前三部纯属讲史小说，所讲故事情节和涉及到的有关人物，大同小异。因为是讲史，虚构成分少，讲实成分多，因此有些故事情节和有关人物，都能在明史上得到印证。但这几部书大都文辞粗劣，可读性不强。《梼杌闲评》有所不同。它是在前三部小说的基础上，经过艺术加工再创造而成，无论从哪方面讲，都比前三部小说成熟得多，可读性较强。它同前三部的共同之处是同属讲史小说，故某些故事情节和某些有关人物，与前三部大同小异。但《梼杌闲评》的言情成分也较浓重，它把言情和讲史交织起来，既有政治上的明争暗斗，也有人情世俗的描绘，文笔也较前三部小说为优。因此，我们在解读有关魏忠贤的小说时以《梼杌闲评》为主，其他几部从略。

二　明宫迷雾，几个故事

《梼杌闲评》五十回中，前二十回所写的可以说是魏忠贤的家史。先是艺人侯一娘与魏云卿（魏忠贤的父母）的爱情关系，而后通过魏忠贤寻母的过程，写了他与傅如玉的婚姻，他与客印月、侯秋鸿的私情。这是魏忠贤入宫前的经历，与宫廷没有什么关系。后三十回，写魏忠贤入宫后的活动，与明末朝政有了直接关系。前后两部分从表面上看来似乎关系不大，但全书既然是魏忠贤一生经历和活动，那么，前后两部分之间便有着有机的联系，前一部分是全书的不可缺少的组成部分。

为了叙述方便，先说魏忠贤入宫后，明末宫廷里发生的几个让人感到扑朔迷离的故事。这几个故事同魏忠贤篡权乱政、残害忠良有密切的关系。

第一个故事：梃击事件

《梼杌闲评》第二十一回写了这件事。那是一个除夕之夜，宫廷里热闹了一阵以后，内官们有家属的都回私宅度岁去了，有事的便在宫廷内服役。只有魏进忠（魏忠贤原先的名字）无家可归，闷闷不乐，“竟和衣睡去”，梦中听得有人喊他“快去救驾”，他“忙出来看时，只见一条彪形大汉，手持一条粗棍乱打进来”。魏进忠拿着器械尽力抵挡，无奈那大汉体壮力大，魏进忠渐渐抵挡不住，正在危急之际，锦衣卫官校领着一百多个兵丁赶到，打倒了那个大汉，捆住捉了起来，“押至午门外候旨”。

这件事惊动了整个皇宫，弄得宫人役吏人人自危，“皇爷震怒”，“旨下着法司严讯”，大有非弄个水落石出不可的架势。谁知审讯的结果是：“罪犯张差，大兴县人，素患疯颠，发时好持棍打人，四邻皆受其害，每被妻子锁禁在家。因除夕其妻有事，未曾防备，被他挣断铁绳，持棍逃出。不合打入皇城，误闯进东宫，并无别情，亦无主使。”一个疯子，持棍误打乱闯，原是平常无奇，算不得什么大事，本可就此了结。可是皇上不肯罢休。他的理由是“张差虽系疯颠，但持棍打入东宫，岂无一人见证?”再次下旨：“该法司再行严讯，毋得故纵，有伤国体。”没有想到，这次“严讯”的结果却出人意料。张差招出：“是勋戚郑国泰、内相庞保、刘成主使，有三十六个头儿，商议三四年了。欲托红封教高一奎做龙华会，便于中举事。”接着还讲了这次行动的经过：先由庞保把张差领到刘成家，然后把张差领进厚载门，并告诉他：“闯进宫，若能够打死太子，便与你地土，你就吃不了，穿不了，富贵受用，还有大好处哩。”原来是一个既有计划又有组织，目标明确、行动周密的大阴谋，张差已经招出了全部实情，那么万历帝（神宗）将怎样处理这个案件呢？同样出人意料！

法司将张差的供词送到了辅臣方从哲手里。方从哲知道此中的利害关系，便扣下了张差的供词，试探性地另题了一本，道：“张差招出太监庞保、刘成主使，乞发出二人对理。”不出方从哲所料，万历帝果然把奏本留下不作处理，经刑科催促，万历皇帝才下旨道：“张差既系疯颠，何得妄扳太监。该部再严审，定拟具奏。”结果法司“将张差拟了凌迟，其妻不行防守，拟流”，万历皇帝很快就批复“依拟”。这件公案就这样草草了结。

然而这回却使万历皇帝大出意外。张差被“典刑市众”以后，却轰动了宫廷内外。明眼人一看便知其中有鬼，“科道闻此风信，便你一本我一本”，有的指出张差并非疯子，他敢于打入东宫，必定是受主使，目的是谋害东宫太子；有的则弹劾方从哲，指责他“故纵罪人，其中不无情弊”；甚至有的奏本中直言不讳地指责“皇上不慈爱”，闹得万历皇帝心烦意乱，尤其是说“不慈爱”正触着了他的心病，因此，他一见便“天威震怒，即刻传齐文武大臣、九卿科道入乾清宫面谕”。万历皇帝真真假假地作了一通解释以后，指着身边的东宫太子，接着又握住两个孙子（朱由检，即后来的光宗；朱由校，即后来的崇祯）的手给大臣们看，以示自己是“慈爱”之主。很明显，万历帝这是假戏真做，其目的无非是想遮人耳目，平息众怒。乖觉机灵的官僚自然不敢再说什么，但还是有不怕死的直臣敢于挺身而出，犯颜直谏。万历皇帝的“圣谕才毕，忽班中一人面奏道：‘父慈则子孝，乞陛下不必浮词遮饰。惟祈真爱滂流，臣民均仰’”。这无异当头一棒，把万历皇帝的假面具击得粉碎，难怪他立刻“天颜震怒”，喝问：“是何人如此无理?”“即着太监押赴工正司重大问罪”。此人不是别人，“乃是山西道御史刘光复”。结果法司将刘光复判为“拟绞监候，后来光宗登位，方才赦免”。

至此，人们不禁要问，如此重大案件，万历皇帝为什么这样处理?

这确实是个谜，因此历来被称为明末宫廷的几大遗案之一。

其实要解开这个谜也不难，但决非三言两语所能说得清楚。

话还得从明神宗万历皇帝说起。神宗原配王皇后，两人没有感情，皇后形同虚设。神宗专宠郑月娘（后封郑贵妃），但郑贵妃多年不育。神宗同宫女王才人逢场作戏，倒是怀孕生了一个儿子，取名常洛，“母以子贵”，王才人得以册封为恭妃。但神宗因恭妃是宫女，嫌她出身低贱，没有感情，即使恭妃生了儿子，也没有改善他们之间的关系，从不到恭妃那里去住宿，而是常在郑贵妃那里花天酒地，往往耽误早朝，而后闹得长期不理朝政。神宗的心里，希望郑贵妃生个儿子，把江山传给他。事情也正凑巧，不久，郑贵妃居然也生了个儿子，取名常洵，这自然遂了神宗的心愿，但阴影也随之笼罩在他的心头。神宗心里明白，废长立幼，自古以来，都是取乱之道，在历代封建王朝的历史中，不乏这样的事例。另外，神宗也怕天下舆论的压力。因此，这个矛盾一直困扰着神宗。

然而神宗的偏心是十分明显的。例如他长期不与恭妃母子见面，也不关心他们母子两人的生活起居，甚至连常洛的读书培养也不过问，根本就不提立皇太子的事，在大臣们一再催促之下才勉强同意朱常洛出阁读书，那也并不关心朱常洛的冷暖。《梼杌闲评》二十一回写朱常洛出阁读书的情景，便暗示了神宗对待朱常洛的这种心态：

次日黎明起来，只见天色昏暗，北风凛冽。虽是二月初的天气，北风甚紧，自觉严寒，冷不可当……天气极寒，各官都冻得脸上青紫色，一个个浑身抖颤，口噤难言，都挤在东厢房内避寒。

是日该是礼部侍郎兼翰林学士郭正域直讲，他却后到，见殿上无火，也走到东厢房来。恰遇着文书房太监陈保也来直讲，二人揖罢，郭公道："如此天寒，殿上何以不设火？"陈保道："旧例：春日讲筵不设火。"郭公道："礼因义起，物由时变，怎么拘得成例！似此寒极口噤，连话也难说，怎么进讲？"陈保道："祖制谁敢变更。"郭公喝道："胡说！若依祖制，仲春则当御罗绡，你怎么还衣重裘？"陈保见他发话，就不别而去。郭公……便叫阶下校尉："去各官直房里，看可有火都去取来！"众官见他说得有理，齐声称是，都叫各校尉去搜火。少刻，就搜出二十多盆火来，摆在殿上。两旁众官围定烤火，才觉稍暖。

这段文字除了说明神宗对朱常洛的态度之外，还说明了以下两个问题：一，此时的陈保身上穿着"重裘"，而朱常洛"龙袍下不过御一寻常狐裘"，相比之下，朱常洛的御寒冬衣还不如一个太监，可见朱常洛在宫廷内的地位，从侧面衬托出神宗对朱常洛的态度；二，从郭正域与陈保的争吵中也反映了神宗不爱朱常洛。当时内官房里都有火炉，朱常洛读书的地方偏不生火，郭正域责问时陈保还理直气壮地以"祖制""旧例"顶撞郭正域，原因不是别的，其中的奥妙是陈保为神宗的贴身太监，神宗对朱常洛的态度，陈保自然一清二楚。其实神宗对朱常洛的态度，岂止陈保一人清楚，满朝文武都明白。

神宗对朱常洛的这种态度，更加强了郑贵妃的夺权野心。她同哥哥郑国泰以及朝内重臣如辅臣方从哲，太监庞保、刘成等，相互勾结，相互利用，密谋策划，要拥立郑的儿子朱常洵为太子，然而每次都被太后及直臣们挫败了，直到密谋指使张差闯宫，妄图打死太子朱常洛，结果是竹篮子打水——一场空。

至此，前面所说的谜也就可以解开了：一，方从哲为什么不把张差的原供呈报给神宗，因为原供中提到的主使人是郑国泰，他是郑贵妃的哥哥；再说，方从哲原是依附郑贵妃的投机人物，是郑国泰的同党，自然不会出卖同党。另外，方从哲也掌握了神宗的心理，因而敢用瞒天过海的手段，欺骗了神宗，也瞒过了朝臣，从而保护了郑国泰、郑贵妃、庞保和刘成等人。二，为什么直臣指责神宗不"慈爱"，神宗便暴跳如雷，一方面装腔作势地向大臣们解释，并把儿子常洛，孙子由检、由校拉在身边，表示自己的“慈爱”。

“梃击事件”就这样不明不白地结束了，只有一个人得到了好处，他就是魏忠贤，因为他活捉张差有功，“太子将他升做尚衣局管事，仍带管皇庄籽粒，遂出入有人跟随”，这为他以后向上爬提供了条件。

第二个故事：红丸事件

《梼杌闲评》第二十三回写了这件事。此时明神宗已死，朱常洛已经即位，“红丸事件”就发生在他的身上。现在先看书中的叙述：

文武勋戚大臣，于八月四日奉皇太子（常洛）登极，发政施仁，克绍前烈。首释刘光复于狱，起用原官。次取熊廷弼，宠赐蟒玉，经略辽阳，以期恢复。励精图治，万几无暇。凡内外一切表章，件件亲阅，犹恐下情难达。一月间，施惠政四十余事。谁知天不憖遗，四海无福，圣躬过劳，致成脾泻不起。太医院用尽良心，不能痊可，下询草泽名医进方。有鸿胪寺丞李可灼，与专管药料的太监崔文升比邻交好。文升见自己终日用药无效，便去与李可灼计较。可灼入内，取出红丸药六七颗与文升道：“此丸乃异人传授神方，专治虚脱之症。虽至危殆，三服再无不愈的。此方以女子红铅为君，百发百中，管你见效。”文升拿了丸药，竟至宫中进御。皇上服下，觉稍稍精神清爽，口称忠臣者再，命赐可灼金帛。俟诸臣退后，可灼复进一丸。谁知不数个时辰，至次日遂大渐了。

这个故事大概写于明末，作者有诸多忌讳，所以写得含糊其词，看不出其中有什么奥妙，倒是下面一段材料可以看到朱常洛（明光宗）之死的蛛丝马迹：

孙慎行以“红丸”事攻旧辅方从哲，下廷议。攀龙引《春秋》首恶之诛，归狱从哲。给事中王志道为从哲解，攀龙遗书切责之。寻改太常少卿，疏陈务学之要，因言：“从哲之罪非止‘红丸’，其最大者在交结郑国泰。国泰父子所以谋危先帝（指常洛）者不一，始以张差之梃，继以美姝之进，终以文升之药，而从哲实左右之。力扶其为郑氏者，力锄其不为郑氏者；一时人心若狂，但知郑氏，不知东宫。”（《明史·高攀龙传》）

这段材料告诉我们，“红丸”事件，还是郑贵妃、郑国泰、方从哲等人制造的。

原来，郑贵妃在“梃击”事件没有打死太子常洛，没有达到目的，但她并没有死心，仍在暗中窥伺，待机而动。“梃击”事件后，神宗对她的野心有所察觉，除掉了庞保、刘成，遣散了她的心腹，她的力量有所削弱，但几个主要人物仍在朝中掌权，因而她认为仍可挣扎一番。不过，她已不再像原先那样趾高气扬，而是转入暗中活动。因而继“梃击”事件后，她又通过死党陈汝忠发动过东便门之变等阴谋，但都没有成功，于是采用美人计来谋害常洛。她叫郑国泰到江南以重金买来了几个绝色美女，送给光宗（朱常洛），光宗贪色，终因纵欲过度而一病不起。这时，郑贵妃又串通死党崔文升进了泻药，于是光宗腹泻不止，接着方从哲和李可灼又给熹宗吃了“红丸”。所谓“红丸”，实际上就是现在说的春药，对纵欲过度的人，偶尔服用，或许能添一时精神，但对像光宗那样已经腹泻虚脱的人，服用“红丸”，无异加速他的死亡。

这就是所谓“红丸”事件。明光宗朱常洛终于没有逃脱郑贵妃的毒手！

在这段时期内，魏忠贤也加紧了活动。他看准了机会投奔了魏朝，因为魏朝是光宗朱常洛的宫女王选侍的典膳，王选侍就是朱常洛的大儿子朱由校的亲生母亲，地位自非一般。朱由校有个乳母客氏，与魏朝厮混亲昵，两人便成了“对食”。魏忠贤依附魏朝，自然便渐渐接近客氏，久而久之，乘魏朝不在时，两人也干些偷鸡摸狗的事。朱由校三岁时，生母王氏病死，朱由校便由客氏扶养。这时魏忠贤唆使客氏告了魏朝一状，魏朝被贬到凤阳去守墓，魏忠贤便接替魏朝做了万华宫的典膳，不久，光宗又把魏忠贤提升为惜薪司二总管。魏忠贤由于同客氏的关系，自然经常接触朱由校。朱由校好玩，特别喜欢削木搭房子、斗蟋蟀等游戏，魏忠贤便千方百计地陪他玩，尽量满足他的要求。可以说朱由校是从小就在客氏和魏忠贤身边长大的，对两人的感情自然很深，这就是两人日后得以专权误国的渊源。

第三个故事：“移宫”案件

这个故事紧接“红丸”事件之后。光宗（朱常洛）死后，诸大臣“哭临毕，即请叩见太子（由校）。良久不见出阁，遍问小爷何在，内侍皆言不知。及遇司礼监王体乾，众问道：‘小爷何在？’体乾道：‘在暖阁内。’杨涟道：‘此时还不出见群臣，何也？’体乾道：‘咱已屡请，都不放出来。’杨涟道：‘你引路，我们同去。’于是各官跟着体乾到暖阁前，不由通报，竟自请驾。小内侍们犹自乱扯乱嚷，只听王体乾高声叫道：‘小爷在此，各官来见！’众官急走到殿前，只见小爷素服面西而立。各官叩见毕，英国公张惟贤上前捧着右手，阁臣方从哲捧着左手，同出乾清宫，来至文华殿上，请正皇太子

位。”（《梼杌闲评》第二十三回）

这是光宗刚死就发生的宫廷闹剧。人们不禁会问：这是怎么回事？

这里面大有文章！

原来光宗死后，朱由校被李选侍关在乾清宫的暖阁里，不让他与大臣们见面。李选侍的目的很明确，她“想效垂帘听政的故事”，所以挟持朱由校作筹码，不达目的就不放朱由校出来，及至群臣拥到乾清宫门前，势难阻挡，便叫魏忠贤拉着朱由校的衣服，教朱由校向众大臣宣布：“先帝选侍李氏，诞育皇八妹。自皇妣见弃后，选侍抚视青宫，积劳已久，理宜加封号尊隆”，并下命令立即让部院仪注。直臣如吏部尚书周嘉谟、御史左光斗等自然不会答应，理由是：“选侍既非嫡母，又非生母，何得俨然占居正宫，而殿下反居慈庆宫。殿下仍回乾清宫守丧，次而成大礼。”按照明廷惯例，乾清宫只有天子、皇后可居住，其他妃嫔只有宣召才能进去，但不能永久居住。根据这个规定，李选侍当然没有资格占居乾清宫。但李选侍就是不肯搬出乾清宫，因为她有她的理由。原来朱由校三岁死了母亲，虽然由乳母客氏带在身边，而名义上则是由李选侍扶养。就凭这个理由，李选侍得不到皇太后封号，就不肯搬出乾清宫。

李选侍为何如此强硬？《梼杌闲评》有两句话点破了其中的奥妙：“原来李选侍是神宗郑贵妃的私人，朝臣所谓张差之梃不则，投以篦色之剑者此也。此时选侍骄横，全仗郑贵妃在内把持，即郑氏此时亦萌非分之望。”这两句话有几层意思：一，所谓李选侍是郑贵妃的私人，指的是李选侍是由郑贵妃豢养长大，趁着朱常洛（光宗）完婚的机会，郑贵妃通过神宗的命令送给朱常洛做选侍的，表面上是送，实际上是郑贵妃在朱常洛身边设下的埋伏，是她的阴谋的一部分；二，所谓“投以篦色之剑者此也”。这是郑贵妃在张差梃击失败以后，对朱常洛施行的又一个毒计，也就是说用女色之剑来置朱常洛于死地。朱常洛起初对郑贵妃送来的李选侍怀有戒心，好长时间都不接触李选侍，久而久之，也就放松了戒心，特别是登上皇帝宝座以后，反而专宠李选侍，虽非死于李选侍的色剑之下，但还是在郑贵妃串通李选侍送来的八名美女的色剑之下送了命；三，所谓“郑氏此时亦萌非分之望”，也就是说，如果李选侍要求封为皇太后的目的达到，那么，郑贵妃自然就得封为太皇太后；如果李选侍得以垂帘听政，郑贵妃自然便成了太上皇，一切权柄都掌握在她的手里，她就可以君临天下，这是她处心积虑、梦寐以求的权力，因而她暗中操纵李选侍占据乾清宫，其用意无非是想达到篡权的目的。

光宗（朱常洛）是九月初一死的，到了初五，李选侍还占据着乾清宫，坚持非要封号不可。这时激怒了忠直的大臣们，给事中杨涟再次上本，说明太子定于初六登极，登极后必须居住在乾清宫，如果李选侍再不搬走，纯属非礼。同时指出，由于李选侍占据乾清宫，她手下的人便胡作非为，如“魏进忠（魏忠贤）、刘逊等擅开宝库，盗取珍奇”，长此下去，后果不堪设想。言下之意，李选侍对此必须负全部责任。最后用警告的口气指出：“宣敕令选侍内使魏进忠、刘逊等，传示内廷，立候移居别殿，安分守礼。而魏进忠亦当念三朝豢养之恩，及此报效，毋谓殿下冲幼，尚方三尺不足畏也。”在忠直的大臣们的一片指斥声中，先是郑贵妃胆怯搬了家，而后李选侍感到势单力寡而不得不搬出了乾清宫。这就是《明史》上有名的“移宫”事件。

读完以上三个故事，掩卷沉思，就不难发现，这三个故事从头到尾，郑贵妃都扮演了主要角色，篡权夺位始终是她的整个阴谋活动的中心。人们不禁要问，一个小小的贵妃何以能把明末宫廷搞得昏天黑地呢？只要仔细阅读《梼杌闲评》和其他三部有关魏忠贤的小说，就能找到这个答案。作者虽然有许多顾忌，有些问题不能明言直书，但细心的读者仍能在字里行间看到明末宫廷里的明争暗斗、陷害残杀的黑暗局面。例如明神宗沉湎酒色，长期不理政事，昏愦到连郑贵妃害死怀孕的宫女，杀死宫女已生的孩子，他都一概不知，就是张差闯宫欲害死太子朱常洛的严重案件，他都偏袒郑贵妃，不了了之。朱常洛即位以后又怎样呢？说来很是可悲。他不仅是个懦弱无能之主，而且还是个好色之徒，这自然给郑贵妃以可乘之机，用女色把他置于死地，仅仅当了个把月皇帝！朱由校（熹宗）此时年幼无知，谁说听谁的，纯属傀儡一个，这就更助长了郑贵妃的气焰，从而闹了“移宫”这幕戏剧。由此可知，郑贵妃所以能在三代君主期间兴风作浪，自有它的气候，也有它的土壤，再加上那些骑墙的、见风使舵的、趋炎附势的小人推波助澜，郑贵妃得以为所欲为，那是再自然不过的了。一句话，昏君手下奸臣得意，忠臣受害，似乎是历代皇朝的通病，轻则祸国殃民，重则亡国灭族。

三个故事已经讲完。我们回过头来想想，郑贵妃、李选侍得到了什么？竹篮子打水，枉费了心机，其他趋炎附势的小人那就更不必说了。倒是魏忠贤，在这三个故事中虽然不是主要人物，但这三个故事却给他创造了爬上高位的有利时机。光宗一死，朱由校登极，郑贵妃等人已经下台，接着便是魏忠贤登场，开始了明末历史上的另一场斗争和杀戮，以上三个故事也是他排除、杀戮异己的法宝，因而我们在讲魏忠贤祸国殃民之前，先讲这三个故事，原因就在这里。

三　魏客勾结，宫人遭劫

前文已经说过，在上述三个故事中，魏忠贤虽然不是什么主要角色，但得利的却是他。究其原因，不外乎机遇和人事，使他爬上了窃权弄权，祸国殃民的高位。所谓机遇，是指他在“梃击”“移宫”事件中，虽参与了活动，但他未能平步青云，原因是那时忠臣当权，他还没有多大的空子好钻。例如“梃击”事件中，他有些微功，也得到了小小的提升；“移宫”一案中，是他魏忠贤给李选侍出主意：要挟持朱由校逼封皇太后，但这个阴谋被王安、杨涟和左光斗等大臣击败，李选侍、魏忠贤未能得逞，魏忠贤似乎看错了时机，但他在不幸中还算有幸，逃脱了惩罚，保存了自己。所谓人事，是指他初进宫时就讨好王安手下的太监魏朝，魏朝没有看透魏忠贤的奸恶，常把他当作好人而在王安面前替他说好话，从而取得王安的信任。在这以前，魏朝与朱由校的乳母客氏是“对食”。这是明朝宫廷里允许的一种怪现象，即允许年长些的宫女经人介绍找一个太监为伴，在生活上可相互照顾。魏朝和客氏就是这种关系。谁知魏忠贤投入魏朝手下以后，就渐渐地勾搭上了客氏，久而久之，客氏便嫌恶魏朝而专爱魏忠贤，两人共谋驱逐魏朝。在这件事上，王安犯了一个大错误，竟被魏忠贤和客氏所蒙蔽，一怒之下，赶走了魏朝，遂了魏忠贤和客氏的心，同时种下了祸根。这是有利于魏忠贤的人事关系的一个方面。另一个方面，也是重要的一个方面，即光宗死，熹宗即位，魏忠贤在机遇和人事两个方面都具备了条件：他和朱由校乳母客氏的关系以及他自己与朱由校的关系，都是爬上权力巅峰的至关重要的条件。

《梼杌闲评》在这些方面有具体的叙述。朱由校（熹宗）即位以后，“自此中外无事，皇上万几之暇，不近妃嫔，专与众小内侍顽耍，日幸数人。太监王安屡谏不听，只得私禁诸人，不得日要恩宠，有伤圣体。且自恃老臣，知无不言，皇上亦有厌倦之意。魏进忠窥伺其傍，遂生觊觎之心”。这段叙述，暗示了熹宗朱由校是个什么样的皇帝，他对王安的忠谏“亦渐有厌倦之意”，说明了王安的处境及以后被害的祸因。这些都成了魏忠贤钻空子的时机，再加上客氏给他出谋划策及暗中出力，魏忠贤自然诸事顺心。客氏给魏忠贤出的计谋是投熹宗所好，从而接近熹宗。熹宗喜欢斗鹌鹑，魏忠贤重金购买善斗猛搏的鹌鹑，博得熹宗的欢心。这一招果真行之有效。熹宗见了魏忠贤的鹌鹑斗胜了，非常高兴，除了给他重赏之外，还让他到司礼监去挑选工作，魏忠贤挑选了管东厂的要职。此事虽遭王安反对，“皇上听了，沉吟不语”，但架不住客氏的教唆：“这老汉子也多嘴，官是爷的，由得你，爷反做不得主么!”皇上即着他（魏忠贤）到文书房领牌任事，遂不听王安之言。由此可见客氏的作用。这是魏忠贤与客氏勾结的事例之一。

魏忠贤与客氏勾结弄权，当然不可能一帆风顺。他们勾结之初，感到最大的障碍便是王安，因此，他们首先要除掉的便是王安。

王安原是神宗身边的太监，因他忠诚可靠，明神宗便让他当了皇长子(朱常洛）的伴读。当时郑贵妃阴谋立自己的儿子常洵为皇太子，从而继承帝位，因此郑贵妃往往派人寻找朱常洛的过失，幸亏得到王安的调度与保护，郑贵妃的阴谋未能得逞。在“梃击”事件中，张差招出主谋是郑国泰、庞保和刘成，这事和郑贵妃有千丝万缕的联系。事发后，郑贵妃惶惶不可终日。明神宗不肯深加追究，大臣都很清楚。太子的态度如何呢？这牵涉到拥护朱常洛的大臣和拥护朱常洵的大臣之间的利害关系，如朱常洛坚持要追根到底，势必引起两派大臣之间倾轧冲突，后果很难预料。这时王安给太子朱常洛出主意并给他起草了命令，不许法司深究。这事在《梼杌闲评》中有所反映。太子又传令催：“速审结，毋得停留滋事。”最后以张差一死了事。王安这个主意的高明之处是，这样处理，既顾全了明神宗的面子，让他摆脱了尴尬的处境，又使郑贵妃及其同党们安心，同时也能更好地保拥朱常洛，可以说三全其美。

明神宗（万历）死后，光宗（朱常洛）即位，提升王安为司礼秉笔太监，这是一个可以代替批阅奏章、草拟诏书命令的要职，由此可见光宗对王安的信任。而王安则采用自己的食客中书舍人汪文言的意见，规劝光宗推行了一些比较好的政策，又拿国库里的钱救济边民，同时还起用了邹元标、王德元等直臣，博得朝廷内外的称赞。光宗执政期间，郑贵妃一党势力衰落，郑贵妃也不敢再出头露面寻衅闹事了，但她的野心并没有消除，她利用光宗好色的弱点，在他身边安插了自己的心腹，这人就是以美色专宠的李选侍。李选侍凭着自己得宠，便不时地找事欺压朱由校（后来的熹宗）的母亲王才人，王安为此事内心常愤愤不平，暗中常加保护。光宗短命，即位个把月便死了。这时魏忠贤便给李选侍出谋献计，挟持朱由校逼封皇太后，以达到垂帘听政的目的。这个阴谋就是被王安识破，并很快通知了给事杨涟，杨涟联合大学士刘一燝等直臣及时赶到乾清宫，这时王安骗过了李选侍，把朱由校抱了出来，择日即位，从而挫败了李选侍与魏忠贤等人的阴谋。

通过以上的介绍，我们可了解王安的为人，但由此可以明白魏忠贤为什么恨王安、必欲置之死地而后快的前因后果。

魏忠贤串通客氏害死王安一事，《梼杌闲评》有比较详细的描写：

却说魏忠贤自平妖（白莲教）之后，朝廷说他赞襄有功，加赐他蟒玉表里羊酒。他便由此在朝横行无忌，把几个老内相都不放在眼里，串通了奉圣夫人客氏，内外为奸。内里诸事都是卜喜儿往来传递。惟王安自恃三朝老臣，偏会寻人的过失。一日因件小事，把个卜喜儿押解回真定原籍。卜喜儿来辞客印月，大哭一场。起身时，印月赠他许多金银，又从身上脱下一件汗衫来，与他穿在贴身道："你穿这汗衫，就如见我一样。从容几时，等我奏过皇上，再叫你回来。"

从这段描写中，我们不难看出如下几个问题：一，魏忠贤与客氏内外勾结，已经形成一股势力，且有日益扩大之势；二，卜喜儿与客印月也非一般关系，又是魏、客之间的联络人；三，王安已经察觉到魏、客勾结的势力的日益强大，预感到了它的危害性，因而想打击、削弱魏、客的势力，便从卜喜儿开刀，意在先切断魏、客之间的联系，而后再采取别的对付措施。但奸刁狠毒的魏忠贤，他派人在半路上把卜喜儿暗杀了，同时剥下客印月给卜喜儿穿的那件汗衫，拿到正在思念卜喜儿的客印月面前，对她说道："我实对你说罢：老王恼他与我们一伙，只说发他回籍，谁知他叫人在半路上将他杀了，我先着人送他去，临死时叫把这件汗衫儿寄与你，代他报仇。"魏忠贤这一招果然奏效，激得客印月咬牙切齿，发誓"我若不碎剐了这老贼，我把个客字儿倒写了你看"！

翻旧案，然后颠倒黑白，这是魏忠贤和客印月害人杀人的手段之一。他们谋害王安就是这样。有人上本，为移宫盗宝一事翻案，目的是减轻李选侍的党羽田寿的罪名。此本落入魏忠贤手里，他与客印月等串通搞好一个陷害王安的阴谋，然后把本呈给皇上，皇上因田寿盗宝不肯从轻发落，这时客印月在旁边说道："李选侍移宫时，这些人也不过是搬些娘娘的随身金珠簪珥，何曾盗着乾清宫宝玩。只因王安与这般人有仇，要乘机诈他们的钱，故将他们陷害。李娘娘也十分苦恼，当日也曾奉泰昌爷（朱常洛）的旨看管皇爷，他生的八公主，也是先帝的骨血，皇爷的手足。因王安恼他，说他交通外官，诬他要僭称太后，要垂帘听政，把他逼迁到冷宫，也不等皇爷的旨意。选侍急得上吊，公主急得投井。皇爷也该看先帝面上，怎忍使他母子受苦，衣食不周。总是王安倚着王爷的势，擅作威福，说皇爷件件事都是他主张。后来与外官交结，不知得了多少钱哩！”客印月的一席话，无异给熹宗心里放了一把火，给王安头上加了一把刀。紧接着魏忠贤又乘机火上加油，又上一本说“王安要陷害李选侍并奴婢等，因要诈银二万两未遂，故任意加赃，欲置之于死地”，紧接着“又嗾使给事中霍维华劾王安。客氏又在旁簸弄，激恼皇上”，致使昏庸无能的熹宗“天颜震怒”，立刻传旨，释放了有罪之人田寿，而对无罪的王安却是：“王安结纳朝臣，弄权乱政，诬陷无辜，逼迁妃主，着革职发南海子净军处安置。所有恩典，尽行缴回。一应家财产业，籍没入官。”

王安遭此不白之罪，有理无法申辩，有怨更无处诉说。而魏忠贤那班狐群狗党因此“拔了眼中之钉”而弹冠相庆，兴奋异常。但他们并没有因此而放过王安。魏忠贤的黑高参李永贞就对他说：“如今他虽在外边，他的羽党甚多，过几日或有他的人代他称冤，或是皇上一时回心，取他回来，那时悔之晚矣！”“除非摆布死他，才得干净。”魏忠贤心领神会，立刻与客印月密谋，乘着熹宗说“如今没有王安，朕也顽得爽快些”，客印月立刻说：“他虽去了，还在外边用钱买嘱官儿代他出气。说他是三朝老臣，皇爷也动他不得！”无能的熹宗盛怒之下，下令禁止王安与一切人往来，连侍候他的两个小太监也被弄走，又断王安的饮食，王安饿得无法，弄些芦根等野生植物充饥，以延续生命。即使在这种情况下，魏忠贤等仍不放过王安，派人送给王安下毒的酒饭，王安吃后，“没半个时辰，七孔流血而亡”，紧接着把王安的尸体“一把火化为灰烬”，“将灰扬去，不留踪迹”。魏忠贤一党对王安可以说做尽做绝，手段之狠毒，令人发指！

王安的悲剧，也可以说是明末朝廷的悲剧，更是熹宗自身的悲剧，只不过他昏庸不自知罢了。这些，只要看看下面的事实，就明白了。

王安一死，朝廷便成了魏忠贤、客印月的天下。先是魏忠贤“掌了司礼监印，将李永贞、刘若愚升为秉笔，一应本章不发内阁，竟自随意票拟”。接着又将王休乾、石文雅、涂文浦这些奸邪小人作为心腹，一个平时要好的太监李实也派去当了苏州织造，就连因“红丸”事件革了职的崔文升也“升了美缺”。这还不算，魏忠贤又让长子魏良卿担任武职，“荫了个锦衣指挥”，紧接着又把客印月的儿子侯国兴、兄弟客光先、侄儿客瑶都“荫作锦衣指挥”，“其余掌家及门下的官”，有的派在皇帝身边，有的安插在各处要津，“把个皇帝左右，布得满满的私人”，因而皇帝的一举一动，一言一行，无不在魏忠贤和客印月的掌握之中，什么也瞒不过他们，而他们要干伤天害理的勾当，可以对皇上封锁得水泄不通。这难道不是宫廷的一大悲剧吗？

客印月同魏忠贤一样心狠手辣。她在宫里“调遣六宫妃嫔，非与他相好者不得进幸”。由此可见客印月在宫内的权势及其横行无忌的情景。但这些对客印月来讲，只是小事一桩，算不了什么。而她的更大的罪恶是在宫廷内的大肆杀伐。例如，她不满意光宗选侍赵氏，便假传圣旨让她自杀身死；熹宗的裕妃因为怀孕，客印月怕她生了儿子，按明廷规矩，“母以子贵”，地位超过她客印月，于是客印月派人暗杀了裕妃张氏；成妃李氏因看不惯客印月的飞扬拔扈而疏远她，她便假传圣旨革掉了李氏成妃的封号；其他如冯贵人、太监王国臣、刘克敬、马鉴等不趋奉她的人，客印月一概害死；更有甚者，皇后张氏怀了身孕，客印月也不放过，暗用计谋使张皇后堕了胎，弄得熹宗皇帝断子绝孙，临死时无子孙继位，只好让他的异母弟弟朱由检（崇祯）来承继帝位。这岂非熹宗皇帝（朱由校）自身的一大悲剧！（以上引文均见《梼杌闲评》第二十八回）

四　锄奸除邪，六君子赴难

由于熹宗皇帝昏聩无能，大权旁落，任由魏忠贤、客印月等一党为所欲为，因而朝政日非，昏天黑地。此时忠直的大臣或受排挤、或为避祸，纷纷离去，魏忠贤的爪牙便塞满朝野。但他们并不以此为满足，对仅存的几个忠直大臣也不肯放过，千方百计寻衅找事，务要把他们除尽而后快。天启（熹宗年号）四年（1624 年），给事中傅櫆勾结魏忠贤的外甥傅应星，诬告中书汪文言，并且牵连到左光斗、魏大中，把汪文言抓起来关进镇抚司监狱。他们的目的很明确，企图通过此案网罗更多人的罪名，扩大打击面。此案归北镇抚司指挥刘侨审理：

（刘侨）却是个正直官儿，见了参疏道：“汪文言原是个邪路小人，只是这些株连的都是正人君子，平日交往则有之，若说过付，却无实据，岂可枉害无辜。”故审问时，连汪文言也不十分用刑，只说他不合依附内监，滥冒名器。左光斗、魏大中得赃实无明证，但不合比近匪人，只拟革职。呈了堂，田尔耕看了，先自不快道：“刘指挥你得了他们的钱，也该把事问明了。参本上说有许多赃证，你怎审得一些儿没有，叫我如何回话？”刘侨道：“得赃须证据，本上说汪文言过付，亦无确证，他也不肯妄认。”尔耕道：“着实夹他，怕他不招！”刘侨道：“徒仗威逼，恐他们妄扳平人，于心何安？”尔耕道："我实对你说罢：这干人都是厂里老爷要重处的，你今从轻问了，只恐你当不起魏爷的性子。"刘侨道："这也不妨，无不过坏官罢了。"田尔耕冷笑一声道："好个正直官儿!"刘指挥便自题一本上去，只把汪文言拟徒，其余概不涉及。

这段引文可以说明：一、刘侨是忠贞耿直的官僚，不依附屈从权势的威胁恐吓，决不枉害无辜，哪怕弃职丢官也在所不惜，实属难能可贵；二、田尔耕原是魏忠贤死党，自然死心塌地为魏忠贤效力。他先软后硬，直至用魏忠贤的权势相威胁，妄图达到他们的卑鄙目的：除掉左光斗、魏大中，从而扩大打击面的目的。因田尔耕在刘侨那里碰了钉子，故魏忠贤便暴跳如雷，立刻把田尔耕叫来，要把汪文言的案件弄到锦衣卫堂（他的死党把持的衙门）去审理，不达目的不肯罢休。

然而正当魏忠贤及其死党企图大开杀戒的时候，魏忠贤的背后也着了火。御史李应升针对魏忠贤设立内操破坏明朝祖制，上本抨击魏忠贤；给事中霍守正针对魏忠贤建造生祠乞请皇上赏赐匾额，也上本抨击魏忠贤；御史刘廷佐针对魏忠贤滥荫亲属亲信，也题本抨击魏忠贤；给事中沈惟炳针对设立枷仗朝廷命官的非法行径，也上本抨击魏忠贤。而魏忠贤却假传圣旨，对这些上本的大臣进行责难训斥。这事激怒了副都御史杨涟，他也题本弹劾魏忠贤，给他开列二十四条罪状，条条有真凭实据，条条都可以置魏忠贤于死地。这一回，魏忠贤恐慌万状，请求韩炉解救他，遭到韩炉的坚决拒绝，他就跑到熹宗面前去哭诉，并且要求辞去东厂的职务。这时又是客印月出来替他说好话。熹宗皇帝根本就不明白这些事，糊里糊涂弄不清谁是谁非，经客印月一说，便偏袒魏忠贤，让他留任东厂职务，同时下旨对杨涟严加斥责。杨涟失败并被罢官。谁知熹宗此举非但没压下大臣们的愤怒，反而掀起了轩然大波，魏大中、陈良训、朱国弼等七十余人纷纷上本弹劾魏忠贤，德高望重的叶向高和礼部尚书翁正春上本，直截了当地要求把魏忠贤逐出朝廷。但是昏君熹宗并没有同意，再次被魏忠贤滑了过去。

然而这毕竟对魏忠贤及其死党有所震动，因而对汪文言一案的处理也就改变了主意。对他们的活动及其心态，《梼杌闲评》描写得相当细腻。那是在魏忠贤罢了刘侨的官，准备叫他的心腹许显纯来审问汪文言，计谋定下以后：

忠贤留尔耕饮酒，只见李永贞差人来说道："副都杨涟有本，劾爷二十四条罪款。"忠贤道："他的本在那里?"来人道："在御前，尚未拆封哩。"

忠贤道："杨涟为何参我？"呈秀道："孩儿访得外面的光景，不止杨涟一个，附会而起者甚多。"永贞道："总因爷拿了汪文言，里头牵连了众人，那些人恐不害爷爷就要害他的。这些人急了，故此结党而起。这也是骑虎之势。据我想不如把汪文言依拟问徒，准他纳赎，这些人放了心，气息下去自然不上本。"尔耕道："不好，认他们上本，只是按住了不与圣上见，怕他怎么！"呈秀道："这些官一窝蜂的上本，若知道留中不发，他们就越来得多了。须寻他们个空隙，重处他几个，自然怕。"

这就是杨涟上本后魏忠贤他们的活动，可以看出他们对几十位大臣交章弹劾还是有所顾忌的，因而对汪文言处理只是"依拟问徒"，把这件事冷却下来。但还拿工部郎中万爆（他弹劾过魏忠贤）出气，寻事把他抓来，田尔耕审讯他时不住地叫手下人重打，打得万爆"皮开骨折，血肉齐飞"，"一团血肉中直挺挺一把骸骨"，魏党之狠毒由此可见一斑。

然而魏党的打击目标仍是杨涟等人，用魏忠贤的话来说，便是"杨涟这厮情理难容，必要杀了他方泄我恨"。按照李永贞的毒计，仍在汪文言身上做文章。过了一个月，又把汪文言抓来，投入锦衣卫监狱，但又怕像前次一样掀起轩然大波，使自己陷入困境，魏忠贤便假传圣旨，把那些忠直而又有影响的大臣如刘一燝、韩炉、张慎行、张问达、周家谟等，用莫须有的罪名把他们削籍回乡，"一时顾命旧臣尽皆去位"，这就为他们陷害杨涟等人的阴谋活动扫清了道路。这时才把汪文言提出来拷问，"要他扳出杨、左诸人的赃款来"，然而"汪文言抵死不肯招认"。魏忠贤一听这个情况便大发脾气，斥责他的死党许显纯审问不力，要撤他的职，继而告诉他："这也不消要他招，你只照原参的本上题，咱去拿他们来。到时也不必留汪文言对理，先摆布死了他，不怕杨涟等不认。"许显纯便如法炮制，再审汪文言的时候便乱打乱敲乱拶，"打得汪文言死而复苏者再。许显纯在上面一片声叫画供，汪文言也不知招个甚么，他便竟题个问过的本"，一切都按照魏忠贤划定的圈圈进行，许显纯达到了目的，魏忠贤便假传圣旨："杨镐、熊廷弼既失守封疆，又公行贿赂，以希幸免。杨涟、左光斗、魏大中、袁化中、周朝瑞、顾大章，从中市利，护庇大奸。俱着官校扭解来京严审。具奏。"明史上有名的六君子的厄运就是这样开始的。

我们且看魏忠贤是如何对待六君子的。

魏忠贤假传圣旨，自己又扮演了接旨和圣旨的执行者。他装模作样地接了圣旨后便"即着官校分头提拿各犯。"

先说杨涟。

据明史记载，杨涟，字文孺，应山人，为人光明磊落，有奇才，严守节操。万历三十五年（1607年）中进士，任常熟知县。他在廉洁的官吏中名列第一，后来提升为户科给事，接着转为兵科右给事中。光宗即位，他在“移宫”事件中挫败李选侍、魏忠贤等的阴谋，拥立熹宗即位等大事中都出过大力。魏忠贤专权误国，他上本弹劾魏忠贤二十四条罪状，败诉，被削籍回乡，魏忠贤派官校去提拿他的时候，正是在家闲住，“杜门不出”的时期。魏忠贤派人来提拿，是他意料中的事：

一日家人来说道：“闻得外面传说有锦衣卫官校来县里，不知为何？”杨公道，“这无别事，必是来拿我的。”一面叫人请出八旬老母并夫人来，又叫人到书房中请出三位公子。杨公向母亲道：“孩儿为国抒忠，曾劾过魏忠贤二十四条罪案，与他结下深仇。才闻有缇骑来县，定是来拿孩儿的。孩儿此去必死罢了，这也为国当然。只是母亲养育之恩未报，孩儿死有余恨。”又对三个儿子道：“我虽历官三品，依然两袖清风，家私产业是祖宗传流的，甚是淡泊。只要你们能体先志，承顺祖母，孝养母亲，就与我在一般了。想我读书一场，平生未曾得罪圣贤，今日何至到这地位？可见这书读也罢，不读也罢。”

《梼杌闲评》的作者在描写杨涟抱着必死的决心向家人交代后事的这一段文字，可以说声声是泪，字字是血，饱含作者的同情，特别是最后几句话，画龙点睛式地揭示了读书人的深沉的悲哀。唯其是这样有力的笔触，才能感人至深地描绘出杨涟这个铮铮铁汉的高大形象。

然而作者对杨涟形象的刻画并没有停留在这一点上，而是随着情节的发展而不断地加深。当杨涟嘱咐完后事，应山县知县来请他时，他“拜别母亲，欣然出见”，他在虎狼似的官校面前，从容就捕，“将起身时，满城的百姓都填街塞巷的来看，见杨公枷锁缠身，十分狼狈。想起他平日居乡的好处，都一齐喧嚷起来道：‘这是魏太监假传圣旨，我们不许他拿杨老爷去！’一片声阻住去路”，吓得那些官校“都一齐手慌脚乱”，杨涟一面感谢“乡亲的厚爱”，一面劝说他们让自己上路。乡亲们的一举一动，一言一行，无一不是杨涟的高尚的道德品质在乡亲们心目中的具体反映。而他的三位公子要随他进京时，他断然拒绝：“安见覆巢之下有完卵，尔等在家犹恐不免，进京何为！”说明了他的远见卓识，洞悉魏忠贤一党的凶残本质，因而他挥泪辞妻别母，“只带两个家人，飘然而去”。这些细腻生动的描绘，把杨涟的一身正气、视死如归的形象，具体逼真地呈现在读者的面前。

我们暂且放下杨涟，说说魏大中。

魏大中，字孔时，嘉善人，自幼用功读书，家庭清寒，但他豁达大度毫不在意，苦读如故，被乡里推举选中后，家里人想给他换上新衣新帽，他一怒之下全部撕毁，仍是一身穷穿戴。万历四十四年中进士，担任了官职，多次奉命出使，一路上洁行自好，对地方秋毫无犯。他为人忠贞耿直，直言敢谏，对朝廷中的奸邪之徒，弹劾不留私情，他对魏忠贤、客印月勾结专权，时有抨击。在“红丸”事件，上疏力请除掉方从哲、崔文升、李可灼，并且要求追究郑国泰（郑贵妃的哥哥）陷害东宫太子的罪名。杨涟上疏弹劾魏忠贤时，他也上疏猛攻魏忠贤，其中有“今忠贤擅威福，结党羽，首杀王安以树威于内，继逐刘一燝、周嘉谟、王纪以树威于外；近且毙三戚畹家人以树威于三宫。深结保姆客氏，伺陛下起居；广布傅应星、陈居恭、傅继教辈，通朝中消息。人怨于下，天怨于上，故涟不惜粉身碎首为陛下力陈。”（见《明史·魏大中传》）疏中还指出皇上包庇魏忠贤，连杨涟的奏疏也没有亲自审阅等，最后指出如果不除去魏忠贤、客印月，那么宫廷里面便都是魏忠贤、客印月的人，这样，皇上已经处在绝对孤立的境地。其词语尖锐深刻，自然使魏忠贤震恐万状，恨入骨髓。魏忠贤不放过魏大中，自在情理之中。

《梼杌闲评》描写魏大中被捕前后的情景有别于杨涟：

再说嘉善魏给事，亦因削夺回家，那些亲友俱在背后议论。有的道：“这时候还做甚么官，是在家的好。”又有的道：“这样的时势认甚么真，如今宰相还与太监连宗哩。你与他拗甚么，却弄得在家清坐。”魏给事闻之自笑。一日听见又拿了汪文言并科道等官，知道是必要害他的，在家坐卧不安。不料官校已到，出来听宣了旨，校尉给他上了刑具。又托言怕他寻死，将两手俱用竹筒贯了，屈伸不得，不能饮食，其意不过要诈钱财。魏公子见了这个光景，只得倾尽家私送他，才买得去了两手的竹筒。在城乡宦并门生亲友，俱各传帖敛分，以助盘费。有一等义气的，虽素不相识，亦不要传帖即自来输分，只为他无辜被害，怜他一腔忠义，罹此荼毒。至起身时，亲族交好以及邻舍无一个不来送他，各各洒泪而别。

此段，作者在“输分”“以助盘费”一事上用笔墨较多，意在突出魏大中的“酷贫”，从另一个角度来刻画魏大中为官清廉，一无积蓄，至今仍是两袖清风，从而描绘了魏大中这个清官形象。作者紧扣魏大中家境“酷贫”的特点，因而对他被捕后在路上的心理活动的描写也有别于杨涟。作者对魏大中一路上的复杂痛苦的心理活动写得比较具体细腻："此时魏公独坐舟中，正想此后生死未知，家道又清苦，妻子靠何人，好生愁闷"，正好周顺昌来看他，他忍不住声泪俱下地诉说了这种心情："弟捐躯报国，一死何憾。只为长子虽现随身，止一幼男在家，伶仃无倚，世态炎凉，谁来顾恤！况如今动辄坐赃，家寒将何充抵。恐家中不免追比之惨。家破人亡，宗祀欲绝，是以不觉痛心。"如果说前段引文是通过周围人物的言行及"输分"活动来反映魏大中的"酷贫"，那么，此处则是以"酷贫"为核心来展示魏大中的心理活动，意在从另一个侧面描绘魏大中这个清官形象，同时还为后面魏忠贤追比赃款作了铺垫。

至于对其他四个人的被捕情况，《梼杌闲评》只用了"一二日间，各路官校俱到"两句作了交待，这是作者结构故事情节的高明之处，避免了重复累赘的缺点。紧接着便转入魏忠贤一党对六君子审问的描写，行文简洁明快，紧凑自然。

六君子在魏忠贤死党的拷问面前的表现，《梼杌闲评》的作者采取了群像描绘的手法，但又个个面目清晰，个性突出，是一段不能不读的文字：

（六君子到了堂前，田尔耕）"喝声拿下去打。两边答应一声，走上许多恶狠狠的校尉来，如狼似虎的把六个犯官揪翻在地，用尽气力各打四十大板。打毕，又叫拶起来。拶了又叫敲，各人敲了二百敲，放了拶子，又叫夹起来。也各敲了一百棍"，"一个个打得皮开肉绽，夹拶得手足几折"，"用完了刑时，那些官员血肉淋漓，或驮或抬，俱送往北镇抚司下监"，"不到三四日，许显纯便来勘问"。"那许显纯领了勘问的旨，又领了魏忠贤的言语。那日堂上下都挤满了人，显纯忙叫拿闲人，长班悄悄的禀道：'这都是魏爷差来的人，拿不得。'许显纯吃了一惊。正是要松也松不得了，只得叫带杨涟上来，喝道：'杨涟！汪文言招出你创议移宫，陷皇上于不孝，又得了杨镐、熊廷弼二人许多赃，你怎么说？'杨公道：'乾清宫非臣妾所当居，当日原奉明旨道：李选侍每行措阻，不容圣人临御，是君侧不当留此，以为肘腋之祸。人臣志安社稷，念切皇躬，自宜远之，这事犯官故不辞创首。至杨镐、熊廷弼失守封疆，国法自有轻重；有喜仃刑传自宫中，岂关外官得贿。'许显纯听了，觉得辞严义正，无可驳责，只得没奈何法。假狠喝道：'胡说！当日圣旨，多是王安假传，你就依着他行，这就是结交内侍，就该死了。至于杨镐、熊廷弼问罪，你现是法司，且又与熊廷弼同乡，岂有不为他钻谋打点的！'杨公道：'交通须有实据，四万金非一人可致，又无证见，枉害无辜。'许显纯道：'这是汪文言招出来的，你如何赖得去？'杨公道：'就叫汪文言来对质。'许显纯道：'汪文言虽死，亲口招词现在。'杨公道：'既无活口，招词何足为凭！身可杀而名不可污！'许显纯道：'还要强辩，掌嘴！'飞奔上几个校尉来，提起铜巴掌来，一连十个掌嘴，打得杨副宪脸似蒲桃一般，红肿了半边。""又叫带左光斗上来，问道：'你有何说？'左佥都道：'移宫实参末议，分赃委实诬扳。'许显纯道：'都夹起来。'把杨、左二人夹在丹墀下。又叫魏大中、袁化中、周朝瑞、顾大章问道：'你们已是汪文言供定了，要辨也辨不去，快招了也少受些刑。'魏给事道：'一出家门，已置死生于度外，任你苦我，这赃难认！'袁御史道：'问事必须两造对质，怎么把汪文言一面虚词陷害人。'周给事道：'酷刑威逼，自然乱招，这是无辜易陷，此心难昧。'顾郎中道：'奸权之意已定，纵辨也无益，认他拷问罢了。'许显纯道：'正是辨也难辨了，都夹起来。'"

从以上引文中，作者通过各人的语言，刻画了各人的心理和性格，塑造了各具面目、刚正不屈的大臣们的群像。

不难想象，在这些早把生死置之度外的大臣们面前，魏忠贤等死党是不可能屈打成招的。于是他们采用了卑劣异常的手段，编造了一个供词，开列六君子贪赃枉法的条款，魏忠贤便假传圣旨，对六君子严加追比，开始了另一番非人的折磨。所谓追比，是指旧时地方官吏逼迫人民，限期交税、交差，过期便要受到杖责，这里是指对杨涟、左光斗等人限期追赃。除顾大章外，其余"五人都是五日受一遭夹打，比不到月余，周、魏二给事、袁御史三人受不住刑，都相继而死"，"此时杨副都、左佥都、顾郎中虽然未死，却也仅存残喘。不料比到后来，人越狼藉，刑法越酷，两腿皮肉俱尽，只剩骨头受刑"，"不二日，杨、左二公也相继而殁"，"只有顾郎中，赃已追完，才送到法司拟罪，毕竟不敢翻供，也问成死罪。挨到九月，也究竟死于狱中"。六个大臣的结局竟是如此惨烈。

为了更好地说明忠臣的刚烈以及魏忠贤等死党的狠毒，不妨读读方苞的《左忠毅公逸事》。我们摘引左光斗受了炮烙刑以后，史可法买通狱卒去探监的情景：

(狱卒）微指左公处，则席地倚墙而坐，面额焦烂不可辨，左膝以下筋骨尽脱矣。史前跪抱公膝而呜咽。公辨其声，而目不可开，乃奋臂以指拨眦，目光如炬，怒曰："庸奴！此何地也，而汝来前！国家之事糜烂至此，老夫已矣，汝复轻身而昧大义，天下事谁可支持者？不速去，无使奸人构陷，吾今即扑杀汝!”因摸地上刑械作投击势。史噤不敢发声，趋而出。

这段文字，真实具体地描绘了左光斗所受到的酷刑，使我们看到一个爱国志士在身陷绝境之时，想的不是自身的安危，而是如何保护爱国救国的人才的伟大胸怀和高风亮节。

然而魏忠贤等人并不因此罢休，他们连六君子的家属都不肯放过。以杨涟为例。杨涟惨死以后，魏忠贤行文责成地方官对杨涟家属追逼，非要完赃不可。杨涟的儿子变卖了全部家产，也不到所谓赃款的十分之一。产业变卖完以后，杨涟八十岁的母亲无处安身，亲戚们迫于魏忠贤势焰，都不敢收留她，可怜如此高龄的老人，“只得寄居在城上窝铺中”，然而追逼并不因此而停息。此时，杨涟的妻子、三个儿子都关在监狱里，他的家人也流离失所。杨涟的家破人亡，足见魏忠贤残害忠良的罪恶。

五 株连种种，七直臣死节

魏忠贤一党阴谋用汪文言的案子伪造供词害死了杨涟等六君子，而他们残害忠臣义士的另一个毒辣手段，便是诬陷株连。魏忠贤的死党李永贞的一席话，就是他们在这方面的毒计的明证：“若要一网打尽，莫如加他们一个党字最好，这就同宋时章惇、蔡卞弄伪学的法子。向来原有个东林党。如今邹元标、高攀龙聚众讲学，就是结党的明证。是有不快意的，都牵他入内，何难?”以后的事态就是按李永贞这条毒计进行的。

所谓东林党，实由首善书院而起。首善书院的创始人是邹元标，建院时高攀龙也参与其事。邹元标是个直臣，因与宰相张居正政见不同，被谪居六年，张居正死后，复官，拜吏科给事中，慈宁宫发生火灾以后，上时政之事，其中有一条劝皇帝寡欲养身，谁知被皇上误认为讽刺自己，大发雷霆，与此同时，邹元标又因弹劾宰相申时行的姻亲而惹得宰相不满，邹元标被调往南京，达三年之久，后来又起用他为本部郎中，没有赴任，接着他的母亲去世，便丁忧回家，在家创首善书院讲学，“从游者日众，名高天下”（《明史·邹元标传》），达三十年之久。光宗即位，起用为大理卿，天启元年回到朝廷，政治上进和衷之说，推荐忠贞的人材，起用被贬的直臣，抨击奸邪，从而得罪了不少人，包括魏忠贤在内。

高攀龙也是直臣，万历十七年（1589 年）进士，授官行人。因言论直率，不为万历所喜，罢官家居三十年。熹宗即位，起用为光禄丞，天启元年升为少卿，“梃击”事件发生后，他上本揭露张差的主使人就是郑贵妃的哥哥郑国泰；“红丸”事件中，他上书指首相方从哲勾结郑国泰，阴谋毒死皇上，应下狱议罪。不久，改任太常少卿，后又改任大理少卿，邹元标建书院，他积极参与。邹元标被弹劾罢官，他要求跟邹元标一起罢归，不许，晋升为太仆卿，擢刑部右侍郎。天启四年拜左都御史。杨涟弹劾魏忠贤时，高攀龙配合行动，力攻魏忠贤死党崔呈秀。崔呈秀穷急，便求救于魏忠贤，魏忠贤用别的事端欺瞒皇上，高攀龙失败，被削籍回乡。

综上介绍，可以看出邹元标、高攀龙都得罪过魏忠贤或魏的亲信，魏党不会放过他们，那是情理中的事。所谓东林党一说，那是魏氏欲加害他们而冠以这样的名称，这在前面所引李永贞的话中说得非常明白。

李永贞按照自己的毒计，串通了几个门客，杜撰了一个《东林衣钵图》，把吏、兵二部，都察院、河南道几个紧要衙门内不附和魏党的人以及与直臣赵南星的相好知交，都网罗在内。而且在所列人名的后面都加上两个候补的，前一个升迁了，就由后两个依次补升。这就给人这样一种印象：凡是与赵南星、高攀龙相好，都有升迁的希望；凡是不与赵南星、高攀龙相好的，那就永远没有升迁的希望。这个《东林衣钵图》一出笼，便造成了这样一种局势：“那些图上有名的，惟恐陷入党中；那不上图的好不忿恨，道：‘若果如此把持继迷，塞定贤路，我们终身难得好缺。’又有一等原与东林有隙的，你也说东林擅权，我也说东林植党。于是这个参东林，那个劾东林，举朝纷纷的把东林为仇。若说东林党人，都就一齐来攻。”魏忠贤死党把东林党人陷进了众矢之的的绝境，其手段的狠毒于此可见。

然而尤为恶毒的是，他们继《东林衣钵图》后又杜撰了一本《天罡图》，凡在这个图上的人都成了非杀不可的人。例如他们把东林党人比作《水浒》上的三十六天罡、七十二地煞，说什么李三才是晁盖，赵南星是宋江，邹元标是卢俊义，缪昌期是吴用，高攀龙是公孙胜，魏大中是李逵，杨涟是杨志，左光斗是关胜，等等，凡是魏忠贤及其死党所恨的人，都牵连在内。而且图上还留有三十名空白，故意含糊其词，说什么这三十人还没有调查确实，暂且不列出他们的姓名，造成“人人自危”的局面。他们的毒计如期达到了以下的目的：老百姓果真相信了东林结党擅权，同时也蒙蔽了朝廷，搅乱了百姓的是非，颠倒了黑白。

李永贞的毒计把东林党人陷入了绝境，成了众矢之的，同时给了魏忠贤等死党残害忠良的借口和机会。那些不明真相的大臣以及原本恨着东林党人的奸邪之徒，便纷纷上本交相弹劾东林党人，魏忠贤便一手遮天，假传圣旨，在攻击东林党人的本上下令“降的降，革的革，削的削”，轻而易举地把他痛恨的忠直大臣“一网打尽”，一时里忠臣都陆续离开朝廷，魏忠贤的亲信也就窃据了各处要津。紧接着便寻找各种借口置忠臣于死地，如前面谈到的六君子之死就是这样。然而六君子之死，远未达到他们斩尽杀绝的目的，于是他们串通苏州织造李实诬奏一本，把周顺昌、缪昌期、周宗建、高攀龙、李应升、黄尊素俱列入东林党内，罪名也是贪赃枉法。

为了叙述方便，我们仍是分头叙述。

李应升，字仲达，江苏江阴人，万历四十四年进士，授南京推官，断狱不徇私情，曾释放十九个含怨之人，力斩几个奸狡之徒，士民折服，和另一清官林学曾齐名，流传民谣称誉他们两人为“前林后李，清和无比”。不仅如此，就连当地的强横豪族也“叩头听命”（以上引文见《明史·李应升传》)。天启年间，多次上疏，指陈时弊，力主革除隐患，整肃朝政，其中提到外番、内盗和小人是国家的三患，另有疏本要求停止内操并揭露魏忠贤掌握的东厂好用重枷，最重的达三百斤，几天之内就把人枷死，先后死于枷下的已有六七十人，要求废除重枷。另外，杨涟弹劾魏忠贤二十四罪状时，李应升也上疏弹劾魏忠贤，除揭露他是个隐患之外，并要求皇上让魏忠贤引退，最好让魏忠贤自己“引决”以保全尸，等等。这些都触及魏忠贤及其亲信，魏忠贤痛恨李应升那是理所当然，把他置之死地而后快，更是情理中事。

那么，李应升是如何面对魏忠贤的迫害的呢？提拿李应升的锦衣官校到达江阴时：

此时李御史早已知道了，拜别父母道：“孩儿此去，或邀天幸君恩，得以生还，望勿忧虑。”先安慰了父母妻子，然后向众亲友作别道：“李某论劾权珰，褫夺而归，原图燕喜雍睦之乐，不料祸不旋踵。此去多死少生，一死报国，人臣之分，只是父母深恩未报，反不得如乌反哺，于心歉然。幸而有兄有子，不乏奉事之人，我也可放心前去。”亲友闻之，尽皆流涕……亲友们安慰一会儿都回去了。他只留好友徐元修在书房同宿，逐日谈论诗文，不及家事。父母叫他内里去宿，他也不肯，恐对家人妇女哭泣之状，方寸要乱。他竟一无所顾。及至县尊到门，他便挺身就道，止同一个表兄飘然长往，终日路上吟诗作赋，每得佳句便击节叹赏，全无一点愁苦的光景。

李应升不愧是个铮铮铁汉，对人对事敢作敢当。他自己心里明白，此次被捕，必死无疑，因而他在上路前以及上路后，都是抱着视死如归的决心来面对即将来临的灾祸。

我们暂且放下李应升，看高攀龙如何面对这场灾祸？

高攀龙的简历及其为人，前文已作介绍，此处不再赘述。我们只谈他在魏党的锦衣官校来捉拿他的表现：

再说那班官校到无锡来拿高总宪，高公早已知之，说道："我当日掌院时，因要整肃纲纪，惩创奸贪，才劾崔呈秀，乞行遣戍也。只欲为国除奸，他却避祸投在魏阉门下为子，官校此来，必是仇人陷害我，怎肯把父母遗体去受那无辜的刑法，此去必为杨、左之继矣。我果结党欺君，死也心服；今为仇人所害，岂不是忠孝两亏，我不如死于家，也得保全父母遗体。"暗暗自己筹画定了，也不再现于辞色。

高攀龙的心里很清楚，这次横祸是崔呈秀报私仇而借故陷害他。高攀龙弹劾崔呈秀一事，《明史·高攀龙传》也有记载："御史崔呈秀按淮、扬还，攀龙发其秽状，南星议戍之。呈秀窘，急走忠贤所，乞为义儿。"关于这件事，《梼杌闲评》有所反映，但是也许出于整书结构上的考虑，没有过多地渲染，只是在人物的叙谈中略作交代：（小和尚）玄照道："闻得老爷巡按淮扬的，那里是个花锦地方。"呈秀道："地方虽然繁华，这却是个中差，只落得有食用，赃罚有限，要不得钱的。我只因多劈了几块板用，也是慈悲念头，谁知堂尊高功说我受赃，把我参了，故此注了门籍，不便会人。"后经玄照勾通，做了魏忠贤的干儿子，得以东山再起，成了魏忠贤死党。这次魏忠贤派锦衣卫官校来抓高攀龙，高攀龙断定是崔呈秀为报私仇而陷害他，可以说查有实据，决不是无故臆断。基于这样的判断，高攀龙心里明白，此去自然凶多吉少，断难有生还的希望，因而反觉心境平静，泰然自若，冷静地处理身后之事：

及闻官校已渡江而来，便叹道："罢了，今日是我的归期了。"遂吩咐下些家事，命人备酒大会亲友，与众人作别。此时亲友也来得少了，高公道："刻因赴京在即，故与列位相别，开怀畅饮。"这些亲友也有要劝解他的，也有要为他筹画的，见他全无忧愁之态，反畅饮取乐，到不好开口。酒散后叫取水来沐浴，吩咐家人："各自休息，不要惊恐，料无甚大祸，让我独坐片时再睡。"先家人都怕他寻死，时刻提防，却不见他着意，此时上下人都倦了，果然不防他。大家散去，高公独坐书房整肃衣冠，焚了一炉好香，展开一幅纸来，写下一篇遗疏道："臣今虽蒙削夺，昔日却为大臣。大臣义不受辱，今欲辱大臣是辱国也。臣谨遵屈平之遗策，愿效犬马于来生，愿使者持此以覆命。”其大略如此。写毕封固，上书“付长男世儒密收”。到三更时，开了花园门，走到鱼池边，把焚的香带了摆下，向北叩头毕，又遥拜谢了祖宗父母，起身向池内一跳。

我们不厌其烦地摘录以上一段文字，旨在展示高攀龙的为人处事及道德品质。如果我们除去时代的局限以及在他身上的繁文缛礼等封建烙印，单就一个直臣面对生与死的抉择而论，那么，他的勇于死毕竟是值得称道的。因为他的死，也是一种抗争，甚至可以说这何尝不是与魏忠贤奸党斗争的一种手段？他的死，是那样平静，那样从容自若，如果不是于国于民无愧的人，是难以做到的，这不是正好说明了高攀龙的人格、道德品质的高尚吗？为此，《明史》把他列为直臣而为之作传，以昭示后人，那是理所当然的事。

下面请看周顺昌的情况：

周顺昌，字景文，江苏吴县（今苏州）人，明万历四十一年（1613年）进士，任福州推官，到任后捕捉税督高寀的爪牙，一点不讲情面。高寀是个贪官，由于重税搜刮百姓，激起了当地民变，劫持了巡抚袁一骥，并把他的两个儿子抓起来做人质，连副使吕纯如也扣押起来。有人提议让周顺昌代理巡抚，以缓解民愤，周顺昌没有同意，因而吕纯如怀恨在心。后升为吏部稽勋主事。天启年间周顺昌任文选员外郎，署选事，在职期间，力主杜绝宴请攀附，抑制投机钻营的丑恶行为，颇有清正廉洁的声誉，在朝不久，便请假回归故里。周顺昌为人刚直不阿，疾恶如仇。在朝期间，巡抚周起元因为触犯了魏忠贤被削职回乡，周顺昌写了文章送他，无所顾忌地斥责魏忠贤。回乡后，魏大中被捕路经苏州，周顺昌设宴为他饯行，并以自己的女儿许配给魏大中的孙子，以绝魏大中的后顾之忧。他和魏大中同吃同睡达三天之久，锦衣卫官校来催促魏大中起程时，周顺昌便怒声喝斥他们：“你们不知道世上有不怕死的男子吗？回去告诉魏忠贤，我是以前的吏部郎中周顺昌。”接着便大骂魏忠贤，这些话传到魏忠贤耳里，哪有不恨之理！另外还有两件事，也是周顺昌遭魏忠贤毒手的缘由：一件是魏忠贤的干儿子倪文焕诬告同官夏之令，终至迫害致死。周顺昌知道以后，便对人说：“以后倪文焕应当给夏之令偿命！”这话使倪文焕暴跳如雷，立即上本弹劾周顺昌，指控他把女儿许配魏大中的孙子，并诬告他贪赃受贿，魏忠贤便假传圣旨，给周顺昌罢官削籍。另一件是周顺昌的同乡吕纯如，因前次周顺昌拒绝救他而私恨未消，在乡居时，屡次在苏州织造中官李实面前搬弄是非，造谣中伤，挑起李实又弹劾周起元，同时诬告周顺昌贿赂朝廷官员救周起元。这些都给了魏忠贤以把柄，便下令逮捕周起元和周顺昌。通过以上介绍，我们大致上可以了解魏忠贤为什么不肯放过周顺昌的原因。

《梼杌闲评》对以上事实的描写比较详细，通过细腻的刻画，成功地塑造了周顺昌这个活生生的艺术形象。

《梼杌闲评》的作者在塑造周顺昌这个艺术形象时，分两个步骤，两个侧面来刻画的：第一个步骤是刻画他在家居时的仗义；第二个步骤是刻画他在被捕时的刚毅。如果说前者为后文作了铺垫，那么后者便是对前者补充和深化。现在先看对前者的描写：

官校们带了（魏大中）上船，向北进发，不两日行至苏州。那官校们都向地方官勒索常例，把船泊在驿前。内中惊动了一个士大夫，姓周名顺昌，苏州府吴县人，以吏部员外给假在家。他居官清正，谨慎居乡，平日非公事足迹不入公庭。因见魏监擅权，他故绝意仕进。当日在部时原与魏公相好，闻他被逮过县，心中不能忘情，要去问候他。众亲友劝道："魏公虽是旧交，因魏监与他为仇，恐他知道又要迁怒，不若只送些礼以尽其心的好。"周公叹息道："一死一生，乃见交情；一贵一贱，交情乃见。若他是个贪婪不法的匪类，就是他势焰熏天，与他绝交何妨；他是个为国锄奸的正人，遭此横祸，正当惜他，岂可因在患难而弃之！若说他迁怒，我律身颇无可议，且为朋友也难顾利害。"遂不听众人言，封了书仪竟来看他。此时魏公独坐舟中，正想此后生死未知，家道又清苦，妻子靠何人，好生愁闷。忽闻周吏部来拜，叹道："空谷足音，何以得此。"又怕官校阻拦，只见周吏部走进舱来，魏公见了，便泪下诉说："无辜被害，此去生死未知。"周公正色道："从来人臣为除奸，纵剖心断胫，陷狱投荒，皆无所顾。幸则奸去而身存，不幸则奸存而身死。我自尽职分所当为，至于成败利钝俱不必计。况兄此去，未必就死，何必戚然殊少丈夫之气。"魏公听了，才收泪道："弟捐躯报国，一死何憾。只为长子虽现随身，只一幼男在家，伶仃无倚，世态炎凉，谁来顾恤！况如今动辄坐赃，家寒将何充抵。恐家中不免追比之惨。家破身亡，宗祀欲绝，是以不觉痛心。"周公道："此事不必挂心，弟自为兄料理，家中我自照管，即坐赃亦当为君措办，兄可放心前去。"魏公感泣拜谢道："若得兄垂念，弟虽在九泉亦当瞑目。"周公将书仪送与魏公，也送了官校些银两，才别了。

这段文字，说明了：一、周顺昌在魏忠贤气焰熏天的情况下，不怕魏忠贤的"迁怒"，不怕株连，毅然决然地看望被捕路过吴门的魏大中，这本身就说明了他是个不顾自身利害安危、敢于蔑视权势的硬汉；二、他所尊重和爱惜的是忠诚爱国志士，说明周顺昌爱憎分明的性格特点；三、刻画了周顺昌疾恶如仇的刚正品质。当魏大中为自己的生死忧虑时，周顺昌的一席话可以说是掷地有声，既是对魏大中的鼓励，也是他的思想性格的有力刻画，特别是那句“幸则奸去而身存，不幸则奸存而身亡”，那种与奸邪势不两立的气概，可歌可泣！四，刻画了周顺昌性格的另一个侧面：仗义。当魏大中因家境清贫而虑及身后妻子的处境时，周顺昌毫不犹豫地一口答应“弟自为兄料理，家中我自照管，即坐赃亦当为君措办”。这从朋友的角度来看，周顺昌可以为友情两肋插刀，但我们能否透过这个现象看到，周顺昌的所作所为都是围绕着与魏忠贤死党斗争这一中心而展开的实质呢？

周顺昌的为人如此光明磊落、忠肝侠胆，因而博得乡里各阶层百姓的爱戴和尊敬，因而魏忠贤派去的官校想逮捕周顺昌并不那么容易，因为乡亲们不答应（这一情节放到后面再讲），僵持了三天，周顺昌看到百姓“为我受害，好生不忍”：

想道：“我若不随官校进京，又失了臣节。”遂自来见抚院道：“罪人得罪朝廷，蒙旨拿问，自应受逮，不意酿成大变，几累老大人。但为臣子者没有呼而不来之理，乞老大人解罪人进京。”先抚院要解他去，又怕百姓激怒，这会儿听见他自己要去，便趁水推舟道：“正是！弟等都要具疏保留老先生，又恐违了钦限，得罪反重，还是去的为是。”此时官校逃去的已都来了，府县也打发了他们些银两，叫他们到浒墅关等候。次日周公恐惊动众人，候至夜间，悄悄的上船。至浒墅关寻到了官校，才一同星夜入京。

从周顺昌的言行中，我们可以看到周顺昌考虑的不是自身的安危，而是百姓的利益，这从另一个侧面说明了周顺昌的人格品质为什么得到那么多乡亲的爱戴、尊敬的缘故；而从抚院的言行中，又更深一层衬托出周顺昌在乡亲们中的声望之高，要不是周顺昌自己挺身而出，抚院、府县便束手无策，因为他们十分清楚，众怒难犯，而正是这个众怒难犯便烘云托月似的突出了周顺昌这个高大的艺术形象。

至于写锦衣官校逮捕黄尊素、周宗建和缪昌期并没有像周顺昌那样投以重笔，这也是作者在结构剪裁上的高明之处；如果每人都以相同的笔墨加以渲染铺陈，非但结构上会显得臃肿冗长，而且在手法上也会有重样累赘之嫌。因而作者只是侧重于他们的清廉及百姓的爱戴来刻画他们的形象。例如写周宗建：

不说苏州百姓仗义，浙江黄御史到得了便宜。且说吴江周御史宗建初任湖广武康县时，官清如水，决断如流，才守兼优，声名大振。抚按交章题荐，后改了浙江仁和县。这仁和县是附省的首县，政务繁冗，民俗淳厚，他下车以来莅事精明，立法极简。审理词颂任你有钱有势的来请托，他概不容情，并无冤枉。征收钱粮任你顽梗，他都设法追捕。合县百姓都呼之为周青天。稍有闲时，便下学训课，士子蔼然一堂。若再得余闲，或与乡之贤士大夫逍遥湖上，或偕德望父老访民风于四野，所以士民德之。及六年，奏最行，取为御史，合郡为他建祠。

这是对周宗建为人为官的简略介绍，然而细细玩味其中的含意，何尝不是一篇出色的颂词！他官清如水，与民鱼水情深，这就难怪升迁时“合郡为他建祠”，在他被捕时两县的“生监、百姓，纷纷具呈保留，为他分辨”。为官如此，可以算得上生前身后的殊荣。作者在淡淡的笔下，蕴含着深深的情意，为后文周宗建被害作了很好的铺垫。写缪昌期的被捕又从另一个角度下笔。

其实缪昌期的死因早在杨涟弹劾魏忠贤二十四大罪状以后就种下了。那时继杨涟上本的大臣有好几个，但魏忠贤最怕的是杨涟的疏本，魏忠贤的心腹刘若愚就这样说过：“这几个本只有杨涟的本来得利害，件件都是事实”，并建议魏忠贤到皇上面前去哭诉求饶，魏忠贤恼恨杨涟也就可想而知，因而发誓要“把杨涟放倒”。但魏忠贤恨杨涟的同时还恨着另一个人，这就是缪昌期。《梼杌闲评》第三十二回有这样的叙述：

忠贤道：“前日杨涟的本，闻说是缪昌期代他做的。你们可知道?”田吉道：“缪昌期与孩儿交往，他却是个才高有识见的人，怎肯代他做本。”崔呈秀道：“他在院中悻悻自负，与杨涟相好。他在湖广主试，所作试录中，历指古令中贵的弊端。这做本之事未必然，知情或有耳。”忠贤道：“试录是他进呈的，里面伤及咱们也就与劾咱们一般。杨涟的本虽未行，然情理极毒，这定是缪昌期帮他做的。要乘机处咱的是韩炉，怎么容得他们在朝?”

从以上的引文中可以看出，魏忠贤一口咬定杨涟的弹劾本是缪昌期帮他做的，他决心“先把杨涟放倒”，自然不会放过缪昌期，因而借李实的弹劾便下令逮捕缪昌期。

《梼杌闲评》对缪昌期的被逮没有过多的笔墨，只用寥寥几笔，突出了他的冤屈和清贫：

不多几日，又因李实论劾，解了缪翰林进京，这两处的百姓怜他没处叫屈，见苏州有打校尉的事，其中有仗义的道：“苏州人有侠气，我们杭州人独无人心？”……那些官校知道缪公是个清苦词臣，料得诈不出甚么钱钞来，到让他软舆进京。直至涿州地方，缪公恐怕耳目渐近，设有缉访，反带累官校不便，自己要上起刑具来。一路上听他缓行到京。

杭州人究竟为缪昌期做了什么实事，作者没有明写。原因不是别的，因为缪昌期都是在朝为官，《明史》上对他与魏忠贤及其党羽的斗争写得较多、较详细，而对他削职乡居则没有提供什么具体资料，也许这就是作者没有铺叙的原因。不过，《梼杌闲评》的作者在书中通过魏忠贤的嘴，从侧面说明了缪昌期在多次反魏忠贤的斗争中所起的作用，树立了这个直臣的形象，弥补了前面所说的不足。倒是对他的清贫的描写颇具匠心，作者不作直接叙述，而用侧面反衬；那些如狼似虎、贪得无厌的官校都知道在他身上“诈不出甚么钱钞来”，可见缪昌期清贫的程度，为官一场，两袖清风，令人可敬！

然而缪昌期毕竟不是作者刻画的重点，作者着力刻画的是周宗建、周顺昌等人，尤以周顺昌的描写最为详尽、细致。试看魏忠贤及其死党对这个直臣审问时的描写便能体会到作者的用意：

过了几日，缪公年老受不起刑，先死了。夏御史亦相继而亡。只有周御史、周吏部等，许显纯定要他招认是东林一党，与周起元请托。周吏部道：“东林讲学，我并未到。就是东林党内纵或有一二不肖的，也不失为正人君子，总比那等邪党专权乱政，表里为奸的人好许多。至于周起元行时，我虽为他作文，这也是缙绅交际之常，我自来非公事从不干谒，有甚请托？”许显纯大喝道：“这厮犹自硬口，不打如何肯招？拶起来！”拶了又夹，夹了又敲。那些校尉因苏州打死了同伙的人，好不忿恨，将他分外加重的夹打。此时周公愈觉激昂，言语分外激烈，竟似不疼的，任他凌辱，只是不招……许显纯见他身子狼藉，若再加刑，怕他死了不便，忙叫且收监。过了数日，又提出来拷问他。周公道：“魏阉害杀忠良，何止我周顺昌一人。要杀就杀，有甚么招？”……那些校尉飞奔上前，打了一顿，把瘦脸打得像个大胖子，青紫了两边。周公兀自高声大骂道：“许显纯你这奸贼！你打得我的嘴，打得我的舌么？”千奸党万贼奴骂不绝口，把许显纯气得暴躁如雷，却又无可奈何。他想了一会道：“把他牙敲了。”校尉上前将铜巴掌侧着，照定牙根敲了几下。可怜满口鲜血直流，门牙俱落。周公并不叫痛，越骂越凶，声气越高……隔了数日，李、黄二御史也从浙江解到，显纯故作威势，摆了许多狠毒刑具，并提出周吏部同审。周公上去，开口便骂道：“贼奴，你徒与阉狗作鹰犬，把我等正人君子任意荼毒。我们不过一死而已，你这奸贼除死之外，你还再有甚法儿加我？我死后名传千古，那阉狗蒙蔽圣聪荼毒忠良，少不得神人共诛。你这贼奴也少不得陪他碎尸示众，还要遗臭万年。”骂得许显纯哑口无言，几乎气死。又叫敲他的牙，把个周吏部满口的牙儿被敲完。周公立起来，竟奔堂上，校尉见了，忙来拉时，他已走到公案前，把口中鲜血劈面喷去。许显纯忙把袖子来遮，早已经喷了一脸一身……谁知魏忠贤差来看的人，早已飞报进去。（魏忠贤差官对许显纯）道：“爷心中甚是着恼，着我来吩咐你如此如此而行。”……次日到衙门升堂时，禁子便来递犯官周顺昌、周宗建昨夜身故的病呈。许显纯看了，便叫写本具奏。过了两日，才发下来。发出尸首，周御史还是全尸，只是压扁了。周吏部身无完肤，皮肉皆腐，面目难辨，止有须发，根根直竖，凛凛犹有生气。（第三十六回）

这一段满含血泪的文字，无异于对魏忠贤及其死党残害忠良的控诉书，作者不惜笔墨，一点点，一层层，碎割零剥地撕下这些乱臣贼子的画皮，刨出他们的狼子野心，暴露在光天化日之下，让世人去识别什么叫善，什么叫恶！与此同时，周顺昌这个铮铮铁汉宁死不屈的直臣形象也就愈益显得高大辉煌！

周顺昌、周宗建死得壮烈，李应升、黄尊素则死得从容镇静，同样感人至深。有关李应升的情况，前文已有所介绍。关于黄尊素，《明史·黄尊素传》说他“精明疆执”“謇谔敢言，尤有深识远虑”，从他在明廷各大事件的表现来看，这个评价相当中肯。因他屡次击破魏忠贤及其死党的阴谋，故魏忠贤对他恨之入骨。关于李应升和黄尊素两人被害的情况，《梼杌闲评》的描写同《明史》的记载无多大差别：

二公（周顺昌、周宗建）殁后，仅存李、黄二御史在狱。二人也自分必死，却快然自得。李公道：“昔日黄霸被陷在狱，从夏侯胜授《春秋》，苏长公诗书赋诗不辍。我朝胡忠宪，年八十被杖在狱，尚咏《治狱八景》。古人意气高尚如此，我辈何妨相与谈论，访前辈之高踪，为后人谈柄。”两人带着刑具，指天画地，或时商略古事，或时痛惜时贤，或时慷慨悲歌，怕国事日非，或于愁中带笑，或时掩面流涕……那知他们何曾有一念在自己身家性命上。及至追比时，每比一次，李御史只喊：“二祖十宗在天之灵，鉴我微忱！”那些行杖的都惊骇不知何故，依限追比，怎肯稍轻。到后来也就支撑不来，二人自料死期将近。李公想道：“一身虽为国而亡了无遗憾，只是亲老子幼，岂可死无一言？”遂于身上扯下一块布来，啮指出血，写下一幅遗嘱，藏于裤腰内……李公殁了，黄公抚尸痛哭道：“兄今先见二宗于地下，弟亦相继而来。倘英灵有知，早得相从共斥奸邪，当作厉鬼以击贼。”……后来黄御史独坐狱中，郁闷无聊，又遭过几番追比，也是死于狱中。（同上）

读完以上引文，不难体会《梼杌闲评》的作者用淡淡的冷冷的笔法，刻画了李应升、黄尊素蔑视魏忠贤的淫威，从容自若、视死如归、刚毅不屈的形象。

至于周起元的死，作者写得比较简略，写他因诬栽赃款十二万，追逼无度，榜掠惨酷，死于狱中。

以上七位直臣，都因反对魏忠贤擅权乱政、祸国殃民、残害忠良而被魏忠贤用株连的毒计以莫须有的罪名惨遭杀害的。作者运用不同的笔法，从不同的角度描绘了他们不同的赴难情景，刻画了他们各有个性的直臣形象。作者把历史人物通过活生生的艺术形象，再现于读者的眼前，旨在告诉人们中国历史上的忠臣义士为了与邪恶势力作斗争，不惜牺牲身家性命和视死如归的精神，永远是中华民族可贵的精神财富。

六　欺压敲剥，民变处处

前面介绍了十几个忠直大臣的惨死，说明了明末朝廷里曾经有过一场激烈的政治斗争，说明了魏忠贤及其党羽占了上风，朝政大权全部落入魏忠贤及其党羽手里，使得万历时期已经腐败的政治更加腐败，更加黑暗。魏忠贤独揽大权以后，对百姓则更加欺压敲剥，非把百姓弄得家破人亡不可。有关当时社会的黑暗现象，《梼杌闲评》曾多次描写，而且写得比较详细，颇具认识作用。

我们先举魏忠贤大兴三殿为例，看看魏忠贤及其党羽是如何敲剥百姓的。

对于兴建三殿的事，正直的朝臣都是反对的，因为他们清楚，明末辽东边患频仍，光是军饷已经常感不足，屡次告急，可见国库已经空虚，哪里还有财力兴建三殿？因而工科明确表示反对，在疏本中指出：“三殿工程费用浩大，钱粮无从出处；况今辽左多事，海内空虚，民不聊生，即使神运鬼输，亦难一时毕集，伏恳圣恩，俯念生民膏血，暂行停止，以舒民力。”疏本的话虽然不多，但却极为有力地概括了明末的政治、经济情况。然魏忠贤不管这些，只是一意孤行，假传圣旨把工科的官员“概行削夺，即日传旨兴工”。没有钱怎么办？便“议开捐例。先因辽饷不足，户部开了个捐贡例”，而后干脆开了个“铨选价目，一千两选通判，二千两选知县，三司首领、州同、州判皆有定价”。历朝历代的封建统治集团，凡是用捐例卖官敛钱的，都是他们政治腐败到了不可收拾的标志。魏忠贤用此法敛钱，自然无法满足需要，于是又转向地方政府，从而转向平民百姓。大肆搜刮扬州百姓，便是一例。

扬州百姓遭殃的起因非常简单，简单得让人觉得滑稽可笑，然而这却制造了一起让人出乎意料的大悲剧！《梼杌闲评》第二十八回末尾写到魏忠贤同几个人饮酒，席间谈及三殿大工的事，吴纯夫便胡说八道：“舍亲徐缙芳曾巡盐两淮，他说运司库内有积下挖河银余，约有数十万；再者有商人加罚的银子，也有数十万；扬州府库还有鲁公公的家私，这都是无用之项，何不著人去查查，也可济大工之用。”魏忠贤把这些凭想象而来的数字当作事实追查，最先倒霉的便是“才到任月余”的知府颜茂暄，他根本不知道这事首尾，又不愿昧着良心去奉承魏忠贤的走狗，便拼着性命硬顶，结果被参削职。第二个倒霉的便是“到任也才三个月”的运司汪承爵。他同颜知府一样不知此事首尾，结果被“拘在公所，不容回署，说他浸匿钱粮十九万”，“行文到他原籍将家产抄没，变卖完赃”。还用此法坑害了其他官员及当地盐商，接着便变着法子一层一层地敲剥下去。此时扬州的情景，《梼杌闲评》有如下的描写：

众商情急，只得全家搬去，撇下许多大空屋来，门上都贴了帖子，上写道：“此房为完钦币，急卖。”到处皆然。把一座广陵城，弄做个破败寺院样……许知府激走了众商，止追出一小半来。又只得拿经承书吏来比追。这些人平日虽用过官钱，但弄到手都嫖赌穿吃，花费去了，哪里积聚得住。况内，中还有死绝逃亡的，也有把钱捐官做去的。凡出仕的，都行文到任所提来，死亡的捉子孙追比。现在也有富的，也有赤贫的，都也派千派万。起初变卖产业，共也追不上几千。过后寄监追比，把运司府县几处监都坐满了。逢期都提出来夹打，比过几限，也追不出些须来。许知府叫他们扳出些亲戚来，又追不起，于是因亲及亲，兼及朋友邻里。竟还有素不相识的，也扳来搪塞。你想那些穷百姓，一两五钱的怎么凑得起许多来？又著落卖妻子完纳。可怜人家少年恩爱夫妻，也不知拆散多少。依旧无多，又设法再追，只得又把当日卖过房产与人的，再追买主，半价入官。起初还是产业、家伙、物件，后来连娶儿女的，也都有拔根杜绝。把些人家都弄得水穷山尽的，还不得丢手。并且拿房产变卖，又没人敢买。连乡农殷实的也诬扳他数千，家产立尽。犯人牢里容不下，连仓里也坐满了。扬州城里的人少了大半。许知府又想出个毒计来，真是丧尽天良。竟把这班人的妻女拘来，拣有姿色的著落水户领去完价。那些水户落得便宜，只可怜那些妇女，也有好人家的，也有贞烈的，投河、坠井、悬梁、自刎者不一而足，不知逼死多少。天理何在？……可怜把个扬州繁华之地，直弄做个瓦砾场！（第三十九回）

这段文字那样细致、那样具体地描绘了许知府洗劫扬州的情景！百姓的惨况那样真实、形象地呈现在读者的眼前，令人触目惊心因而不禁怒火填膺！我们不能不说，作者在描绘这场浩劫中的每一个细节时，都饱含着血与泪，那样深沉有力地感染着读者的心灵；随着作者的笔倾泻出对扬州百姓的无限同情，对魏忠贤及其党羽残害无辜的罪行投以无比的憎恨！

然而作者对魏忠贤及其党羽的揭露和鞭挞并没有因此停止，而继续无情地深挖狠掘。《梼杌闲评》第四十一回，作者通过吴养春和程寡妇的事件，从另一个角度揭露了贪官污吏的惨无人道的欺压和无休无止的敲剥，是激起民变的根源。作者细致、具体的感性描绘，使读者逐渐上升到理性上去体会“官逼民反”的道理，颇有认识价值和教育意义。

吴养春，《梼杌闲评》的作者介绍他是“江南第一富户，两淮盐务的领袖”。他的财产，据他家的奴才吴天荣说“约有一二百万。各处盐引当铺，每年有十余万利息。惟有黄山水利最多，每年足有四十余万。”魏忠贤一听，正中下怀，说道：“这厮却可恶！万历时他既助得饷，咱们如今大工缺少钱粮，他就不助些饷了。他这样富足，难道不是害众成家的么？你可开他些过犯来，咱好差人去拿他，来向他要。”吴天荣心领神会，与魏忠贤的心腹倪文焕串通一气，捏造事实，写成揭帖，到了魏忠贤的手里便批道：“吴养春赃银六十万，着刑部行文与该抚，照数比追解京。其山场木植银四十余万，着工部遣干员会同该抚按估计变价解库；其山场二千四百余顷并抛荒隐匿地亩，均着查明入册”，结果吴养春父子“熬不过几次追比，俱死于狱中”。这是吴养春从被恶奴出卖到死在魏忠贤手中的大略过程。吴养春之死，是否值得同情，姑且勿论，我们且看吴养春死后，魏忠贤的党羽在追比吴养春的所谓赃款及变卖他的山地林场过程中的种种恶行和他们的嘴脸：

不日工部司官到了，会同抚按清查。那些亲友见事势不好，都不敢来管，只有一个老家人吴良出来撑持。那主事同抚按上了察院、传集府县，将山场木植变价，少不得要报人买，未免高抬价目。那些富户见值一百的，就要卖人二百。那些怕买的花钱求免，或贿嘱延搁。那买不起的便来告免，反被责逼，以致妄扳别人，株连不已。及至纳价时，书吏又作弊，用加二三的重平子收银。及完清了价，又无产业领，他又报别人来买，设成骗局哄人。那报买的也不能听他缓缓上价，还要当钱粮追比。无奈这是钦差官儿，不受抚按的节制，无处告理。正是“天高皇帝远”，有屈也难伸。把一个徽州城搅得不成世界了。赃银出过六十余万，也就艰难了。众童仆都偷盗财物，各自逃散，日日只带这老仆追比。这吴良年近七旬，渐渐打得不像样而死。这主事又差人拿他家眷，那老太太年老出不得官，便来拿他妻子。那孺人……放声大哭道：“我为世代簪缨之女，富贵家的主婆，岂可出头露面，受那狗官的凌辱。罢！与其死于此贼之手，不如死在家里的干净。”于是解下丝绦，悬梁自缢。他的两个女儿见他娘吊死，他们也相缢而亡……那老太太听见媳妇、孙女都死，吓了一跌，也呜呼哀哉了……那些差人犹自狐假虎威的诈钱，街坊上看的人都动不平之气。内中有那仗义的道：“你们逼死了他一家人口，还在此吵闹，我们打这起狗才。”众人一齐动手，把几个差人登时打死，渐渐聚了几千人，打到察院衙门里来。

从上面的引文中，我们可以清楚地看到，魏忠贤派来的所谓钦差，是如何欺压敲剥徽州百姓的，他们名义上是钦差，实际上是流氓地痞加恶棍，不仅害死了吴养春一家，而且也搜刮尽了当地的百姓，整个徽州被搅得黑暗重重，怨声载道，完全是个非人的世界。而在这整个过程中，在百姓的怨毒血泪中，魏忠贤及其死党的狼心狗肺及其丑恶嘴脸，淋漓尽致地暴露在光天化日之下。徽州人民在忍无可忍的情况下终于挺身而出，杀贪官，烧衙门，燃起了复仇的烈火，使魏忠贤的爪牙狼奔豕突，“越墙而逃”，可见众怒难犯，亦可见这些狐群狗党外强中干的本质。

所谓程寡妇事件，那是吴养春事件的继续，是由吴养春的“至亲”寺丞许志吉挑起的。倪文焕向魏忠贤推荐他时说：“许寺丞本籍徽州，深知吴养春所放天津、淮扬、两浙各省的债务，并各处盐当产业，若差他去，不到半年，赃可全完。”魏忠贤自然求之不得，当即就委派他去清查吴养春的赃款，“谁知他竟是个人面兽心的畜类，只要保全自己，奉承权珰，不顾乡里，一路来各处清查，丝毫不能遗漏”。许志吉真可谓六亲不认，责打亲戚，追比与吴家有关系的人，把黄山的土地要河南人来买，把河南人也搅得鸡犬不宁，最后连程寡妇也不肯放过。许志吉原是寡妇的丈夫程有政的朋友，程有政死后，许志吉先是贪色想娶程寡妇遭拒绝，这回便借机敲剥程寡妇，终于引起公愤，蜂拥而上，打死了许志吉的几个爪牙，放火烧了他的家，抢光了他的家产，“妇女们剥得赤条条的，赶出街坊”，许志吉只身逃了狗命，结果是“未害别人先害己”，人面兽心的恶人的下场大致如此。

吴养春、程寡妇事件，有力地说明了官逼民反的道理，但这还是规模较小的两次民变，而规模比较大的则有苏州的民变和白莲教起义。

苏州民变是魏忠贤派人逮捕周顺昌激起的。正因为周顺昌这样的良吏直臣遭受不白之冤，才激起了苏州人民的义愤。请看当时的情景：

苏州三学生员见周吏部被诬，相约去见抚院毛一鹭。求他缓些开读，好上本申救。毛抚院道："旨意已下，谁敢乱救。诸生此举，到是重桑梓而薄君臣之意了。"诸生齐声道："生员等于君臣之义不薄，只是老大人父母之恩太深些。"毛抚院见诸生出言不逊，只得含糊答应，支吾他们出去。谁知市上早有一班仗义的豪杰，相议道："前日无故拿了周御史、缪翰林，如今又来拿周吏部。若说他贪赃坏法，他是极清廉正直，人所皆知；若说他是东林一党，他又杜门不出，从不轻与人交接。况且与李织造素无干涉，为甚事拿他？这分明是魏太监与李织造通同害人，假传圣旨。我们只是不容他去罢了。"及到开读的清晨，只见周公青衣小帽，早在此伺候。院道各官相继到了，只见一路上的人填街塞巷，人集如山，赶打不开。有司只道是来看开读的，不知内中有个豪杰，起了个五更，在街上敲梆喝号道："要救周吏部的都到府前聚齐！故此满城的挨肩擦背，争先奋勇来了无数。各官迎接龙亭，进院分班行礼毕，才宣驾帖。忽听得人丛中一片声喊道："这是魏忠贤假传圣旨，拿不得人！"就从肩上跳出一个人来……说道："为周吏部的人各拿一枝香去！"一声未完，只见来拿香的推推拥拥，何止万人，抚按各官哪里禁压得住。有一个不识时务的校尉李国柱乱嚷道："甚么反蛮，敢违圣旨！"只见人丛中又跳出几个人来……上前将李国柱拿住道："正要剿除你们这伙害人的禽兽！"才要动手，人丛中又抢出几个来，把李国柱揪翻乱打，各官忙叫不要动手，哪里禁得住。打的打，踢的踢，早已呜呼了。那锦衣千户惊得飞跑，只恨爷娘少生两只脚，走得没处躲藏，一把抱住抚院，死也不放。那些校尉丢下刑具，除下帽衣，混在人丛里逃命去了。宣旨的礼生怕打，战兢兢的把驾帖左收右收都收不起，早被那班豪杰抢过去扯得粉碎，把桌子一推，把礼生从上面跌下来跑了……足闹了两三日。(第三十五回)

魏忠贤及其党羽的倒行逆施，激起苏州民变，而且在揪打那些爪牙时则义正词严地声明："正要剿除你们这伙害人的禽兽！"作者运用这样的语言，画龙点睛似的说明了民心难欺这个千古不易的真理。苏州人民的义举，正是这个真理的有力证明。他们没有谁去领导、组织，出于义愤而纷纷涌上街头，痛打奸贼爪牙，甚至蔑视皇权，撕毁驾帖（皇权的象征），闹得地方官束手无策，甚至连魏忠贤都“心中也觉慌张”，可见声势之浩大，对魏党打击之沉重！

关于苏州民变，可与《明史·周顺昌传》相参证，这里从略。而值得一提的是张溥的《五人墓碑记》。张溥（1602–1641年），明末文学家，崇祯年间进士，授庶吉士。他在崇祯初年组织复社，进行文学和政治活动。张溥的青年时代正是魏忠贤阉党专政、气焰十分嚣张的时期，大批东林党人受到残酷镇压和迫害，这一切，张溥自然十分清楚，他成名以后，以继承东林精神为己任，怀着救国救民的强烈愿望，进行爱国正义的活动，《五人墓碑记》便是这方面的明证。这篇文章的侧重点是赞扬苏州人民的义举，尤以代表人物颜佩韦、杨念如、马杰、沈扬、周文元为最。作者用如下的语言描写了他们慷慨就义、视死如归的英雄气概：“五人之当刑也，意气扬扬，呼中丞之名而詈之；谈笑而死。断头置城上，颜色不少变”。寥寥数语，而形象逼真，历历如在目前。而对五人之死的意义和价值表示由衷的钦敬并给予崇高的评价：

嗟夫！大阉之乱，缙绅而能不易其志者，四海之大，有几人欤？而五人生于编伍之间，素不闻诗书之训，激昂大义，蹈死不顾，亦曷故哉？且矫诏纷出，钩党之捕遍于天下，卒以吾郡之发愤一击，不敢复有株治；大阉亦逡巡畏义，非常之谋难于猝发，待圣人出而投缳道路，不可谓非五人之力也。

作者在文末申明，为五人写碑记的目的是“明死生之大，匹夫之有重于社稷”。纵观全文，苏州人民的义举给阉党的打击之沉重，不仅是“不敢复有株治，而且更重要的是阻止了魏阉篡权阴谋的猝发”，从这个意义上讲，五人之死可以说重于泰山！

魏忠贤及其党羽欺压敲剥所激起的民变，规模最大的自然要数白莲教起义。

白莲教也叫“白莲社”，其教义含有佛教、明教、弥勒教等内容的秘密组织，起源于宋代，到元代逐渐流行，虽曾遭到过禁止，但参加的人仍旧不断增加。其教义崇尚光明，相信光明定能战胜黑暗，在元、明、清三代常被农民利用，作为组织斗争的工具，以“明王出世”、“弥勒降生”作号召，发动农民起义，元、明、清三代白莲教发动的大大小小的农民起义就有十余次。其中发生在明代的共六次。明末天启年间白莲教起义的领袖徐鸿儒，山东巨野人，万历年间与王森、王好贤父子利用闻香教（白莲教的支派）组织农民，秘密活动达二十年之久。天启二年（1622年），联合景州于弘志、曹州张世佩、艾山刘永明等起义，用红巾为标记，称中兴福烈帝，年号大成（乘）兴胜，设丞相、总监、总兵等官职。分十余部，每部万余人，攻克郓城、邹、滕峄、巨野等县，切断了从江南到北京漕河粮道。同时得到四川白莲教徒的响应。后分散作战，分别被明军镇压，于弘志等失败后不久，徐鸿儒也战败牺牲。

《梼杌闲评》的作者由于历史和思想上的局限性，并没有正确地写出这次白莲教起义的实质、规模和过程，有的地方甚至作了歪曲的描写。例如把农民起义军称作贼，把一场声势浩大的阶级斗争说成谋反，在作者的笔下，徐鸿儒是个懦弱无能兼酒色之徒，等等。作者在描写白莲教起义的过程中虽然有这些缺点，但客观上还是反映了这次农民起义的实质：官逼民反。第二十五回“田知县贪财激大变”，便反映了这一点。知县田吉是田尔耕的侄子，因为田尔耕拜在魏忠贤门下，也把田吉引去拜在魏忠贤门下，叔侄都成了魏忠贤的爪牙。因为田尔耕在未得势时曾遭受过徐鸿儒父亲的凌辱，田知县去东阿上任就带着为田尔耕报仇的使命。田吉到任后便传示乡镇居民禁止白莲、无为等教活动，而差人张治、胡镇两次受贿，便在田吉面前敷衍，所以不但没有禁止白莲等教的活动，反而越闹越大，结果连田知县本人也收了三千两银子的贿赂，从而放松了禁令，但又迫于上司的压力，便“把心一变，早将三千金抛入东洋大海”，立即拘捕了张治、胡镇，另差邹县的四个快头、四个壮丁去捉拿徐鸿儒，从而引起了冲突，一个差人被杀，由此触发了白莲教大规模的起义。《梼杌闲评》的作者在叙写这一过程时，紧扣“贪”和“激”两字，道出了两者之间的因果关系，客观上真实具体地揭示了“官逼民反”的实质，有一定的意义。

七　点点滴滴，世俗民情

《梼杌闲评》的作者不仅在重大的政治斗争中揭露明末社会的腐败黑暗，就是在社会的民情风俗的刻画中，也显示了同样的作用，有着同样的艺术感染力。例如一个在旧社会最常见最普遍的现象——乞丐，在作者的笔下，编织在整体的艺术结构里，便有了特殊的意义，成为整体艺术中不可或缺的部分。该书作者不止一处写到乞丐，写他们中间的人穷志短、自私自利甚至弱肉强食等种种现象，让人具体而强烈地感觉到那个角落的凄楚情景和浓重的黑暗。但作者的笔触并没有停留在这一点上，而是继续铺开深探，直挖到产生这一现象的社会根源为止，让人从感性到理性地认识这个社会。《梼杌闲评》第十七回，写到魏忠贤遭到李永贞妻子的白眼冷遇，赌气别了李永贞以后的见闻和遭遇：

进忠（魏忠贤原名）别了永贞，寻个客店安下。次早复进城买了些礼物，雇到宝坻的牲口。才出城，只见一簇花子拦住个出京小官儿的家眷讨钱，被那不知事的家人打了他，他们便一窝蜂聚起有三四百人，齐来乱打乱嚷，将女眷们的衣服都扯坏了。直闹到日中，乱抢东西，只等散了几串钱才散。进忠才得上路，赶到宿店，已是日落。卸下行李，再摸袖内银包已不见了，左摸右摸都没有，只见袖底有一个小洞，五六层衣服总透了，原来被扒手剪去。细想道：“是了，就是从花子闹时剪去的。”

引文中有几个现象值得注意：作为花子敢于拦截京官家眷讨钱，这已经超出乞丐的行为；打架时竟能一下子“聚起有三四百人”，说明乞丐之多，已经形成了一股特殊势力，标志着社会潜伏着强大的不安定因素；乞丐中兼有小偷，说明社会治安的腐败。以上几种现象说明，这些名为乞丐的人，实际上已经兼有小偷、流氓和土匪的性质，这些人的大量存在，说明明末社会的腐败程度。

然而还有比这更为奇怪的现象，那就是花子太监。所谓花子太监，是指那些少年净了身而未能做成太监，因生活无着而沦落为乞丐的人。这个奇特的现象反映了明末朝廷的腐败。无论从《明史》或小说《梼杌闲评》等，都指出了这样一个事实：明末宫廷，大权旁落，朝政实际上掌握在秉笔太监手里。例如明神宗万历年间，由殷太监秉笔，光宗时由王安秉笔，熹宗时王安被魏忠贤害死，由他替代。这一切都说明了明末宫廷太监权力之盛。这种不正常的现象，自然影响了整个社会，社会上出现这么多的花子太监就是这种恶劣影响的有力反响。花子太监是一群无牵无挂的亡命徒，他们与强盗土匪没有多大区别。《梼杌闲评》在叙写魏忠贤因秀才殷增光一案被牵连坐了三个月的牢，出来后走投无路，便想起了这条路：

正是人急计生，猛省道：“有了！不若投到花子太监中，各处去拦截客商，掳掠糊口。”进忠却生得身长力大，凡事当先，嘴又能言，遇见柔弱的便用硬降，刚强的便用软取。众花子遂倚他为先锋，弄得来大酒大食的吃。正是：“一日不识羞，三日吃饱饭。”不觉又过了两三个月，时值初秋，天气阴雨连绵，出路的少，没得来路，冷坐了几日，熬不过，便走到章义门酒店内赊酒吃。初起已赊过几次，未曾还钱。这一次酒家便有难色，口中便发起话来，你一句我一句，便斗起来。进忠便一时怒起，拿起酒壶乱打，一时间就拥上三五十花子太监来，把店中家伙打个罄尽。

这些细节描写，作者原意也许是为了叙述魏忠贤的生活经历及由此而引起的性格上的变化与发展。但这些细节在客观上给读者认识那个社会提供了很好的材料。

《梼杌闲评》的作者还从另一个社会现象即人情世态来揭露明末朝廷的腐败黑暗。王安之死就是一个很好的明证。王安是三朝老臣，掌权时行过不少善政，而且也起用和扶植了不少忠良直臣，抑制了一些奸邪势力，应该说是一个比较正直的秉笔太监，可是当他被诬陷遭灾发送到南海子净军处安置时，只有两个掌家太监和三四个贴身的毛实跟随，而当这几个跟随也被下令赶走时，这几个跟随却显示出纯正的人情味：

正猜疑间，只见一个小黄门传了上谕来宣读了。众人听见，皆面面相觑，不敢不去，又不忍去。王安垂着两行泪说道："罢了！咱一人做事一人当，怎么连累你们，你们各自散了罢。"两个掌家含泪道："孩子们平日跟爷，吃爷的，穿爷的，撰爷的钱。今日落难时，怎忍丢了爷去。"那毛实道："小的们自幼跟随爷，叫小的们到那里去？生死都随爷罢了。"王安哭道："这也是你们的好意。只是你们在此做不得甚事，又替不得咱的苦；不要连累你们受苦，不如散去的好。你们此去，须寻个有福分有机谋的跟随他，再莫似咱这没福的，这等疏虞，被人陷害，不能管你们到头。"说罢，放声大哭。众人都哭了一会，只得拜辞而去。（第二十八回）

王安生前有权有势的时候，不用说，侍候他的人自然很多，但当他失势时除了这几个跟随他的以外，"其余的都逃散了"，而在王安被害死以后，作者写道："那二十四局都怕魏、客两人的势焰，谁敢代他伸怨，一个个摇头乍舌，不敢惹他"，这些交代式的叙述，微妙地揭示了那时官场中的人情世态，势利者众，仗义而富有人情味者寡。由此看来，跟随王安的几个太监也就更显得可贵，说明了人类的真实情感不在上层，而在下层。

这个观点，贯穿了《梼杌闲评》全书。他在描绘那个社会的世俗人情时，有关人际关系的场合，讥刺鞭挞的笔触往往指向官僚或上层社会，而把赞美的目光投向朴实的下层人民，刻画他们的可贵形象，揭示他们的正直善良的心灵，特别是他们的善善恶恶的品质。这方面的例子较多，死难的十几个直臣被捕时几乎都有这方面的描写。例如杨涟被捕时的情景就是这样：

不日由德安府过，那些士民争先来送，不下数万，哭泣之声昼夜不绝。官校见了，亦觉心动，稍存恻隐之心，将他的刑具略松了些，也不难为他。

一路上同年亲友，有的道他此去断难生还，送他没用，竟都不理他。又有那怕事的，见他是魏忠贤的对头，恐株连在内，只推不知。到是一路的百姓，互相传说道："可怜杨大人为国除奸，遭此横祸。"经过乡村镇市，人人来看忠臣。行到河南许州，有个吏部郎中苏继欧，为人长厚多情，与杨公同年，闻他被逮，甚是怜悯。又闻一路百姓到怜他，士大夫们反避他，心中甚是不平。想起他在院中掌堂时，那个不奉承，那个不钦敬，今日就没人理他，仕路人情如此可慨。欲要去见他一面，备了一桌酒饭送到舟中，以表年谊。这才是雪中送炭。杨公见了，到甚心酸，反至食不下咽。想当日掌院时，趋奉者无数，到今日都绝不一顾，惟有苏郎中多情送饭，论平日相交的岂止他一人而已。（第三十二回）

这是个极为强烈鲜明的对比。一路上为杨涟送行的士民"不下数万，哭泣之声昼夜不息"，而那些"同年亲友"或"都不理他"，或"只推不知"，两者之间的反差竟是如此之大！而像苏继欧那样"雪中送炭"的，真是凤毛麟角，难怪杨涟对这种人情冷暖、世态炎凉很感"心酸"。这种社会现象说明了什么呢？道理很简单，百姓心里装的是义，他们对善与恶分得一清二楚，对善的赞助往往义无反顾；而仕路上的人心里往往装的是利，人情的厚薄是随利害得失为转移，因而善恶的界限不是十分明确的。作者通过对比，对那些"同年好友"的卑劣心理刻画得入骨三分，从而揭示了世态炎凉的根源所在。

《梼杌闲评》的作者对小民百姓的那种侠义品质的厚爱和对仕宦们的卑微心理的讥刺，随处可见，而对那些趋炎附势、阿谀奉承者的无耻嘴脸的揭露和对他们的丑恶灵魂的鞭挞，从不放过。毫无疑问，这也是一种对比，这种对比使为善者的品质更为高洁，使为恶者的灵魂更为卑污可憎。

我们且看几个典型人物的典型事例。

先看田尔耕。《明史·田尔耕传》说他"狡黠阴贼"。《梼杌闲评》把他的这一性格特点发挥得淋漓尽致，形象逼真。第二十四回，田尔耕因渎职而怕丢官问罪，要依附魏忠贤，他的妻子提醒他："不可，你是大臣嫡派（乐尚书的孙子），到去依附太监，岂不被人笑骂！"谁知田尔耕自有他的人生哲学："如今时势，总是会钻的就做大官。正是：'笑骂由他笑骂，好官我自为之。'"本着这种人生哲学，他便准备了礼物，跪着向魏忠贤献上礼单：

（魏忠贤）看过说道："你何以送这厚礼？"尔耕慌忙叩头道："小官得罪老爷台下，望天恩宽恕，足感大德。"忠贤道："这事非同小可，你怎么不小心盘诘，皇爷着实恼你。如今幸的没有下法司，咱替你包涵了罢。你只来说过就是了，又费这些钱送礼，收一两件儿罢。”田尔耕忙又跪下道：“些小薄礼，送老爷赏人，略表一点敬意。”忠贤道：“既承厚意，不好再却，收了罢。”尔耕又拿过一个手本，跪下道：“小官蒙老爷赦宥，恩同再造，情愿投在老爷位下，做个义子。谨具淡金几两送上，以表儿子一点孝意。”忠贤接过手本，上写着：“倭金二百两。”忠贤十分欢喜，大笑道：“田大哥，你太过费了。才已领过，这定不好收的，咱也不敢当，此后还是弟兄相称的好。”尔耕道：“爹爹德高望重，皇上依重。儿子在膝下，还怕折了福。”于是朝上拜了八拜。忠贤见他卑谄足恭之态，只是嬉着嘴笑。邀他到书房里坐，二人携手入来。尔耕先扯一张椅子，在中间道：“请爹爹上坐！”忠贤笑道：“岂有此理，对坐罢。”让了半日，忠贤上坐，他在左边，只把屁股坐在椅子边上。

这段引文中，田尔耕言行举止所表现出来的丑态，简直到了无以复加的地步，就连魏忠贤这样大奸大恶的人对他的“卑谄足恭之态”也觉得十分可笑。其实，魏忠贤一开始就认识田尔耕，但未点破，原打算吓唬一下就算了事，等到田尔耕一本正经地要做他的“义子”时便一再提醒他们之间原有关系，谁知田尔耕始终不开窍，魏忠贤便不无讥刺地再次提醒他：“田大哥一向久违，还喜丰姿如旧，咱们到老了。”尔耕道：“爹爹天日之表，红日方中；孩儿草茆微贱，未尝仰瞻过龙颜，爹爹何云久别？”忠贤笑道：“你做官的人眼眶大了，认不得咱，咱还认得你！”直到魏忠贤点明了他们之间的关系之后，田尔耕仍是“孩儿”长、“孩儿”短地称呼自己。作者如此精雕细刻，可说剥尽了田尔耕的画皮。

如果再了解一下田尔耕的过去，那么对他所表现的上述丑剧便会有更深的理解，对他的卑污灵魂的憎恶更为强烈，而对作者的描写艺术禁不住会拍案叫绝。《梼杌闲评》第十一回，先交代了田尔耕是魏忠贤妻子傅如玉的姨表兄，他同魏忠贤的关系不言自明。接着便写他的“狡黠阴贼”，具体表现在他引诱魏忠贤做坏事的种种奸诈行为上。

傅如玉对田尔耕了如指掌，不让魏忠贤与他来往，魏忠贤不听，她骂他：“你真是个禽兽，不成人！我说你跟着田家畜牲断做不出好事来。那畜牲在京里跟石兵部同沈惟敬通番卖国，送了沈惟敬一家性命，连石兵部也死在他手里，他才逃到这里。如今又来弄到了我们了。他与你何亲何故？今日来借三十，明日来借五十，你就是个有钱的王百万，你的银子是那里来的，你自己坏了良心，昧下官钱来，把别人去挥洒，是何缘故！”

从傅如玉的骂声里，我们不难了解田尔耕的过去和现在，过去害人，现在仍旧害人。但害人害己，自古而然。田尔耕并没有从中得到教训，继续害人，就在他引诱魏忠贤并串通了刘天枯等人聚赌，做手脚赢了小官儿张惺一千三百两银子，逼着张惺写了一张以田产作抵押的凭据以后，被告到了州官那里，聚赌的人（魏忠贤除外）都被抓了起来，“原来这知州与张惺是同乡，十分用情，那几个破落户没取用，只苦了田尔耕吃苦，打了几次，要追出四百两赃银，仍解回原籍”。这是田尔耕又一次害人害己的具体例证，可田尔耕的贼性仍然没有改变。试看他的表现：

话说田尔耕坐了几日监，打了几次比较，哀求召保出来，变产完赃才释放回来，竟到刘家庄来。门上已知来意，便回他大爷不在家。尔耕坐在厅上发话道：“我本不认得甚么小张，你家要谋他的田产才请我做合手。如今犯了事就都推在我身上，代你家坐牢打板子。如今也说不得了，只是这些赃银也该代我处处，难道推不在家就罢了么！”遂睡在一张凉榻上喊叫。那刘天祐那里肯出来，随他叫骂，没人理他。等到日中急了，提起桌椅家伙就打。天祐的母亲听不过，叫个丫头出来问道：“少你甚么钱，这等放泼？有话须等大爷回来再讲。”尔耕道：“你家没人，难道都死尽了，没得男人，拿婆娘丫头来睡！”那丫头听见这话，飞跑家去了。尔耕闹至晚，便碰头要寻死。刘家女眷才慌了，从后门出去，着人央了几个老年的庄邻来，解劝道：“实在刘大爷自为官司到东庄去，至今未回，等一二日他家来，少不得代兄作法。”尔耕口里夹七带八的话，说出来人都听不得。

读完上面的引文，不用想象，田尔耕的流氓无赖的形象便会活现在你的眼前。

如果把田尔耕的过去和前面他在魏忠贤面前跪拜称“义子”的丑剧联系起来，那么，对他的丑恶表现也就不会觉得奇怪，因为他的本质就是如此，他不可能有别样的嘴脸和别样的灵魂。

认贼作父，往往是趋炎附势者的手段，而像田尔耕那样把姨妹夫认作“干爹”的无耻行径，实属罕见。然而天下事往往无独有偶。田尔耕认贼作父得实惠，崔呈秀便紧随其后，同样摆脱了困境，一跃成了魏忠贤的心腹黑高参。

崔呈秀，《明史·崔呈秀传》说是“蓟州人，万历四十一年进士。授行人。天启初，擢御史，巡按淮、扬。卑污狡狯，不修士行。见东林势盛，将出都，力荐李三才，求入其党，东林拒不纳。在淮、扬，赃私狼藉。”这些，在《梼杌闲评》中有所反映。第三十回，写他再次出场时正是他被高攀龙弹劾，被罢官削籍杜门不准会客的时候，作者对这些作了微妙的揭露和讥刺，书中引玄照道："闻得老爷（指崔呈秀）巡按淮扬的，那里是个花锦地方。"呈秀道："地方虽然繁华，这却是个中差，只落得有食用，赃罚有限，要不得钱的。我只因多劈了几块板用，也是慈悲念头，谁知堂高功说我受赃，把我参了，故此注了门籍，不便会人。"

这段对话形象地刻画了崔呈秀"狡狯"的性格特点。玄照刚说两句话，崔呈秀的反应异常敏捷，立刻轻描淡写地支开了最敏感的问题，结果是此地无银三百两，越描越黑；他把自己的被参罢官说成出于"慈悲念头""多劈了几块板用"，装得颇受委屈似的，真是欲盖弥彰，因为"多劈了几块板用"就被参劾罢官，恐怕几岁的小孩都不会相信。作者就这样用几句平淡的对话，揭示了有关崔呈秀为官时的所作所为以及此时此刻的心理活动，画出了一个躲在阴暗角落里的"灰狼"形象。

然而田尔耕已经首先开了无耻之门，崔呈秀便顺理成章地爬了进去。作者在写他跪拜魏忠贤为"干爹"的行动，跟田尔耕一样无耻，一样卑鄙：

呈秀到厅前伺候，只见厅上猩毡铺地，金碧辉煌，中间摆一张太师椅，锦绣坐褥。少刻，有几个穿飞鱼系玉带的内官出来，站立两傍。忠贤是立蟒披风，便服出来，朝南坐下。李永贞带呈秀上厅相见，拜了八拜，忠贤把手略拱了一拱。拜毕，复又跪下，呈上礼单……忠贤笑道："只来见见罢了，何必又费这事，咱不好收得，还收回去。"呈秀又跪下道："不过是孩儿一点孝心，求爹莞纳！"忠贤道："也罢，随意收一两色儿，见你个来意。"呈秀长跪不起道："爹爹一件不收，孩儿也不敢起来。"忠贤笑着，只得叫人全收了。下坐携着呈秀的手到内书房来。只见筵席已摆现成。忠贤要安席，呈秀再三恳辞道："为子者怎敢当，请爹爹尊重。"说毕走上去，将自己一席移到东首。忠贤不肯面南坐，也将席移斜些坐下。传杯弄盏，说说笑笑，直饮至更深方散，宛如父子家人一般。

崔呈秀和田尔耕认贼作父的丑剧也有不同的地方。田尔耕是事先不知道魏忠贤是谁，魏忠贤却一见面就认出了田尔耕，但不立即点明，过后才说穿，说明魏忠贤有意拿一下。崔呈秀则事先知道魏忠贤就是以前的魏西山，但不说明，直到第二天魏忠贤想起来他们原是旧交，说明崔呈秀为摆脱困境表现了他的"狡狯"。两人在各自的丑剧中的不同表现，正是作者从不同的人物、不同的角度揭露官场中的丑恶现象，同时也刻画了魏忠贤既受贿又收罗党羽过程中的贪婪奸诈的伎俩。

然而作者对趋炎附势这个丑恶现象的揭露并未因此停止。通过魏忠贤建生祠的丑行，他又把笔触伸向儒林。给魏忠贤建生祠，原是苏州几个机户信口开河提出来的，魏忠贤却认了真，责成苏州织造李实完了工，结果为首的机户“做了百户”，惹得“个个心动”，“于是想建祠的谄媚成风，以致儒林中生出一班禽兽来，也思献媚于阉宦”，其中的代表人物是监生陆万龄。他串通祝监生等人，对魏忠贤谀词满天，说他“德侔孔子”，功“伟于千秋”，于是上本建议在孔庙旁替魏忠贤建生祠，魏忠贤见本自然照批不误，并无耻地假传圣旨：“厂臣功高万世，宜并素王。该监生等捐资建祠，准于国子监傍择地兴建。即着该生陆万龄等监督，钦此。”陆万龄接到假旨，便狐假虎威地干了起来，他们把国子监内的“射圃、斋房概行拆去”，又立下祸害百姓的条规：

凡新纳监要来坐监的，勒捐银十两才许进监；拨历的捐二十；科举的捐五两。再访到同堂富足的，勒令额外加捐；穷的也不顾他死活。勒令典当助工。特置加二三的重平子收银，火耗加三，是三人均分。又将监里堆的旧料，道是公物，硬行变卖。工匠稍迟，便大板子重责，比官还狠些……众同堂见了，都纷纷告假回去。举朝官员怒目切齿，都敢怒而不敢言。行道之人亦皆唾骂。

陆万龄、祝监生等人的丑恶行径，剥尽了自身的斯文外衣，露出了“禽兽”的嘴脸。

综上所述，可以看出《梼杌闲评》的作者目光相当敏锐，其笔触所指，涉及到社会的各个角落，对重大的事件能写出一定的规模和声势，揭示出光明渐渐被吞食、社会日益陷入黑暗的演变过程；而对细小的事情，哪怕是点点滴滴的细节，也能反映出那个社会的民情风俗，世态炎凉。作者的善善恶恶的界限是那样清楚，褒贬也有分寸。该褒的，不惜同情之笔；该贬的，鞭挞无情。作者用自己的爱憎，引导读者识别忠奸善恶，感受那个社会的腐败黑暗。

八　人物刻画，颇具功力

小说是一门语言艺术，它通过人物形象来表达作品的主题。在有关魏忠贤的四本小说中，《梼杌闲评》的作者无论在语言的运用或人物形象的塑造方面，都显示了他的独有的功力。他比较熟练地驾驭着语言这门艺术，塑造了正反两方面众多人物形象，都给读者留下较深的印象。但比较起来，作者对反面人物的塑造更好些，其中自然以魏忠贤的形象尤为鲜明突出。这并不奇怪，因为作者原是以魏忠贤为中心人物，同时也把他作为线索贯穿全书，借以编织故事情节，联缀各色各样的人物，从而完成了魏忠贤这个人物性格的刻画，同时也刻画了其他不同人物的不同性格，做到了牵一发而动全局，可谓构思安排颇得小说章法。当然，这种艺术手法并不是《梼杌闲评》的首创，但作者的匠心仍是显而易见的。

有关直臣的形象，前文已作了介绍，此不赘述。下面着重谈谈魏忠贤以及其他几个人物的形象。

《梼杌闲评》的作者在塑造人物形象，刻画人物性格的过程中，其可贵之处是始终紧扣主观和客观两种因素的相互作用、相互影响，从而描绘出人物性格的形成、发展和成长的轨迹，这就避免了另三本小说那种始终一个模式的刻板僵化的缺点。在这方面，作者试图对直臣的形象也作这样的艺术处理，可惜未能如愿，不如反面人物像魏忠贤等人物写得成功。

鉴于上述判断，我们不妨说《梼杌闲评》的作者意识到了人是社会的人，人的性格是由社会环境铸成的这个总原则，因此，他在刻画人物性格的时候，往往把人物放到一定的社会环境中去描写。例如对魏忠贤这个人物的刻画就是这样。纵观《梼杌闲评》全书，不难得出这样的结论：魏忠贤这个人物形象是社会的产物，那个特定的社会环境为他的性格的形成、发展和成长提供了特定的土壤。简言之，魏忠贤这个人物形象的性格的形成、发展和成长的过程，可以概括为受社会环境的毒害和毒害社会环境这个看似对立实是互为因果的过程。为此，作者明显地把《梼杌闲评》分成两部分：前二十回和后三十回，前者是魏忠贤受社会环境毒害的过程、后者则是魏忠贤毒害社会祸国殃民的过程，明白无误地交代了两者之间的前因后果。

前面已经说过，人物的性格是社会环境造成的。老舍先生在解释这两者之间的关系时，曾用哈代和康拉得的作品为例，说明社会环境对人物性格的影响。他说："在这两人的作品中，景物（自然景物与社会环境——笔者）与人物的相关，是一种心理的，生理的，与哲理的解析，在某种地方与社会便非发生某种事实不可；人始终逃不出景物的毒手，正如蝇的不能逃出蛛网。这种悲观主义是否合理，暂且不去管；这样写法无疑的是可效法的。"（《老舍论创作·景物的描写》）《梼杌闲评》的作者对魏忠贤这个人物的刻画类似这种手法。在前二十回中，魏忠贤的经历和遭遇，社会的腐败和黑暗，无处不对他的身心投以阴影。例如他母亲遭劫，在匪窝里的几年生活；在石林庄与李永贞、刘瑀的偷鸡摸狗的恶行；数年后，在扬州与刘瑀再度相逢，刘瑀便带着魏忠贤嫖妓宿娼，花天酒地，直至营私舞弊；在傅家庄，田尔耕引诱魏忠贤聚赌并教唆他昧心贪赃；在蓟州，与客印月勾搭宣淫，事败，进京瞎混，又因嫖妓宿娼惹出人命诉讼，巧逢李永贞帮忙，结果反败为胜，还敲了对方几百两银子。有了银子，魏忠贤吃喝嫖赌更凶；后因何道士的骗局酿成火灾，魏忠贤避难躲进李永贞家，偏遭李永贞老婆的白眼冷遇，一气之下便离开京城，路上又遇小偷，掏尽了他的盘费，从此沦为乞丐，即使做了乞丐，在泰山庙里也被群丐所辱，连和尚也没有好眼色给他，亏得年轻和尚陈玄朗的照应，才幸免于病饿致死。这一切，都说明了魏忠贤的无赖本性在社会这个大染缸里浸泡了相当长的时间，各方面的污浊丑行他都亲眼见过，亲身经历过，对他的无赖性格的形成和发展，无疑起了很大的作用。但在作者的笔下，这一时期的魏忠贤，其性格还没有定型：他只是个流氓无赖式的人物，过着流氓无赖的生活，在多数情况下，他是被动的、不自觉的情况下接受社会上那种腐败丑恶的不良风气的熏陶，主动地、有意识地去坑人害人的行为不多。可见作者对他这时期的经历和遭遇的描写，明显地侧重于污浊的社会风气对魏忠贤的毒害。

魏忠贤性格的定型和反过来毒害社会，是在进入宫廷以后，也就是说进入官场这个特定的社会环境，受其熏陶毒害而铸定了他的性格。这是后三十回在描写过程中的侧重点。魏忠贤刚入宫廷，只不过是个看门扫地的差使，后因梃击事件有功于皇长子常洛，进而成了常洛的妃子王才人的典膳，从而再度与已经做了常洛的长子朱由校乳母的客印月相遇并相互勾结。这期间，宫廷里的几场政治斗争，使魏忠贤看到了权力的重要，因而日渐产生了权欲，对王安那种司礼监掌印的重权高位，“遂生觊觎之心”，客印月便给他出谋划策，教他：“你可如此如此，依计而行，管你有好处。”魏忠贤照办不误：

又过了几日，皇上在宫中无事，看着那些小内侍斗鹌鹑，进忠也拿着袋子在傍插诨。连斗过几个，各有胜负，进忠才开袋取出鹌鹑在手，将指甲弹着引了一会，轻轻放在盘内。有个连胜的，放下便来奔他。那鹌鹑缩着头、扇着翅膀沿盘而走。那鹌鹑连啄了几嘴，见他不动口势，便渐渐慢了。那鹌鹑窥他不防备时，猛跳起来，咬着他的项皮，两三摔咬得血流。那鹌鹑护疼飞去了。皇上见了大喜，道：“这是谁的？取金钱赏他。”进忠跪下道：“是奴才的。”皇上道：“你是魏官儿，怎的一向不见你？”进忠道：“奴才因无事管，不敢入内。”皇上道：“你既无事管，可到司礼监去查，有甚么差使来说。”进忠起身来到司礼监，口称“奉旨查差”。文书房即刻查出七件好差事。第一件是东厂缉捕事。进忠即将七缺回奏毕，皇上道：“你领那一件儿管管？”进忠道：“奴才就管东厂罢！”皇上道：“你自去文书房，叫他们给牌与你。”恰值王安进来禀事听见，忙跪下奏道：“各差俱有资格，管厂乃是大差。差满时即管文书房，再转司礼监掌印。魏进忠官小，且不由近侍差出，且选管件中差，再依例升用。”皇上听了，沉吟不语。客巴巴在傍道：“这老汉子也多嘴，官是爷的，由得你，爷反做不得主么！”皇上即着他到文书房领牌任事，遂不听王安之言。（第二十三回）

引文说明了魏忠贤钻营谋权的方法和手段，但这出戏的导演却是客印月，明戏由魏忠贤去演，暗戏却由客印月一手操办，连王安这个秉笔太监都未能堵塞他爬上权力地位之路。这次成功，毫无疑问，会助长魏忠贤的权力欲的膨胀。但更重要的是，它说明了特定的社会环境，使人产生相应的欲望，相应的追求和行动，一句话，这是环境使然。

权力往往是斗争的导火线，因为权力本身就蕴含着斗争。掌握权力的人，必须不断地维护和巩固自己的权力，要达到这个目的，就必须不断进行斗争。既然是斗争，那就什么手段都可能使用；既然是斗争，也就自然会影响到人物性格的发展方向。魏忠贤自然不会例外。他的权力来自阴谋钻营，并非正道，自然会遭到别人的反对。最先反对他的便是秉笔太监王安。王安第一次未能阻止魏忠贤的窃权行动，但他对魏忠贤与客印月勾结弄权并未放松警惕。《梼杌闲评》第二十八回写了王安第二次行动：

却说魏忠贤自平妖之后，朝廷说他赞襄有功，加赐他蟒玉表里羊酒。他便由此在朝横行无忌，把几个老内相都不放在眼里，串通了奉圣夫人（熹宗对他乳母客印月的封号——笔者）客氏，内外为奸。内里诸事都是卜喜儿往来传递。惟王安自恃三朝老臣，偏为寻人的过失。一日因件小事，把个卜喜儿押解回真定原籍。

王安所采取的措施，实际是对魏、客斗争的开始。魏、客勾结，权势日盛，已经威胁到朝政。卜喜儿是个不起眼的小内监，但他在魏、客之间传递消息却起着重要的作用。王安之所以要处置卜喜儿，目的是切断魏客之间的联系，从而打击魏客两人的势力，进而动摇他们的权力。魏忠贤很敏感，为了维护自身的权力和地位，便“算计杀王安”，于是便暗杀卜喜儿，然后栽在王安身上，从而激怒客印月，于是魏忠贤串通死党攻于外，客印月在皇上面前攻于内，形成了内外夹击王安的局面，王安便非死不可。至此，我们可以清楚地看到，魏忠贤从谋权时卑下无耻的嘴脸发展到了卫权时的阴险狡诈，说明了他的性格的演变和发展。

然而《梼杌闲评》的作者并未因此而停止对魏忠贤的性格的刻画。他把魏忠贤这个人物形象放到更大的政治斗争、更尖锐的矛盾冲突之中去描写，进一步刻画他的性格的发展。王安死后，朝廷出现了这样的局面：

忠贤又夤缘掌了司礼监印，将李永贞、刘若愚升为秉笔，凡一应本章不发内阁，竟自随意票拟。又以王体乾、石文雅、涂文辅为心腹。一个太监李实，原与他交好，就把苏州织造上等一个美差与他。李实也见威权太重，恐惹他猜忌，忙领了敕，便星夜驰驿往苏州去避他……一个管御药局的崔文升，因泰昌皇帝驾崩，说他用药不慎，科道交章劾奏，已革了职，此时也来依附他，升了美缺。其余掌家及门下的官，或近侍，或各处的要津，皆使他们时刻在御前打听消息，大半是蟒衣玉带。就是王安手下的人也来投靠。那不服气投他的，俱被他摘去牌帽，或降为火者，或发回私宅闲住。把个皇帝左右，布得满满的私人。

魏忠贤如此大量安插私人亲信，其目的无非是扩大自己的势力范围，巩固他的权力和地位，同时也说明他随着地位日益增高，权力欲也随之日益膨胀。这时的魏忠贤可以说是权倾朝野，炙手可热。然而随着他的权力的增大、恶行的积累，反对他的一场大的政治斗争也随之形成，于是杨涟首先发难，紧跟着还有十几个直臣“交章论劾”。此时的魏忠贤已经大权在握，可以一手遮天，一手遮地，对直臣的疏本一律扣下，而假传圣旨，先罢他们的官，接着寻事把他们置于死地。如果说对杨涟等人的杀戮是由被动到主动，那么对反对他的东林党人，魏忠贤则纯粹采取了主动进攻的手段，先用卑劣的手段捏造罪名以制造舆论，继而矫旨捕杀了他们。此时魏忠贤的心态是顺我者昌、逆我者亡，为此，无所不用其极。作者通过魏忠贤置对手于死地时的残酷情景的描写，具体形象地刻画了魏忠贤的性格特征：狠毒。这一性格特征，在激烈的矛盾冲突中，得到了充分的体现。

前面已经说过，社会环境铸成了魏忠贤的性格，而后又反过来毒害社会。魏忠贤不仅对铸成他狠毒性格的社会环境施以狠毒，而且对并不威胁他权力和地位的下层社会同样施以狠毒。作者通过了明和尚的嘴揭露了魏忠贤统治下的京城人人噤声，个个自危的局面：

如今京中一发不成事体了，只弄得不敢提一个魏字儿。就是各衙门的老爷们，除在魏爷门下的，没有敢去访他。其余的也不敢轻送人一分礼，轻收人一文钱，轻收发一封书子，整日的只在家静坐。若有公会酒席，只一两杯便散，恐酒后不谨，有错误处。连私会都断绝了。就是同衙门的人，也不敢多说话，惟恐一时触著忌讳，俱各存神，受无限的拘束。科道衙门都钳口结舌，不敢轻言。

作者运用总写、分写的手法，把吏民的各个阶层、各个角落的人际关系和心理状态，细腻逼真地推到了读者的面前，使人具体地感受到那个社会的冰冷黑暗。作者笔下的这段文字虽然不多，但却深刻有力地揭示了魏忠贤的性格的又一个侧面：多疑。因为多疑，便遍布便衣特务，再加势利小人无耻告密，谁还敢说魏忠贤一个不字？

《梼杌闲评》的作者在刻画人物形象时的另一个可取之处是，能够把握住人物性格的复杂性，这就避免了小胡同里赶猪——直来直去的缺点。他对魏忠贤的性格着重刻画了他的狠毒多疑的一面的同时，也没有忽略他的伪善的一面。例如他始终不忘寻找母亲的心情，在孤单寂寞时思妻念家的心态，以及他对泰山庙里的道士玄朗的报恩之举。第二十九回，作者对此作了细腻的描写，颇曲折，也颇动人：

礼生引忠贤游览一遍，至方丈内坐下，知州引众道士一一参见。忠贤问道："合庙多少道士？"住持跪下禀道："共有四十二众。"又问道："都有度牒么？"住持道："只有十二名是有度牒的。"忠贤道："你去把名字一个个都开了来，没有度牒的我都与他做一个胜会，也不枉来此一遭。"少顷，逐一开来。忠贤一一看过，并不见有陈玄朗在内。心中疑惑道："怎么不见他？当日只好十七八岁，如今才好有四十开外年纪，又不大，何以不见他？"道士摆上斋供，遂与田尔耕吃罢，心中甚是不快，便早早睡了……高功发毕文书，请忠贤到方丈内用午斋毕，同田尔耕在庙闲步，见昔年光景宛然在目。想道："我当日在此与死为邻，若非陈玄朗师父怎有此日？我今富贵了，到此却又不见他，难道他是死了？"睹物伤心，忍不住凄然泪下。又不好哭，又揾不住泪，只得暗暗拭干，没情没绪的回来……睡了一刻，又起来叫小内侍唤一个老年的道士来。那道士不知为甚事，战兢兢的跪下。忠贤道："不要害怕，我问你这庙中曾有个陈玄朗的，怎么不见？"那道士回道："那是小道的师兄，他于二十年前同个云游僧家往青城朝峨嵋，至今未回。"忠贤道："他俗家有人么？"道士道："他俗家没人了。"忠贤叹息不已。

在这段引文中，不难看到魏忠贤感情上的波折起伏，像常人一样触景生情，直至潸然泪下。这是作者很有艺术见地的一面，因为人物的性格都是复杂的，既有这一面，也有那一面，所不同的只是在日常生活中、为人处世上哪一面最突出而已。

《梼杌闲评》的作者对另一个反面人物客印月的性格的刻画，也同样按照这样的艺术分寸进行的。他对客印月这个人物性格的形成、发展和成长过程，也分为前后两个部分，在她入宫当乳母前为前一部分；入宫当乳母以后是后一部分。前者刻画她的婚姻的不如意的遭遇，进而写她的好淫的一面；后者继续写她的好淫的同时，着重刻画她的阴狠毒辣的一面，前后两方面有机地联系在一起，这就是客印月这个人物的性格特征。

《梼杌闲评》第六回，作者交代客印月儿时曾许配给魏忠贤，第十三回，曾交代因魏忠贤一去十几年断无音讯，客印月便嫁给了侯少野的长子，一个痴呆愚蠢的人。婚姻上的不如意，常使客印月郁郁寡欢。但这时的客印月还没有显露出淫荡的性格，直到魏忠贤与她再度相逢，又经使女侯秋鸿的穿针引线，才与魏忠贤勾搭奸淫，继而与小叔子侯七官乱伦。第二十三回，魏忠贤在宫廷再度与客印月相遇，此时的客印月已经毫无羞耻，变成了一个赤裸裸的荡妇。作者这样写道："次日进忠告假回私宅，备了许多礼物送与印月、秋鸿。二人终日在他家玩耍，朝欢暮乐，极力奉承。怎当得印月春心甚炽，那里禁得住。只得叫几个苏杭戏子来，尽他轮流取乐。卜喜儿不时也来玩要。不一日七官也倒来了，大家浑闹到一处。"类似的描写还有好几处。从以上的描写中，作者给我们揭示了客印月性格中的淫荡的一面的发展轨迹：她的淫荡的性格随着社会地位的变化而逐渐发展、加强，特别是在她有了一定的权势以后，她的淫荡的性格也就发展到了肆无忌惮的地步。但这一切正是作者向我们揭示的人物性格与社会环境紧密相关的客观事实，也是艺术创作的规律。

社会环境铸成了客印月性格中的淫荡的一方面，同时也铸成了她的性格中的另一面：狠毒。未进宫以前，客印月受她公公婆婆的管束，还没有显示出她的这种性格特征。进宫以后，她耳闻目睹了"梃击""红丸"和"移宫"等重大事件，那种勾心斗角、争权斗狠的阴谋诡计，特别是像郑贵妃的阴毒与李选侍的狡诈，不可能不影响到她的思想性格。这种影响，在明熹宗朱由校即位，封她为奉圣夫人以后便明显地表露出来。如果说她设谋帮魏忠贤窃取权柄是显示她狡诈的话，那么她同魏忠贤勾结杀害王安则是她阴狠性格的暴露。关于这一点，作者有如下的描写：

次日把本呈上道：“他（指王安）盗去内库宝玩，岂可从轻。”客氏也在傍插口道：“李选侍移宫时，这些人也不过是搬的娘娘随身金珠簪珥，何曾盗着乾清宫宝玩。只因王安与这般人有仇，要乘机诈他们的钱，故将他们陷害。李娘娘也十分苦恼，当日也曾奉过泰昌爷的旨看管皇爷，他生的八公主，也是先帝的骨血，皇爷的手足。因王安恼他，说他交通外官，诬他要僭称太后，要垂帘听政，把他逼迁到冷宫，也不等皇爷的旨意。选侍急得上吊，公主急得投井。皇爷也该看先帝面上，怎忍使母子受苦，衣食不周。总是王安倚着王爷的权势，擅作威福，说皇爷件件事都是他的主张。后来与外官交结，不知得了多少钱哩！”（第二十八回）。

以上引文告诉我们如下几个问题：一，客印月对宫中发生重大事件了解得很清楚，只不过她颠倒了黑白，但这正是害人者惯用的恶毒伎俩；二，添油加醋，挑拨离间，这是客印月的狠毒的手段之一；三，客印月是熹宗朱由校的乳母，她仗着这种特殊的关系，在熹宗耳边搬弄是非，欲置对手于死地，易如反掌。再加上熹宗的懦弱昏聩，她的一席话，王安哪有生路？王安被剥夺了一切，包括饮食，饥饿时以芦根野草充饥，魏忠贤、客印月仍不放过，最终以毒药致死。王安死得很惨，直至死无葬身之地。由此可见客印月的狠毒！

然而客印月的狠毒远不止这一点。她像魏忠贤一样，随着自己地位的增高和权欲的膨胀，她的狠毒也随之增加。她和魏忠贤杀害了王安之后，魏忠贤在“皇帝左右，布得满满的私人”，客印月心领神会，与魏忠贤紧密配合。她在宫内“调遣六宫妃嫔，非与他相好者不得进幸”，而对那些不附和或反对自己的妃嫔，客印月一个也不放过，千方百计把她们置于死地而后快。据杨涟弹劾魏忠贤二十四条罪状中，指出魏忠贤与客印月勾结害死的妃嫔就有三个：一个贵人、一个妃子和一个中宫皇后。《梼杌闲评》对前二者的死因从简，而对中宫皇后与客印月的斗争则描写较详：

话说魏忠贤因醮事已毕，正欲起身，只见小内侍飞马而来，向耳边说道：“客太太被中宫娘娘赶出宫了。”忠贤惊问道：“为甚么事？”小内侍道：“因皇上前日在西宫顽耍，一时要往中宫去。客太太说：‘中宫娘娘有恙未痊。’皇上道：‘既有恙，你可去看看。’客太太领旨去问安，回过了皇上。谁知次日退朝，驾聿幸宫，娘娘好好的出来迎接。皇上问道：‘闻你有恙，朕来看你，可曾服药？’娘娘道：‘不曾有甚病。’皇上道：‘昨日朕要来你宫中，客巴巴说你有恙，朕后差了他来看你的。’娘娘道：‘他并没有来。’皇上说：

‘如此说竟是他的谎了，既欺了朕，就该处他。’皇上在中宫宿了两夜，第三日到李娘娘宫中去了。中宫娘娘即宣了客太太进宫，问道：‘我有何病，你就欺瞒皇上。皇上着你来看我，你不来，又说谎。当日太祖爷铁牌上镌着道：‘宫人说谎者斩。’你会欺瞒皇上，就该死，诅咒我也该死，随你拣那一件认去。’客太太无言可答，只是叩头求饶。娘娘道：‘且看圣上之面，姑饶一死，逐出宫去。’即立着四个内官，押着出去，不许停留。客太大用了钱，才得见皇上。皇上道：‘你本不该说谎，娘娘若不处分，那法度何在？既叫你出去，这还是从轻，朕也不好挠他的法。你且出去，等娘娘气消一消，朕再来召你。’……”（第三十回）

这一段由小内侍的侧面描述，便活生生地画出了客印月的奸诈狡猾的形象。客印月的谎话并不只是一句谎话而已，而是包藏着她的祸心！她是想利用这种阴谋手段阻隔熹宗与中宫皇后的来往，从而使他们相互疏远，进而达到除掉中宫皇后的目的。不慎阴谋败露，便“只是叩头求饶”，成了摇尾乞怜的癞狗，这是奸佞小人失意时的常态。但这并不是收敛祸心的忏悔，而是保全自己的伪装。就在同一回里，作者写她被赶出宫廷以后，先是用眼泪向魏忠贤哭诉，继而用语言激恼魏忠贤：“……我们纵大，杀了无非是个奴才，今日处了我，明日就要轮到你了，你还说代我出气！”激得魏忠贤发誓道：“你休谎我，任凭怎样也要代你出这口气。”两人紧密勾结，终于把中宫皇后害死，而皇后此时正有身孕，致使熹宗朱由校断子绝孙，死后由弟弟朱由检（崇祯）即位。客印月害死妃嫔是树威于宫中，从而达到专权的目的。

《梼杌闲评》在人物形象塑造上的另一个可取之处是，作者注意到了人物性格的多样性，以及人物性格的转化。不同的社会环境固然可以塑造不同的人物性格，同样的社会环境也可塑造出不同的人物性格，其中也有彼此转化的现象。作者对傅应星和侯秋鸿这两个人物形象的刻画就是这样。当然，他们两人的经历不尽相同，结局也不一样。傅应星的性格始终没有多大变化，他的来去都充满了迷信色彩。作者安排傅应星这样的人物，可以说是作者的因果报应思想的体现。

傅应星是魏忠贤的儿子，踏上仕途时母亲傅如玉就不让认魏忠贤为父亲，而且关照他到一定时候抽身脱离是非之地，从头到尾都笼罩在迷信色彩之中。亲生儿子不认父，这是对魏忠贤的莫大讽刺和报应，这也许是作者的真实意图。但这个人物形象模糊缺乏个性，显得苍白无力，不能算成功之笔。倒是侯秋鸿这个人物的性格比较鲜明，也比较复杂，她的思想性格的转化过程，说明了作者的艺术功底和值得称赞的匠心。

侯秋鸿是客印月的使女，是个不起眼的小人物。她从小跟着客印月，对客印月的思想行为、为人处世，自然了如指掌。按照常理，主荣仆贵，作者确实写出了这个过程；同样按照常理，主贵仆骄，往往为虎作伥，但侯秋鸿却不是这样，而是相反。这些都说明了她的性格的复杂性。作者既刻画了她同客印月、魏忠贤同流合污，帮他们做坏事的一方，又刻画了她瞧不惯魏忠贤、客印月的狠毒从而对他们讽刺挖苦，直到卑视他们抽身离去的一面。应该说侯秋鸿这个人物形象是成功的，它的成功在于作者运用了个性化的手段塑造了侯秋鸿的鲜明的个性。我们不妨欣赏一下有关她的精彩描写。先看她给魏忠贤与客印月拉皮条的场面：

秋鸿下楼到房内……印月道："楼上可冷么？"秋鸿道："外面要下雪哩！怎么不冷。"印月道："你种个火送了去。"秋鸿道："舅舅说日里冷得还可，夜里冷得难熬。"印月道："他独宿自然冷。"秋鸿道："他说自己冷还罢了，又念着娘一个人受冷。"只这一句话触动了印月的心事，不觉两泪交流，一声长叹……印月道："……自他来了两个月，非不欲尽情，无奈手头缺少，权不在己。我日夜在心，怎奈心有余而力不足，这是瞒不过你的。你只看我这些时，面皮比前黄瘦了多少？"秋鸿道："他难道要图娘的酒食么？只是娘把点情儿到他，留他留儿，他才好住下。"印月道："你叫我怎样才是尽情？"秋鸿道："只在娘心上，反来问我？"印月道："你且去留他，把这话儿对他说就是了。"秋鸿扇着了火，提到楼上，见进忠面朝里睡着，便去摇他。进忠知道是他，却推睡不理。秋鸿见壁上挂了根鞭子，取在手认定进忠屁股上，嗖的一下，打得进忠暴跳起来，道："是谁？"秋鸿道："我奉圣旨到此，你不摆香案来接，还推睡哩。"进忠道："你莫打，也来睡睡。"秋鸿嗖的又是一鞭子，进忠骂道："好臊根子，我就……"秋鸿道："你就怎么样？还狠嘴，定打你一百。"又没头没脸的乱打。进忠急了，夺过鞭子就来抓他。秋鸿往外就跑，被进忠赶上拦腰抱住道："你打得我彀了，也让我抽你几百。"秋鸿道："才去迟了，娘疑惑哩！如今且说正经话，东方日子长哩。"进忠才放了他，问道："所事如何？"秋鸿道："不妥，说不拢。"进忠道："你可曾说？"秋鸿道："我细细说了，他只是不认账。他说姨兄妹只好如此而已，若再胡思乱想，即刻赶你走路。"进忠道："好姐姐，莫哄我。你才说奉圣旨，必有好音。"秋鸿道："奉旨是送火与你的。"进忠道："送火我烘还是一片热心。"秋鸿道："接旨也该磕头。"进忠道："若有好音，就磕一万个头也是该的。”秋鸿道：“只磕一千个罢。”进忠真个磕了个头，秋鸿道：“这是接旨的，还要谢恩哩！”进忠道：“等宣读过再谢不迟。”秋鸿道：“也罢，先跪听宣读。”进忠没奈何，只得跪下。（第十三回）

从文中不难看到侯秋鸿伶牙俐齿而又灵敏泼辣的个性，再加上与她的个性相一致的个性化语言，一个有血有肉的形象便跃然纸上。一个佣人，一个没有文化的下人，能深入细致地掌握客印月和魏忠贤的心理状态而又把他们两人玩弄于股掌之间，出神入化，如在目前。早期的侯秋鸿不仅给魏忠贤和客印月拉皮条，自已也与魏忠贤，接着又与侯七官宣淫，甚至发展到四人轮流胡来，可谓同流合污，置身于无耻之列。但在目睹了魏忠贤和客印月内外勾结，杀戮大批忠臣义士之后，侯秋鸿的思想性格便逐渐起了变化，甚至变得与魏、客两人不能相容，最后只好分手了事。我们不妨看看这时期侯秋鸿对魏忠贤和客印月的态度，与前一时期作一比较，就会发现侯秋鸿已经判若两人。《梼杌闲评》第三十三回：

忠贤只得即刻出朝，且不回私宅，竟到侯家来。门上报过，才请忠贤入内。相见坐下，忠贤道：“数月未见，丰姿倍常丰满。连日奉请进宫，怎不见去？皇爷问过几次，若再问时，就难回了。”印月道：“面色虽好，只是心里常时不快，故未进去。皇爷心上的人多，哪里还念得到我。”忠贤道：“你是自在惯了，像咱终日里操心，一刻也不得闲，还不知怎样的不好哩。”秋鸿道：“像你终日里只想害人，怪不得时刻操心。别人也像你，狗血把良心都护住了哩。”忠贤是个杀人不眨眼的魔君，被他几句话说着他的真病，登时间把脸涨红了……秋鸿道：“你这张嘴，除得下来安得上去，专会说鬼话。我问你：杨、左诸人与你有仇，谋杀他罢了。他得了人的银子与你何干？要你假公济私？人已死了，还不饶他，处处追逼，使他家产尽绝，妻离子散，追来入己，是何天理？……”

秋鸿的话说明她对魏忠贤的所作所为了解得十分清楚，可以说是从里到外都看透了魏忠贤，对他不是讽刺挖苦，就是揭露抨击，而且往往击中要害，入骨三分，其态度之坚决，几乎到了水火不容的地步。

侯秋鸿对魏忠贤如此，对客印月也是如此，前后态度也是截然不同。前期是客印月做什么她都是附和着做什么；后期则不然，客印月想做什么，侯秋鸿未必都附和她做什么，有时甚至提出异议，直至劝阻客印月与魏忠贤勾结。《梼杌闲评》第三十回，作者从主仆情分角度，安排了一个侯秋鸿忠言劝主的场面。她对客印月的所作所为直言不讳地指出：“古人云：‘知足不辱，知止不殆。’又道：‘识时务者呼为俊杰。’”她对客印月和魏忠贤的关系也有自己的看法，指出魏忠贤是个没有心肝的人，靠不住，同时告诉客印月皇上的恩宠也是不“长远”的，“据我说只是不进去的好，切不可听老魏啜哄，明日做出坏事来，还要连累娘也不得干净。”这些可以说是觉醒后的明白人的明白话，对客印月来说是一片忠言。然而像客印月这样泥足深陷的人是不可能有所省悟的，侯秋鸿看清了这一点，因此在第三十四回里，当客印月答应再度进宫时，她采取了决绝态度：

秋鸿道：“娘你可真去?”印月道：“你已允他有珠子就去的，怎好失言。”秋鸿道：“娘要去，我也不好阻拦，只是我一身的病，受不得劳碌。前日医生说叫我静养调理服药才有效，我要到石林庄养病去，今日先对娘说过。”印月道：“你去了，我家中之事何人管?”秋鸿道：“家中的事俱有执掌的哥嫂也会料理。我也去不多时就来了。”印月道：“可是淡话，不在家里养病，到往乡里去，就请医生也不便。家中事虽有人管，毕竟你做个总纲，他夫妻尚小，晓得个甚么事体。”秋鸿叹道：“若是我死了，也要他们料理哩。”印月听了，心中不悦道：“哦，要去由你去，难道死了王屠就吃连毛猪哩。”秋鸿道：“我只为病欺了身子，故此要去将息些时。”说毕，便叩头拜辞。

侯秋鸿不是《梼杌闲评》中的主要人物，但在该书的人物群像中，她的性格特征却最为鲜明突出，她一举手一投足，以及声容笑貌，都给人留下深刻的印象，特别是她的个性化的语言，使得她的独特形象，形象逼真地浮现在读者的眼前。而对她的始时误上贼船、同流合污，继而翻然悔悟、迷津回头、决然抽身，有贬有褒，既可以鄙视她前期的污浊行径，也可称赞她后期的蔑视富贵尊荣、飘然离开是非之地的决心。作者对侯秋鸿这个人物的复杂性格的刻画，可以说脉络清晰、层次井然，是他的成功之笔。

魏忠贤祸国殃民，决不是他一个人所能做到的，而是他和他的爪牙们共同作恶的结果。在其奸邪集团中，客印月自然是主要人物之一，另外还有田尔耕、李永贞等趋炎附势的小人，这在前面已经或多或少作了介绍，这里就不再重复。

九　归根结底，上梁不正

《梼杌闲评》全书以魏忠贤为主线，涉及正反两方面的诸多人物，也涉及到了明末四个皇帝——神宗、光宗、熹宗和毅宗，毅宗即位除掉魏忠贤、客印月等奸佞集团，为死难的直臣平反昭雪后便结束全书，出场时间很短，因此，全书的整个背景是神宗、光宗和熹宗三代，而魏忠贤、客印月等奸党的猖狂活动，主要是在熹宗时期。但正如俗语所说“冰冻三尺，非一日之寒”，明末宫廷的权力之争始于明神宗万历时期，而后陈陈相因，丝丝缕缕，前后相续，牵扯不断，从而社会的腐败黑暗也就随之层层加深，奸佞之徒也就乘机而起，所谓上梁不正下梁歪，此话可谓至理名言。作者在揭露和批判魏忠贤等人的过程中，虽竭力避讳这一点，然而明眼人一看就明白，作者写此书时笔触所指正是针对封建最高统治者。

《梼杌闲评》写明末社会的腐败，宫廷的权力斗争及明神宗的昏暗，在前二十回中已有披露，如第八回，程中书谋取湖广巡抚就是明争暗斗的结果，程中书在任上想捞回血本而拼命搜刮地方，又激起湖广商民暴动。这种官贪吏虐的腐败现象，其直接的根子自然是明神宗的昏庸无能。而最能说明这一点的，莫过于第二十一回所写的宫廷内幕。作者先写太子读书时的寒酸情景，暗示神宗不关心长子常洛，而偏心次子常洵；继写张差梃击，目的是谋害太子常洛。张差的主使人是郑贵妃，但神宗迟迟不肯处理，相反，阻止追根问底，糊涂了事。但直臣们不答应，疏本中甚至指责“皇上不慈爱”，致使神宗“天威震怒”，不得不亲自出面平息众怒。此时，作者不失时机地插上一句画龙点眼之笔：“其时神宗久不设朝，虽辅臣亦难得见。”话虽不多，但刺得很深，明神宗沉湎于声色，荒疏于政事，一个昏君的形象便立显于读者的面前。

由于明神宗专宠郑贵妃，所以郑家在朝廷威势显赫，郑贵妃的哥哥郑国泰及其子郑养性便把持朝政，胡作非为。他们正是利用明神宗的偏心，便时时刻刻想让常洵继位，从而才有梃击事件。这次阴谋虽然未能得逞，但郑贵妃的贼心未死。她一计未成，另生一计。她假借神宗的名义先送李选侍到常洛身边埋伏，神宗死后，常洛即位（光宗），郑贵妃又送去八名美女，常洛原本懦弱无能，却是个好色之徒，八名美女轮番宣淫，一夜之间常洛便力竭晕厥，郑贵妃又唆使人进“红丸”泻药，不几天，常洛便命归黄泉。从他即位到死，前后只有个把月。常洛死后，便爆发了“移宫事件”。这是郑贵妃和李选侍勾结掀起的风浪，目的是妄图东山再起，重新掌权。由此可见，宫廷里的权力之争始终没有停止。很明显，这个祸根是明神宗万历种下的。

明神宗（万历）昏庸，明熹宗（朱由校）更加昏庸。他在“移宫”中先被郑贵妃、李选侍当作人质扣押，全部答应郑贵妃和李选侍的要求，封前者为太后，后者为母后，从而实行垂帘听政，后经杨涟等人的斗争，郑、李的阴谋未能得逞，熹宗才登上皇位。那时熹宗一则年幼，二则昏庸无赖，幸好外有杨涟等直臣主持朝政，内有直臣秉笔太监王安管束，过了一段安静日子。由于王安管束较严，熹宗觉得很不自由，渐渐讨厌王安，矛盾日益加深。《梼杌闲评》第二十三回有这样的描写：

自此中外无事，皇上万几之暇，不近妃嫔，专与众小内侍顽耍，日幸数人。太监王安屡谏不听，只得私禁诸人，不得日要恩宠，有伤圣体。且自恃老臣，知无不言，皇上亦渐有厌倦之意。

熹宗与王安的矛盾给魏忠贤和客印月以可乘之机，便阴谋除掉了王安。王安的被害，便是魏忠贤专权误国的开始，是明熹宗的一大悲剧。明熹宗非但意识不到这一点，反而觉得去掉了紧箍咒，解除了束缚。《梼杌闲评》第二十八回这样写道：

一日，皇上同一班小内侍在宫中顽耍，忽然对客巴巴道："如今没有王安，朕也玩得爽快些。"

明熹宗贪玩不理政事，不仅小说这样写他，而且正史上也有所记载。《明史·魏忠贤传》："帝性机巧，好亲斧锯髹漆之事，积岁不倦。每引绳削墨时，忠贤辈辄奏事。帝厌之，缪曰：'朕已悉矣，汝辈好为之。'忠贤以是恣威福惟已意。"前面已经说过，魏忠贤和客印月正是掌握了熹宗性格上的这一特点，便投其所好，由斗鹌鹑而接近熹宗从而谋得掌管东厂要职的。魏忠贤进而利用熹宗不理朝政的特点，便矫旨横行。例如王安惨死，熹宗不知道；魏忠贤把不附和自已的六七十个大臣统统削籍和罢官回乡，朝廷为之一空，熹宗竟懵然不知，可见他很少上朝理事；至于杨涟等人及东林党人大批直臣被害，熹宗一概不知，只是有一次突然心血来潮，想起了杨涟：

适值一日，皇上退朝闲坐，忽问小内侍道："以前请朕出宫的那个杨胡子，怎没见他上本？连日朝班中也不见他，这是何也？"那小内侍们明知而不敢言。却好有个妃子奏事，就浑过去了。忠贤在旁听见这话，正是贼人胆虚，吓矮了一寸。

熹宗的昏庸由此可见一斑，难怪魏忠贤、客印月进而害死熹宗的贵人、贵妃，直至中宫娘娘，弄得熹宗断绝子孙，是他自已酿成了这个悲剧。

《梼杌闲评》的作者对这三个皇帝的描写着墨不多，但在节骨眼上画龙点睛式地带上几句，却有拨云见日的功效；处处点醒读者，明末社会的腐败黑暗，魏忠贤得以专权误国，一切祸害的总根子就是几个皇上；上梁不正下梁歪，君昏天地暗。魏忠贤固然是千古罪人，明末三个皇帝，特别是神宗、熹宗也难逃明朝灭亡的罪责，这也许正是《梼杌闲评》的作者创作此书的旨意。

名家解读古典名著

历史小说(下)

解读《洪秀全演义》

赵明政　著

《洪秀全演义》是我国著名的资产阶级革命派小说家黄小配的代表作。本书在详细介绍了黄小配富有传奇色彩的一生及其众多小说的基础上，细致解读了《洪秀全演义》这部反映清朝著名的太平天国革命运动的小说。

一 《洪秀全演义》的作者黄小配

在近代文学史上，黄小配（1872—1912年）是一位著名的资产阶级革命派小说家。

有人评价黄小配的一生事业，说他“在小说方面的贡献，胜过他在革命方面的功绩，而他的生平，也很像一篇小说”。（杨世骥《文苑谈往》第一集《黄世仲》。这是一篇有关黄小配生平的重要资料）这是说，黄小配积极参加同盟会的实际革命活动，又是一位有成就的小说家；他的一生很有传奇色彩，像一篇小说那样曲折而丰富。

黄小配一生的最后十年，成果累累，异彩纷呈。从1903年任香港革命派报纸记者起，至1912年被陈炯明杀害止，他为着反清革命的目的，创作了中、长篇小说十多种，写了大量反击保皇派的政论文，主办了多种报刊，为同盟会的事务四处奔走，作文倚马可待，堪称奇才。一部《洪秀全演义》，奠定了他的晚清资产阶级革命派小说家代表人物的地位。

黄小配生活的时代，正是一个政治黑暗、社会动荡的时代，中国已经陷入了半殖民地、半封建的灾难深渊。他只活了四十岁。在这短短的四十年间，中华民族遭受了外国侵略的种种奇耻大辱，中国人民反帝反封建的斗争风起云涌，例如外国侵略者挑起的边疆危机，中法战争，甲午中日战争，戊戌维新，义和团运动，八国联军入侵，沙俄强占中国东北，帝国主义瓜分中国的割地狂潮，孙中山领导的同盟会革命活动和辛亥革命，都是中国近代史上的重大事件。在黄小配的小说中，上述重大历史事件都描写到了。他是一个爱国的知识分子，他对中国的贫弱挨打感到痛心，憎恨清政府的腐败，用笔作为武器，专门以历史和现实的重大事件、重要人物为题材，创作了大量小说，鼓舞人民群众的爱国热情，为反清革命服务。

黄小配的小说像一面镜子，形象地再现了太平天国革命至辛亥革命为止的一系列重大历史事件。在这幅历史长卷中，我们可以看到中国沦为半殖民地、半封建社会以后，空前的民族危机，暗无天日的晚清政治，腐朽丑恶的反动统治者，广阔的社会生活场景以至人情世态，也可以触摸到当时充满忧患意识的社会氛围。毛泽东在1941年说过：“灾难深重的中华民族，一百年来，其优秀人物奋斗牺牲，前仆后继，摸索救国救民的真理，是可歌可泣的。”黄小配从第一部长篇小说《洪秀全演义》到最后一部描写1911年广州黄花岗起义的《五日风声》，正是反映了从洪秀全到孙中山，无数志士仁人为中国的独立、富强而奋斗的历程。他的小说内容充实，情节曲折生动，描写细腻，人物形象鲜明，文笔酣畅淋漓。

今天我们读黄小配的小说，回顾鸦片战争至辛亥革命这段风雨辛酸的历史，对于发扬爱国主义精神，激发民族自尊自强的信心，无疑是有所裨益的。

(一) 记者、报人、小说家、革命活动家的一生

黄小配生于1872年，名世仲，字小配，又字配工，号棣荪，广东番禺人。他还用过许多笔名，如黄帝嫡裔、禺山世次郎（意即番禺人，排行第二）、嵎世次郎、世、世次郎、世界一个人、棣、老棣等。他出身在一个破落地主家庭，曾在书院就读，祖父、父亲都是旧式文人，使他具有较深厚的文化素养。因为家道中落，青年时曾一度在广州谋生。

黄小配的生平“很像一篇小说”。当他一踏上社会，就开始了色彩斑斓、曲折多变的人生旅程。

约在1895年前后，他与哥哥黄伯耀一起闯荡南洋，寻找出路，足迹遍及吉隆坡、新加坡、槟榔屿等地。据记载，他在新加坡某赌馆当过书记员。1898年，福建商人邱菽园在新加坡主办《天南新报》，鼓吹维新改良，黄小配投稿常被采用，从此开始了他的笔墨生涯。

1901年，孙中山的老朋友、兴中会成员尤列（字维孝，广东顺德人）在新加坡、吉隆坡各埠建立兴中会的外围组织中和堂，作为资产阶级革命派联络南洋华侨的机构。黄小配与其兄伯耀参加了中和堂的活动。同时，他经常阅读革命派出版的香港《中国日报》，政治思想上由维新改良转变为主张反清革命。这是他投身资产阶级民主革命的开始。

黄小配集记者、报人、小说家、革命宣传家于一身，正是在南洋时期打下基础的。

1902年冬或1903年初，由尤列介绍，黄小配回到香港，担任陈少白等主办的《中国日报》的记者、主笔。《中国日报》创办于1899年，是兴中会的机关报，有副刊“鼓吹录”，用歌谣、曲本、小说的形式宣传革命，影响遍及海外华侨。黄小配来到该报时，正值革命派与改良派进行论战，革命派的《中国日报》与改良派的《岭海报》（广州）、《商报》（香港）相对抗。就在这一年，党人洪全福等谋划广州起事失败，殉难者十余人，《岭海报》主笔胡衍鹗乘机攻击革命党，黄小配在《中国日报》撰文反击，双方笔战一个

月有余。在此期间，黄小配写了大量政论文章，批驳康有为的保皇主张。针对康有为的《南海先生最近政见书》，黄小配率先在《中国日报》连载《辨康有为政见书》，洋洋三万余言，文字跳脱，文笔犀利浩荡。与此同时，章炳麟(字太炎）写成《驳康有为论革命书》，1903 年 6 月 29 日上海《苏报》以《康有为与觉罗君之关系》为题摘要刊载，发生了轰动一时的“苏报案”。黄小配与章炳麟的文章，南北遥相呼应，一时传为佳话。在这场论战中，黄小配崭露头角，文名大著。

黄小配在《中国日报》工作约一年，转而协助郑贯公编辑《世界公益报》《广东日报》。1905 年，他又与郑贯公合办《有所谓报》（又名《唯一趣报》)，该报以文艺小品见长，图文并茂，评论国事，如反对美国迫害华侨的《华工禁约》，号召抵制美国货，产生了广泛的影响。在担任报纸编辑、撰述之余，黄小配集中精力创作小说，由此一发而不可收。进入小说创作的旺盛期，他的代表作《洪秀全演义》就在此年 6 月开始在《有所谓报》连载。

1905 年 8 月，同盟会在日本成立。同年 10 月，孙中山在赴南洋途中，轮船经过香港。由于革命党人冯自由引荐，黄小配与郑贯公、陈少白等登轮谒见孙中山，宣誓加入同盟会。不久，同盟会香港分部成立，黄小配被选为交际员，分管宣传工作和联络海外华侨、广东会党等事务。随着同盟会的成立，革命派与改良派的论战再次掀起高潮。这场大论战，正是兴中会时期的革命派《中国日报》与改良派《岭海报》、《商报》论战的继续。改良派主帅梁启超在《新民丛报》上接连发表大块文章，鼓吹君主立宪，反对革命；一再宣扬“不能革命”“不可革命”，危言耸听地说革命会引起下层社会“自然暴动”和外国干涉，会导致“亡国灭种”。针对梁启超的“忠君保皇”观点，革命派以《民报》为基地，发表大量文章进行有力反击。黄小配积极参与了这次论战，不过，这时他主要是以小说为武器宣传反清革命，反对梁启超的改良保皇观点。1905 年 9 月，黄小配在革命党人潘达微等人主办的广州《时事画报》上，连载了揭露晚清海关官吏丑恶嘴脸的《廿载繁华梦》。同年 10 月，激励反清革命的《党人碑》开始在《时事画报》连载。

使黄小配感到意外的是，年仅二十六岁的郑贯公染时疫病逝，《有所谓报》即发生了经济上的纠葛和困难，最后“竟以无妄歇业”。他百折不挠，与其兄伯耀于 1906 年 5 月自办《香港少年报》，报纸取名“少年”，含有企盼中国朝气蓬勃的意思。此年 9 月，同盟会香港分部干事部改选，他又被选为庶务员，并负责联络广东会党和宣传工作。他一面编辑报刊、从事同盟会的实际工作，一面勤奋创作小说。除了《洪秀全演义》在《香港少年报》续载外，又创作小说《宦海冤魂》，从9月起在该报连载。当时广东都督岑春煊宣布粤汉铁路官办，违法占权，黄小配在9–10月间的《香港少年报》上连载长篇论说《岑春煊》。粤汉铁路是在1905年广东等省人民斗争下，从美国手中夺回建筑权的，岑春煊宣布“官办”，一时舆论哗然，黄小配也写了这篇论说进行揭露和抨击。

黄小配的小说作品，最初大多在报刊连载，他也自办报刊作为发表小说的园地。1907年，他还和欧博鸣等在广州创办粤语方言旬刊《广东白话报》，任撰述人，旗帜鲜明地宣传民主革命思想，并在5月起连载了小说《黄粱梦》前数回。同年，他还与黄伯耀办了小说旬刊《中外小说林》。在这个重要的晚清小说刊物上，连载了长篇小说《宦海潮》，还续载了《黄粱梦》。

从1905年到1908年，在短短的三四年时间内，黄小配接连发表了多部长篇小说，产量之多，质量之高，令人钦佩。这些小说，集中揭露了晚清统治者的腐朽丑恶，猛烈抨击清王朝的封建专制统治，宣扬资产阶级民主革命的政治主张。很显然，这些小说都是为了配合当时的政治斗争，反击梁启超的保皇立宪观点，鼓动反清革命。1907年夏，梁启超在日本东京组织“政闻社”，鼓吹君主立宪，反对革命，在海外华侨中进行活动。黄小配1908年在日本东京出版的《大马扁》，把康有为写成“招摇海外”的“棍骗”，一个大言欺世的“伪圣人”，就是一部直接打击保皇派的小说。

1909年，香港《实报》馆出版了黄小配的《宦海升沉录》，这部小说从袁世凯投靠李鸿章到出任北洋总督，最后被排挤下野为止，囊括了甲午战争至光绪、慈禧去世这十多年间的重大政事，但全书的重点是“满汉之争”，也就是表现清朝满族群臣合力排挤汉族大臣的，抨击保皇派康、梁的“非排满论”。1909年底，他又在《南越报》连载《朝鲜血》，再现了日本军国主义侵略朝鲜而引发的甲午中日战争的过程，揭露清政府丧权辱国的无耻行径。

黄小配的小说不仅有历史题材的，而且还有以时事为题材的“近事小说”。他的政治眼光之敏锐，创作速度之快，令人惊叹。1911年4月27日（农历三月二十九日），同盟会在广州举行武装起义，奋战一昼夜后失败。黄小配亲历其事，当即搜集材料，写成“近事小说”《五日风声》，从5月起在广州《南越报》连载。这篇长达三万余言的作品，翔实记载了起义准备、战斗经过，以至黄花岗收葬烈士，实际上是一部激动人心的报告文学作品。

1911年辛亥革命成功，为了响应武昌起义，黄小配作为同盟会南方支部的联络员，在广州设立机关，联络各路起义民军。11 月 9 日广东光复，他还与黄伯耀创办《新汉报》，作为革命舆论宣传的喉舌。广东省宣告独立，成立军政府，同盟会成员执掌政权，胡汉民任都督。这时候，广东各地民军云集广州。黄小配是同盟会早期会员，在同盟会中长期负责联络各地会党的工作，与民军首领比较熟悉，被任命为广东民团总局局长（或副局长），兼任广东军政府枢密处参议。

黄小配担任广东民团总局局长期间，负责民团的整编和给养事务。民团又称“民军”，广东各路民军响应武昌起义，为广州的光复作出了重要的贡献，但成分比较复杂。胡汉民到南京任总统府秘书长，接任广东都督的陈炯明为了控制民团总局，以加强民军之间的联络协商为名，成立“军团协会”，自任会长，黄小配兼任副会长。各路民军云集广州，粮饷供应困难，发生了有的民军首领带枪到财政司署逼索军饷的事。广东都督陈炯明拟定了裁编民军的计划（据记载，当时被裁撤的民军约九万人），黄小配表示反对，双方产生了分歧。有关当局责难黄小配对民军约束不严、无力控制，认为他反对裁撤民军，是想借各路民军的力量掌握重权，还诬陷他侵吞了民军的军饷。

1912 年 2 月 14 日，南京民国临时政府在窃国大盗袁世凯的武力威逼下，作出退让，临时大总统孙中山被迫辞职，担任总统府秘书长的胡汉民再回广州任都督。陈炯明在离职前，于 4 月 9 日签署《拿办黄世仲令》，以“严肃军纪”为借口，把黄小配逮捕入狱，并以“侵吞军饷”“图谋不轨”的罪名下令枪决。4 月 25 日胡汉民回到广州，未经核实，即于 1912 年 5 月 3 日杀害了黄小配。

黄小配被杀时，年仅四十岁，正当创作力旺盛、艺术上更趋成熟之时，令人惋惜。

黄小配的生平的确“很像一篇小说”，而这篇“小说”的结尾，正是在主人公生平事业的顶峰打上了句号。

这位晚清资产阶级革命派小说家的代表人物，在兴中会时期就投身革命，参加同盟会后，在联络华侨、各地会党力量和致力于反清革命宣传方面，不遗余力。他最终倒在自己人的枪口之下，同盟会老会员多有为他鸣不平的。关于他的死，文献记载虽有歧异，但有一点比较清楚：他身后“绝非富有”，“侵吞军饷”罪也不至于立即枪决，看来他反对陈炯明裁编民军、排除异己的做法，是一个重要原因。据黄小配的老朋友、当时了解内情的革命党人冯自由说，他在下狱前，刚为儿子完婚，由于报纸渲染张扬婚礼的铺张奢侈以及各路民军首领纷纷馈送贺礼情形，为人落拓不羁，加重了“侵吞军饷”的嫌疑。

可以说，他是被自己的“同志”诬杀了。

（二）小说创作的丰硕成果

黄小配创作小说，始于1903年任职香港《中国日报》，止于1911年辛亥革命。在这不到十年的时间内，他一共创作了多少部中、长篇小说，现在我们所能知道的，至少有十六种之多（详见《文学遗产》1989年第二期颜廷亮《黄世仲作品诸问题小辨》及附录《黄世仲小说十六和系年》）。

这十六部中、长篇小说，除了前面提到的《洪秀全演义》《廿载繁华梦》（一名《粤东繁华梦》）、《党人碑》《宦海冤魂》《黄粱梦》《宦海潮》《大马扁》（一名《大马骗》）、《宦海升沉录》（一名《袁世凯》）、《朝鲜血》（一名《伊藤传》）、《五日风声》以外，还有：

《陈开演义》（演述广东天地会首领陈开响应太平天国起义，在佛山起事及失败经过）；

《镜中影》（写庚子事变及义和团运动）；

《广东世家传》（写广东世家豪族潘氏、卢氏的盛衰）；

《新汉建国志》（写辛亥革命前二十年的“中国革命之运动”）；

《岑春煊》（写晚清官僚岑春煊的宦海浮沉）；

《十日建国志》（1911年11月起在《新汉报》连载）。

另有戏剧《火烧二沙头》一种。

从思想、艺术的成就以及流行的广泛性来说，黄小配的小说当推《洪秀全演义》《廿载繁华梦》《宦海潮》《宦海升沉录》和《大马扁》最重要。下面重点评析他的主要小说作品，兼及他的其他小说。《洪秀全演义》是他的代表作，留在后面介绍。

《廿载繁华梦》

全书共四十回，1905年起在革命党人办的《时事画报》上连载，1907年《时事画报》社出版单行本后，上海、汉口等地有单行本，风行一时。选入阿英《晚清文学丛抄·小说三卷》下册。

这部小说的主要人物周庸祐，实际上是影射广东大买办周东生（用“别号栋臣”谐音“东生”），以他的暴发至败落为主干线索，以甲午、戊戌、庚子这些近代史上的重大事件为背景，集中反映帝国主义的侵略和晚清政治的黑暗腐朽，揭露买办化的官僚，作者宣传反清革命的意图极为明显。

周庸祐原是市井无赖光棍，把祖上的家产荡尽了，只得挑一担行李，投靠舅父傅成。傅成在广东海关任库书（管账会计），虽然职位卑微，但每年措办数万两金叶进京，由他经手，任意抬高金价，从中渔利；或移用公款发放高利贷；借查缉走私船只为名，对平民敲诈勒索；甚至还造两本账册，真册由海关大臣和库书掌握，假册拿来虚报皇上。傅成任库书数年，靠瞒骗偷漏，积了数十万家私。周庸祐来后，做了傅成的帮手，大肆侵吞库银。

几年后，新任总督张某得知海关舞弊，要查办库书。傅成恐丑事败露，就想逃往香港。周庸祐乘机用七万两银子的代价买下库书的职位，但他只付了四万，翻脸不认舅父。当时海关大臣晋祥与恭亲王府有瓜葛，总督碍于情面，终于不敢追究。周庸祐贪污更加肆无忌惮，由此暴发，回乡夸富，娶妻邓氏。晋祥死后，周庸祐勾搭了晋祥的宠妾香屏，夺占了晋祥的家产，侵吞了他的巨额赃款。周庸祐穷奢极欲，气死了邓氏，就续娶海关职员马竹宾之妹马秀兰为继室。

为了勾结接任的海关大臣，经马竹宾介绍，周庸祐进京结识了京官联元，“官场当比商场弄”，竟用三十万银子贿赂当道，使联元谋得广东海关大臣之职。联元到任后，海关大权由周庸祐操纵。周庸祐又联络官绅，号称“十二友”，互为羽翼，甚至操纵考试，收受贿赂。此时又传出总督张某查办海关的贪污问题，周庸祐大惊，从海关公款内取出五十万逃往香港，在香港置办产业。不久，张总督离任，周庸祐又回到海关，发现同事佘庆云账上亏空公款五万。周庸祐以前侵吞库银三百万，全由佘庆云指点诀窍，此时却翻脸无情，贿通南海县令将佘庆云捉拿查办。此后，周庸祐把库书的职位让给周乃慈，自己每年白拿十万。

周庸祐贪得无厌，携带巨款进京谋捐道员衔，路过上海时买下金家姊妹，用金钱美人求宗室宁王荐他任驻英国头等参赞。消息传到周府，贺客盈门，排场奢靡，除夕烧香时焚毁宅院，马氏迁居香港，依然挥金如土。周庸祐回到广州，打着种种花钱捐来的职衔，回乡谒祠，大肆炫耀。第二房太太伍氏见周庸祐和马氏胡作非为，活活气死了。周庸祐的好友梁早田经营煤矿亏折，由马氏接办，损失巨大。周庸祐等梁早田死了，就依仗权势，把梁早田与他人合办的“盛字号”铁矿公司抢夺过来，强占了产业。此时他“妻财子禄”齐全，妻妾成群，用巨款捐了四品京堂候补，他更为得意，挥金如土。

此时德声任海关大臣，因金价大涨，每年又按原价措办金叶进京，所以亏空极多，请周庸祐帮忙挪用亏空款项。岂料周庸祐不顾情面，一毛不拔。海关大臣德声走投无路，怨恨周庸祐因财失义，只得吞金自杀。德声自杀之后，周庸祐又串通库书周乃慈，从库中盗取巨款，却算在海关大臣的亏空项下。他乘人之危发财，扩建住宅，一条长街占了一半，宅内陈设无奇不有。此时发生了庚子事变，八国联军攻破北京，天津地区饥荒严重，广东慈善机构要周庸祐捐助义款，他却一毛不拔，声称自己的产业在香港受外国人保护，情愿送钱给洋人，也不愿送给中国饥民。

周庸祐已"富到极地"，因三品京卿是个捐来的虚衔，就想谋得驻外国公使的职位，设法求助宫廷势力，结交了有权势的太监弥殷升，用金钱打通王公大臣关节，一切顺利，就回香港等候任命。

岂料朝廷因连年国费浩繁，向外国的赔款又多，就裁撤了海关监督，海关归并两广总督管理。周庸祐断了财路，心中忧惧，只得嘱库书周乃慈将历年账目认真打点，消除贪污的证据。这时候，被周庸祐栽赃而入狱的佘庆云已刑满出狱，声言要上告总督衙门，并以揭发周庸祐制造假账为要挟，勒索巨款，没有达到目的，就怫然而去。周庸祐又得知新任总督金敦元（影射两广总督岑春煊）极有勒索富户报效朝廷的手段，十分恐惧，就加紧办理出使大臣的手续，还准备百万元向金总督和佘庆云贿赂，平息查办海关贪污案。不料佘庆云已向金总督告发了海关舞弊详情，周乃慈走投无路，打发妻子携细软逃往香港，自己留下遗书，大骂周庸祐，吞鸦片自杀。

金总督把数十年来海关的账目，自傅成起，一直查到周庸祐、周乃慈。因周庸祐即将出国赴任，便用电报参劾周庸祐"亏空库款甚巨"，需要彻底清查。此时周庸祐已到上海，得知消息后吓得魂不附体，向北京王公大臣求情也无效，为了逃避追捕，躲进同乡的密室。金总督未能捉住周庸祐，就将他先行革职，查抄家产。马氏早已得到消息，将府中财物运往香港。查抄时，只有家人仆妇在场，轰动了整个广州城。

马氏在香港，庆幸财产已大部转移过来，就全数存入洋行。金总督见抄没周府的银钱很少，就照会香港总督，要查抄周庸祐在香港的产业。港督以"政体不同，不能乱封民产"为理由，拒绝查封。周庸祐从上海乘轮船南逃，到香港时不敢登岸，在船上与马氏相会，嘱咐家事，经新加坡到暹罗，重寻安乐窝，逍遥海外。

后来周庸祐得知金总督已离任，就向新任总督周某通关节，周总督也不再追究。周庸祐回香港重振家业，不料他的各种产业、股票的代理人已反客为主，不准他动用分毫；加上众侍妾挟带钱财四散走尽，马氏也不顾夫妻之情，不肯拿出私蓄。此时金总督再回广州任职，周庸祐怕自己被提解回广东，只得再回暹罗，后来不知所终。

这部小说以甲午中日战争到八国联军入侵这段历史作为主要背景，演述广东大买办周东生从暴发至败落的历史，有两点很值得注意：一是在创作意图上宣传反清革命；二是在技法上刻意模仿《红楼梦》。

广东海关是近代中国半殖民地半封建社会的缩影。全书演述主人公周庸祐二十余年的历史，始终围绕海关展开，很能看出作者在选材和立意方面的匠心。海关是当时所谓“天下第一美缺”，你看：从卑微的书吏到海关大臣，他们侵吞天文数字的巨额库款易如反掌，借“缉私”之名肆意敲诈平民；他们进贡金宝供宫廷挥霍，还用贪污的库款通关节，贿赂上司以至王公大臣、宫廷中有权势的太监；他们用贪污所得捐纳高官，置家产，买美妾，挥金如土；他们谄媚洋人，还把自己的不义之财转移到香港，买洋行的股票。当他们的罪行败露时，因为钱能通神，总是逢凶化吉。正如第四回周庸祐所说的“做官如做商”，也就是“官场当比商场弄，利路都从仕路谋”。从作者对晚清广东海关内幕的揭露，可以看出这个民穷财尽、国势极度衰微的清王朝的末日即将到来。广州是中国最早的通商口岸之一，广东海关集中反映了晚清统治者的腐朽和帝国主义的侵略行径，也可以看出清王朝加速走向灭亡的历史必然性。

作者在叙描“做官如做商”的官场伎俩的同时，用更多的笔墨穿插描绘社会情状、日常起居、家庭琐事，有意用生活本身来揭示全书的主题。周庸祐由书吏起家，广置产业，纵情声色，但好景不长，势尽则倾，“转眼田园易主，阅阀非人”，“繁华富贵，必有个尽头”。全书最后，他给马氏的信中说：“使廿年事业，尽付东流，回首当年，如一场春梦。”周氏家族的败落，反映了晚清时期买办、巨绅、上层官僚的某些共同点，表现了晚清社会生活的某些本质方面。具体地说，周氏家族的败落，暗示了二十世纪初的清朝腐朽统治行将崩溃的历史命运。

事实上，作者有意将周氏家族暗喻当时的清王朝。周庸祐暴富之后，更加贪得无厌，他的原配邓氏夫人屡劝无效，被活活气死。续弦马氏夫人和二姨太伍氏成了大家庭中的两大权威，而那些不得宠的姬妾们，也隐然分为两派，明争暗斗。特别是长子应祥是二姨太伍氏庶出，幼子应昌倒是马氏所生的嫡子，马氏与伍氏为争夺继承权多次大闹。由于马氏专横精明、刻薄骄悍，伍氏败下阵来，气恼吐血而死。如果我们联系当时清室宫廷斗争情况，那么，周氏家族的象征意味就很明显了。又如书末有咏马氏诗是这样的：

势埒皇妃归有名，檀床宝镜梦初醒。

妒工欲杀偏房宠，兴尽翻怜大厦倾。

……

骄奢且足倾人国，况复晨鸡只牝鸣。

这里用了“牝鸡司晨”的典故，牝鸡就是母鸡，这是说母鸡不能打鸣报晓，正如马氏独断家政，骄横妒悍，加速了周氏家族的败落。这首诗是符合小说所刻画的马氏形象的，但我们也不难联想到，清王朝不也正是西太后独断政事，倒行逆施，导致了“倾人国”、“大厦倾”的结局吗？在晚清小说中，用一个家族暗喻、象征汉民族或清王朝，是很流行的常用的手法。

周庸祐的形象也刻画得相当成功。

“一条光棍起平空”。周庸祐从一个光棍无赖，挑了一担破烂行李进广州投靠舅父，却青云直上，成了广东首富，升任三品京卿、出使大臣。这个形象打上了半殖民地、半封建社会的鲜明烙印，是这个行将崩溃的社会的产儿，极富时代色彩。他不是科举出身的“名士官僚”，不是阀阅世家的纨绔子弟，也不是八旗子弟。在他身上，集中体现了帝国主义的买办手段和封建社会的官场伎俩的结合，具有投机性、冒险性和聚敛财富的疯狂性。他的贪污贿赂和混迹上层官场的卑劣行径，当然是封建末世的统治阶级的普遍现象。例如，海关大臣晋祥死后，他勾引晋祥之妾香屏，夺占晋祥的巨额家产，然后把香屏一脚踢开，显出他如何狠毒而工于心计；又如，他的舅父傅成原任库书，他只是个帮手，当传出总督要查海关账目时，傅成去香港暂避，他却落井下石，乘机夺占了傅成的库书职位，显出他如何六亲不认、恩将仇报。再如，他的豪奢荒淫是惊人的，但当八国联军入侵后天津发生灾荒，慈善机构向他募捐时，他竟十分吝啬，时人给他一个“一毛不拔”的混名。这一切，当然是封建社会剥削阶级的本性所决定的。

但是，周庸祐这个形象的重要意义，在于他是中国最早的一批买办化官僚的典型。近代广东大买办周东生是周庸祐的原型。周庸祐不是封建社会一般的贪官污吏，从他的思想行为到生活方式来看，是一个半殖民地半封建社会中的帝国主义的买办。他把聚敛的财物，一方面疯狂地挥霍，一方面又在香港购置产业、买洋行的股票，当抄家时，两广总督也对他无可奈何。他住宅的陈设也是西洋化的，甚至有当时广州未尝见过的“电气风扇”等最时髦的洋玩意儿。他向洋人献媚，声称自己受洋人“保护”。当八国联军入侵，天津地区发生严重饥荒时，小说这样描写：

(周庸祐) 问道：“现时助款，以何人为多？”就中一位是姓梁的答道：“这都是随缘乐助……总求大人这里踊跃些便是。”周庸祐道：“天津离这里还远得很，却要广东来赈济，却是何故？”姓梁的道：“我们善堂是不分畛域的，往时各省有了灾荒，没一处不去赈济；何况天津这场灾难，实在利害，所以各处都踊跃助款……可见天津灾情的紧要，何况大人是广东有名的富户。怕拿了笔在手一题，将来管教千万人赶不上！”说了这一场话，在姓梁的本意，志在感动周庸祐，捐助多些。只周庸祐哪有心来听这话？待姓梁的说完，就顺笔题起来写道：“周栋臣助银五十元。”那姓梁的看了，暗忖：他是大大的富户，视钱财如粪土的，如何这些好事，他仅助五十元？实在料不到。想了要再说几句，只是他仅助五十元，便说千言万语，也是没用，便愤然道：“今儿惊动大人，实不好意思，且又要大人捐了五十元之多，可算得‘慷慨’两个字。但闻大人前助南非洲的饥荒，也捐了五千元。助外人的尚且如此，何以助自己中国的，却区区数十，究竟何故？”周庸祐听了，心中怒道：“俺在香港的时候，多过在羊城的时候。我是向受外人保护的，难怪我要帮助外人！且南非洲与香港同是英国的属地，我自然捐助多些。若中国没什么是益我的。且捐多捐少，由我主意，你怎能强得我来？”说罢，拂袖转回后面去了。姓梁的冷笑了一会儿，对骆子棠道：“他前儿做过参赞，又升四品京堂，难道不是中国的不成？且问他有这几百万的家财，可是在中国得的，还是在外国得的？纵不说这话，哪有助外人还紧要过助自己本国的道理？也这般没思想，说多究亦何用？”便起身向骆子棠说一声“有罪”，竟自出门去了。正是：虏但守财挥霍易，人非任侠报施难！（《廿载繁华梦》第二十八回）

这里描写周庸祐公然站在侵略者一边，甘当洋奴，不以为耻，反以为荣。这个形象，对于我们认识近代中国买办化的官僚阶层是很有意义的。作者通过揭露、鞭挞这个人物，唤起读者的爱国热情，宣传反清革命思想，确实是很有战斗性的。

《廿载繁华梦》在写法上有意模仿《红楼梦》，着重于日常起居、人情物理、家庭纠葛的描摹，通过一个家族的盛衰，寄寓清王朝必将灭亡的历史命运。周氏出身卑微，陡为三品京卿，广东首富，广东海关作为清廷聚敛财富、搜刮金宝的官署，与曹氏家族及江宁织造相类。周府盛极一时，荣华富贵二十年，最后被籍没抄家，在情节结构上与《红楼梦》相似。叙描妻妾争宠、嫡庶矛盾和家庭琐事，也刻意仿效《红楼梦》的情节。在人物刻画方面，马氏就是一个活脱脱的王熙凤。至于有些细节描写和场面描写，也大有《红楼梦》的笔意。当然，这部小说并未一味效颦。作者通过家庭琐事反映晚清政治，有着进步的思想倾向，取得了相当的成功。革命党人冯自由回忆说："世仲为撰《廿载繁华梦》小说，书中演述富绅周某宦途及家庭琐事，绘声绘影，极尽能事，大受社会欣赏。在清季出版之社会小说名著中，此书实为巨擘。"（冯自由《革命逸史》第二集《〈洪秀全演义〉作者黄世仲》。此文是有关黄小配生平的重要资料）

《宦海潮》

这部小说在1907年的《中外小说林》连载过几回，1908年由香港《世界公益报》排印单行本，共三十二回，标明"广东近事小说"。小说的主人公是广东南海县张任磐，实际上是影射清末外交官张荫桓（1837–1900年）。张荫桓字樵野，广东南海人，曾在清政府总理各国事务衙门任职，1885年任出使美国、西班牙、秘鲁三国大臣，1890年回国后任户部左侍郎，戊戌政变时倾向变法维新，政变失败后被充军新疆，1900年被杀。小说叙描张任磐一生的宦海浮沉，与张荫桓的经历大体吻合。

张任磐幼年时有"神童"之称，可是到二十岁，连一个秀才也没有考中，成了市井无赖。他的父亲经营商业，叫他与姻亲利宗岳一起进京，参加北闱乡试。利中岳结交了清室贵族，打通主考汪鸿藻的关节，中副榜，又捐得道员，分发山东试用。任磐名落孙山，回佛山原籍，设私塾教学生，没有人就读；挂牌行医，又医死人命，竟至游荡街头，"家庭视同陌路，世人以白眼相加"。后来勾结地方恶霸，用县丞的名义横行乡里，无恶不作，被上司惩革了。在走投无路之际，得知利宗岳已任山东道台兼盐运使，由妓女银屏资助，他就投奔宗岳。经过上海，他又诈骗了上海钱庄三千元。到了山东，结交了巡抚衙门的师爷钱东若，熟悉了做官的诀窍。当时山东巡抚丁朝干喜下棋，任磐由利宗岳引荐，与丁朝干巡抚对奕，深得欢心，巡抚为他加捐了三品衔候补道。当时山东的一些候补人员见他与巡抚关系密切，纷纷向他贿赂，他就依势弄权，财源不断。

清廷派曾文泽出使俄国，巡抚丁朝干保荐张任磐任参赞。利宗岳办莒州铁矿，由任磐游说曾文泽，出面借了洋债四十万。利宗岳大肆挥霍浪费，盲目投资，一年后莒州矿破产，张任磐又说服北洋总督李龙翔，由清廷代还洋债。任磐青云直上，补授津海关道肥缺，用贪污得来的巨款购买历代名人书画和玩器，结交京中翁副相等权要，作为自己的羽翼。他成了三品京卿，署理长芦盐运使，黄河决口时又办理河工，不择手段骗取嘉奖，李龙翔反而称他“讲外交、办工程，可称奇才”，升任出使美国、西班牙、秘鲁三国大臣。

任磐出国履任，经香港时绕道回本籍，衣锦还乡，大肆炫耀。登轮到达美国旧金山，在海关受到种种歧视和侮辱。他在美国受理华侨受迫害的许多案件，竟一件也没有结果。小说又插叙北京上层官场丑闻，表现当时国势贫弱，是外交失败、丧权辱国的原因。他在美国三年，订立了新条约限制华工到美国，处理美国残害华侨案件软弱无能，被调回国内。他回到上海，窃取了别人的名画，向李龙翔献媚，又升任户部右侍郎。甲午中日海战，中国战败，他出任议和大臣，受到日本人侮辱。他的儿子张海成，依仗权势横行乡里，把持官讼，陷入入狱，被任满回国的驻俄、德公使洪云斥责。他由此嫉恨洪云，不顾十载交情，指使他人诬告洪云的“卖国之罪”，使洪云落职。

自戊戌变法至庚子事变，是张任磐失势、败死的过程。他结交戊戌变法的核心人物康尚言（影射康有为），参与了变法活动。政变失败，直隶总督凌朝禄奏请查办任磐。任磐用私蓄三十万贿赂查办的人，幸免于难。当时朝廷借外债赔偿日本的所谓“战争赔款”，由任磐经手，从中贪污百万，结果是一场灾难反而使他成为富翁。后来官场上层派系争斗，任磐的儿子张海成仗势招摇，凌朝禄向慈禧太后告发了他，于是他被作为“康逆密友”严办，革职发配新疆，翁副相等羽翼也失势了。他在新疆两年，八国联军入侵，他又以为时机来到，要求担任“议和大臣”，结果被慈禧太后“顽固党”以“私通俄人，图谋不轨”的罪名杀掉了。

这部小说的情节生动，思想内容也相当丰富、深刻。全书从张任磐少年时代写起，反映鸦片战争以后至庚子事变的广州、上海、香港等地的生活场景，还写到北京上层官场、对外交涉和外国风物。作者的意图很明显：前半部通过张任磐由市井无赖爬上出使三国大臣高位的发迹经过，重点表现晚清政治的黑暗腐败，如办案子要索贿，用赃款买官，清廷权臣夜郎自大、卖国求荣，从朝廷到地方上的官员无知昏聩等等；小说的后半部，通过张任磐出使美国的经历，用西方的物质文明对比中国的落后，用西方国家的“开明政体”对比清朝的封建专制统治，用西方的先进科学技术映衬清廷大臣沉湎声色、把玩古董、讲求八股文，用对外交涉失败表现中国贫弱挨打。可以看出，作者有意识地把上层官场与外交失败反复穿插叙描，在对比中表现小说的主题。例如，小说描写西方国家正在“考求工艺”（即重视发展科学技术）之时，接着描写京中大臣，有的以诗酒唱酬为要务，有的醉心于搜求书画古董，有的一头钻进“公羊学”之类的故纸堆中，这就在对比中揭示了中国落后贫弱的一个原因。张任磐在美国交涉“华工禁约”失败后叹道：“外交情势全靠自己国家里头兵力强盛，犹易增胜。”书中还借一个老华侨之口说：“只恼我们中国做官的没点子心肝……任令外人鱼肉。”小说揭露慈禧太后、凌朝禄（影射荣禄）等“顽固派”食古不化、盲目排外，对“洋务派”李龙翔（影射李鸿章）开矿办厂、练新兵修炮台的种种弊端也尽情嘲弄。

作者以资产阶级革命派的眼光，叙描了一系列的重大历史事件和重要人物，在当时来说，称得上立意警策，见解高远。很明显，作者对当时各派政治力量的叙描，意在宣传资产阶级革命派的政治主张，这就是：仿效西方国家的“开明政体”，反对封建专制，“考求工艺”即大力发展先进的科学技术，建立与西方列强平等互利的关系等等。至于这条救国道路是否行得通，历史早已作出了结论。

可是，这部小说对历史事件和当时各派政治力量的叙描并不是完全准确的。这主要有两点：一是对义和团的评价。义和团运动阻止了帝国主义瓜分中国的梦想，历史功绩不可磨灭，但小说描写“顽固派”假手义和团滥杀洋人，嘲笑义和团用符咒“邪术”对付八国联军的枪炮等。二是对戊戌变法的经过及其核心人物的描写，把康有为贬斥为“大言欺人”的“伪圣人”，把百日维新写成一场闹剧。现在看来，这些叙描是片面的、不准确的，但是，当时康有为已经变为保皇派，革命派与保皇派展开了大论战，作者的这些叙描也就可以理解的了。

小说主人公张任磐是一个塑造得相当成功的人物形象。这个市井光棍是怎样爬上显赫高位的？这里展现了那个可悲可鄙的社会政治环境。他千方百计地采取种种无耻行径，求得升官发财。他投上司所好：上司喜奕棋，他就陪着下棋；上司搜罗字画，他就去偷来、骗来献媚；上司爱钱财，他就用钱行贿。他投机钻营，欺上瞒下，不择手段。例如，他奉命修理大沽炮台，侵吞了工程款，当北洋大臣李龙翔前来检查时，竟命人用硬纸糊住炮台，涂上黑漆，不仅蒙混过关，而且受到嘉奖。一旦大权在握，他就接受馈赠，收取“门包”，贪得无厌。这一切，都相当深刻地揭示了这个封建官僚的丑恶本质。在作者笔下，张任磐还是一个性格比较复杂的人物，他的性格是有发展变化的。当他奉命出使美国时，受尽了美国官员的种种非礼和侮辱，目睹了华侨受到残害的悲惨遭遇，就力争维护国格，也进行了一些保护华侨利益的外交活动；当他前往西班牙时，见到被掠夺去陈列在巴黎博物院的中国珍宝就很痛心；他欣羡西方的“开明政体”，主张维新改良，使中国与西方列强平起平坐。这一切，与那些守旧的“天朝自大”的封建官僚有所区别。

这部小说的前面，还有作者的序文一篇，《凡例》十四则，其中有两点对于我们理解人物性格塑造和表现手法很有帮助。一是作者反对“褒贬过于渲染”，就是说，不要把人物写得好人完全是好、坏人完全是坏，所以把张任磐塑造成一个性格比较复杂的人物。二是作者主张以人情世故、世态炎凉作为反映历史重大事件的“大主脑”，就是说，这部小说虽然主要是反映洋务运动、甲午战争、戊戌变法、八国联军入侵等重大历史事件的，但侧重于描摹人情世故、世态炎凉，通过日常生活场景描写、细节描写和心理描写来表现世态人情。如第三十一回写张任磐被逮捕时情形：

及行至总署门首，那侍卫官即传声道：“请大人便服!”张任磐一听，已知革职是定了的，还怕革职之后，更要斩首。那时所有残魂剩魄都飞到爪哇国去了，连行也行不动，慌忙问那侍卫道：“谕旨里头有‘菜市口’三字否呢?”那侍卫官答道：“谕旨上怎么说，我也不知，亦不敢泄漏，大人到相府便知。”那任磐听了，更为慌乱。原来京中杀人必在菜市口，任磐恐要斩首，故问有无“菜市口”三字，就是这个原故。当下任磐听得那侍卫官之语，以为谕旨中必有“菜市口”三字，不过他不敢泄漏而已，因此慌乱更甚，也吊下泪来。侍卫连催几声“便服”，任磐手足也不能动，几乎倒在地上。只有两跟人随着，一人插着任磐，一人替任磐易服。总署内各人见了，也为叹息。即卸去翎顶，脱下一品袍服，在随行衣箱取出常衣，替他穿好。那时任磐已面如死灰，像死去了一半……任磐又问那侍卫道：“谕旨上真没有‘菜市口’字样么?”那侍卫官也不说，只把头略点。任磐听罢，心上觉为一宽，自忖：虽然革职，惟此身尚在，凭着一副口舌，这一身本领，不难再运动开复。正想象间，已到凌府前……这时更无一人敢替张任磐递折分辩，便是爵相李龙翔也不敢与他出头；即从前奔走任磐门下，慕他声势赫奕，冀黄缘竞进的，到这时惧“党祸”牵连，亦缩埋头脑，不特不为设法释解，连狱中也不敢进去问候。真是世态炎凉，人情冷暖，倏忽盛衰，爱憎顿变。那任磐寥坐狱中，已有旬日，即是起解之期……

这里写张任磐因参与“百日维新”活动，顽固派用“党案”将他逮捕的情形。

严办维新变法人士的所谓"党案"是一件大事,也是张任磐宦海浮沉的终结,但作者并不详叙"党案"本身,而是着力表现人情世故、世态炎凉,心理描写和细节描写也就相当精彩。这是黄小配历史小说的一大特色,也体现了近代小说在技法上的进步。

《大马扁》

这部小说是直接反击康有为保皇派在海外活动的，所以小说开头就说："谁想今日还有人抱一个皇帝是当奇货可居的。"1906 年清廷提出所谓"预备立宪"，由康有为支持、梁启超出面发起组织"帝国宪政会"，随后，1907 年又在东京组织"政闻社"，主张君主立宪，反对革命。他们在海外著书、写文章，大肆宣传保皇主张，以至有些海外华侨"耗财破家有所不恤"，资助康、梁的活动（见小说的吾庐主人梭功氏序）。当时的日本，正是保皇派与革命派论战的主战场。由此可见，《大马扁》1908 年在日本东京三光堂排印出版，是很有针对性的。本书共十六回，收入阿英《晚清文学丛钞·小说三卷》下册。

怎样抵消康有为在海外华侨中的影响？小说作者采用撕下康有为的"画皮"、揭康有为"老底"的办法，把康有为流亡海外以前的言行尽量丑化，塑造出一个可鄙的"马骗"形象，从而揭穿康有为在海外的宣传骗局。

小说从康有为家世、幼年一直写到戊戌政变失败，流亡日本为止。他青年时从师求学，顽劣放荡，但平时"装起道学"。他自称是不屑求取功名的"康布衣"，却又投机取巧，参加北闱乡试。名落孙山，又结交翰林缪寄萍，赚骗了缪著《新学伪经辨》，回到广东。后来缪寄萍死了，就把这部著作窃为己有，改名《新学伪经考》付印。从此他博得虚名，收了陈千秋、梁启超等十余人为徒弟。他在学生面前伪装朴实严谨，实际上是个"无行荡子"。在广东考中举人之后，到北京会试落榜，这时中日甲午战争爆发，他因无颜回广东，就想"博个虚名"，发起"公车上书"，不过是些老生常谈，只有一些"好名之徒"附会签名。他热心富贵，以为自己会被重用了，岂料朝廷不予理会，只得回到广东万木草堂。后因剽窃他人著作被粤督查办，他费尽人事，方才了结。眼看功名富贵无望，"圣人"做不成，在十分失意之时，他就写信给孙中山，想投机革命。孙中山识破他"宗旨无定"，不信任他，于是他挟私报复，攻击孙中山和革命党。后来他参加会试，中了进士，就结交朝廷权要，大谈西法。他看了几部翻译的新书，就想当政治家，由大臣保荐，参加了戊戌政变。在政变过程中，他纵横捭阖，欺骗拉拢京官，排除异己，又想借光绪帝除掉慈禧太后，欺骗、蒙蔽谭嗣同上当。他把光绪帝的“密诏”隐藏起来，重新伪造了一个所谓“密诏”，假传圣旨。政变失败，他陷亲弟同党于死地，只身逃命。因他与孙中山通信伪装革命，孙中山派日本人把他救到日本领事馆，又把他当作货物由轮船运往日本。其他政变参与者惨遭慈禧太后的迫害，都大骂康有为“没心肝”。康有为愚弄光绪帝，陷同党于死罪，自己却在日本寻欢作乐。日本政界要人犬养毅设宴款待他，席间，他调戏侍女，丑态百出。因为他在日本招摇撞骗，又因“密诏”的谎言被识破，于是日本警方把他驱逐出境。

这部小说集中叙描康有为这个“伪圣人”出国前的历史，特别是对他贪图功名、不学无术、剽窃他人著作、私生活糜烂、戊戌变法中的欺骗手段和投机行为等等，作了尽情暴露。如果联系当时的政治背景来看，这部小说是直接攻击康有为在海外的保皇宣传的，有意把康有为写成“招摇海外”的“棍骗”，正如小说开篇一首七律所说的：

保国保皇都是假，为贤为圣总相欺。

当然，黄小配笔下的康有为形象，并不是完全真实的，甚至把其他人的许多丑事集中到康有为身上了，但凭着作者娴熟的写作技巧，倒是写得和谐统一，描摹生动，充满机趣。

康有为百无一能，平生只有三件本领，这就是“酒、色、谎”。他狎妓酗酒，一生在“花酒”中流连。他的性格的基本特征是一个“谎”字：虚伪狡诈，自欺欺人，招摇撞骗，贪财好利，投机钻营，以“谎”字起家，也以“谎”字败露，所以是一个最大的马骗、无赖、恶徒。写他善于伪装，明明是热衷功名利禄，却自称“康布衣”；明明一肚子男盗女娼，却能“勉强忍耐”；明明不学无术，却要言必称“新学”，博得朝中大员的赏识。他表面上装作“抱道自重”，私下却说：“人生求名博利，第一是讲文字，第二是讲口舌。”总之，作者极力把康有为塑造成“外作圣贤，内实荡子”的可鄙形象。

除了在生活方面、道德品质方面叙描康有为的“马骗术”外，更在政治方面暴露他的棍骗伎俩。全书着重从“公车上书”、与孙中山交往和戊戌政变这三方面加以表现。出于宣传资产阶级革命派观点的需要，作者对这些政治事件及其康有为的作用是一概否定的。如“公车上书”，“因会试已经落第，自觉没面目回去，尽要博个虚名才好”。上书内容如变法图强等都是“套话”，清廷“只当一个混账东西说疯话”。他“热心富贵”，巴望自己被重用，结果是一场扫兴。他见投靠清廷落空，就“改变宗旨”投机革命，又被识破，就恼羞成怒，挟私报复孙中山。至于他在戊戌政变中的表现，更是翻手为云，覆手为雨，愚弄光绪帝，把“戊戌六君子”蒙在鼓里。谭嗣同是全书唯一的正面人物，是一个革命派，最后醒悟到康有为声称“联络革命党起事”，催促自己火速入京是一场骗局，就骂康有为是“没心肝”、“没头脑的混账东西”。

应该说，作者是在以小说为武器，宣传革命派的政治主张，瓦解康有为在海外的“保皇立宪”宣传，因而康有为的形象与历史事实是有距离的。且不说“公车上书”、戊戌变法在当时有进步性，就是书中的不少情节也纯属虚构。举例来说，康有为在上海“逃妓债”被捉住，当众出丑，乃是《宦海潮》中张任磐的事；又如，康有为剽窃他人著作，则是李伯元的《文明小史》(1903 年) 中梁启超的事。可是，康有为的“马骗”形象毕竟是鲜明、生动的，作者以他特有的犀利、跳脱的文笔，惟妙惟肖地画出了一个无赖恶徒的嘴脸。如第四回写康有为赴宴，先是巴结五品御史余知各，接着向陪酒的妓女自吹自擂情形：

各妓有向他请教尊姓的，那康有为道：“我离家便是太原公子，归家便是南海圣人，我自姓康，你不听得康南海姓字么？”时妓中有名花凤林的笑道：“你是康南海吗？广东还有个李北海，你识得他没有？”有为道：“我哪里识得他！他只是个强盗。”凤林又道：“方今强盗还多哩。但老爷说是南海姓康的，又说太原公子，那太原便是姓王了。”康有为方欲再言，那花小宝又插口道：“古称东海有圣人，今南海亦有圣人么？”花凤林道：“南海还有洪圣大王呢！”那两妓几句诙谐话，弄得康有为无言可答。花小宝徐徐又道：“你若要做圣人，就不该自称。往时孔子也没有称自己系圣人……”

这里写康有为不学无术，鄙陋可笑，却自称“圣人”，恬不知耻，被挖苦、嘲弄了一番。人物对话诙谐，在辛辣的嘲讽中充满机趣，又活画出一个“马骗”的灵魂。《大马扁》改变了传统历史小说以叙述故事为主的写法，侧重于刻画人物性格，描写的成分增多，这也显示了近代小说在技法上的进步。

《宦海升沉录》

这部小说以袁世凯混迹官场至被迫下野的历史为主干线索，从甲午战争前夕写到光绪、慈禧去世十余年历史。这是一段凄风苦雨的历史。帝国主义列强掀起了第二次瓜分中国的狂潮，事变迭起，清廷则屡屡屈膝求和，以求苟延残喘。在这十余年间，改良主义运动兴起，这个运动的政治实践就是

“百日维新”；以孙中山为首的革命派进行推翻清王朝的活动日益发展。作者创作这部小说时，正是康、梁为首的保皇派与革命派大论战的时候。小说写到1909年初袁世凯被迫下野为止，而此年即由香港《实报》馆出版了，可见创作速度之快。

袁世凯出身于“中兴功臣”世家，捐得道员资格后，去天津谒见北洋大臣李鸿章，因善于应对，深得李鸿章欢心，充当幕宾。当时日、朝签订条约，日本单方面承认朝鲜独立。清廷商讨对策，李鸿章派袁世凯进京参加会议。袁世凯在京中广识翁同龢等名士官僚，结交成亲王等王公大臣。他在朝廷中初露头角，受到赏识，被荐为驻韩商务委员。不久，朝鲜东学党起事，他根据日、清共同护朝条约，力劝朝鲜国王派使节到清廷请求出兵平乱。朝鲜使节到天津，李鸿章就遣淮军进驻牙山，两艘兵舰开赴仁川，与日本军队一起平定东学党之乱。接着，日本军队向清军挑衅，中、日驻军发生了冲突。袁世凯多次发急电告急，李鸿章的女婿、电报局总办张佩纶害怕中日开战，将电文篡改，使李鸿章以为情势缓和，没有发大兵增援。后来清军战败，李鸿章反而电告袁世凯，责备他没有及时报告军情。这次甲午中日战争，中国因延误战机惨败，清廷派李鸿章父子赴日求和，赔款二万万两，割让台湾。袁世凯化装躲进外国轮船，从朝鲜归报真相，张佩纶被论罪，李鸿章也卸去北洋大权。慈禧的内侄荣禄接任北洋大臣，受命筹款练兵，由袁世凯训练新军。袁聘请洋教习，用新法练兵，大见成效，深得荣禄信任。

戊戌政变时，康无谓（康有为）拉拢袁世凯，光绪帝也召见袁世凯，他也表示愿意效忠。当康无谓促袁世凯带兵包围慈禧住地颐和园时，他表面上敷衍答应，却立即到天津向荣禄告密。慈禧得到密报，就发谕捉拿康无谓等人，政变失败。袁世凯遭到顽固派徐桐、刚毅等大臣中伤，但受慈禧信任，免遭陷害。他又曾营救过参与变法的张荫桓等人。

义和团运动时，袁世凯始终反对端王、刚毅、毓贤等人利用义和团，并将端王、刚毅等人“蓄异志”的阴谋向荣禄密告，慈禧就调袁世凯任山东巡抚，力剿义和团。八国联军攻入北京，慈禧出逃，李鸿章与各国议和，赔巨款，惩治端王、刚毅等人。第二年，慈禧回京，袁世凯因功得“宫保”衔，又受命在山东训练新军。荣禄临终时推荐袁世凯任直隶总督兼北洋大臣，袁世凯登相位，权力达到顶峰。

李鸿章与沙俄签订密约，俄国军队遍驻东三省。中俄联盟的消息传到日本，留日学生宣言“拒俄”，组织义勇队，并派两人回国。清廷以为这些留学生借拒俄兴革命，下令逮捕，袁世凯却对他们亲切接待，用亲笔信担保没有中俄联盟密约，使拒俄义勇队渐渐平息。刺客贾炳仁刺杀袁世凯时被擒，袁世凯也不加惩治，表白没有中俄密约，并赠款劝他离开天津。沙俄加紧侵略东三省，日本就通牒沙俄退兵，日俄战争爆发。清廷采纳袁世凯严守“中立”的意见，屈从日本的要求，划辽河以东为战区。战后，袁世凯立首功，得赏太子少保衔。

此时庆王当政，实行“新政”。袁世凯结交庆王，实行一系列新政措施，如从英国人手中争回开平煤矿开采权，收回电报局，又将官商合办的上海招商局加以接管。再加上他与“谋反党人”张惠和留日学生的关系，引起清朝宗室和守旧派的猜疑，旧派满洲群臣如铁良、淳王载沣等要谋害他。庆王派儿子到天津慰问袁世凯，天津警局段芝贵为了升官，借债买了名妓杨翠喜献给庆王之子，后来果然升任吉林巡抚。段芝贵为了还债，延误上任日期，被御史赵启霖告发，庆王要查办，幸得袁世凯袒护，朝廷只把段芝贵撤职了结。袁世凯因这件事受到朝廷守旧派攻击，又多次受清朝宗室和满洲大臣排挤，就请求辞去一切职务，交出四镇兵权，只留两镇兵自带。慈禧太后也觉得袁世凯权力太大，就把袁世凯内调入京，进军机处，与庆王共事。袁世凯五十大寿时，群臣齐贺，又被守旧派攻击为“结党揽权”，在气愤中跌伤右脚。

光绪帝、慈禧太后相继去世，庆王也被排挤出京。淳王长子溥仪继帝位，满族大臣铁良、荣庆等密谋新太后垂帘听政，却诬告是袁世凯密请新太后垂帘听政的。淳王不了解内情，立批同意袁世凯辞职，后来得知真相，后悔莫及。袁世凯见大势已去，不顾朝廷官员挽留，以为时局败坏无可挽回，多次受满族大员排挤，就独辞庆王，回老家项城，誓不复出。

作者以资产阶级革命派的观点和眼光，回顾、剖析以往十余年间的重大军事、政治、外交事件，如中日甲午战争、戊戌维新、义和团运动、中俄问题、日俄战争、向英借款等，这些事件都与袁世凯有关。这部小说的思想倾向，有两点值得注意：首先是充盈着炽烈的爱国主义感情。小说写到帝国主义的侵略，如派兵侵入中国、瓜分中国土地、索取巨额战争赔款、订不平等条约，在经济上以苛刻条件向中国贷款、抢夺铁路投资等等。他对清廷大员在内外交困的危机面前进退失据、腐败无能，加以无情的揭露，并猛烈抨击清廷守旧的顽固党。其次是特别侧重于当时的满汉之争，即清室满族王公大臣对汉人大臣的防范和排斥。与同时期的暴露官场的小说比较，一般的谴责小说重在暴露官场伎俩和官僚生活的丑态，而这部小说则侧重于军事、政治事件的态度和处置方式，袁世凯的形象也比较复杂。

那么，作者为什么要着重描写“满汉之争”呢？这是出于宣传反清革命的目的。以孙中山为首的革命派以“反满”作为奋斗的主要目标，所以当时的“种族革命小说”往往宣传“满汉界限”，表现“排满”倾向，来鼓动读者的革命情绪。正因如此，这部小说侧重表现满族大员对袁世凯担任北洋大臣、握有军权的猜忌和排挤，描写袁世凯这样有能力的、能控制局势的汉人官员不能被满族官员所容忍，最后被迫下野。可见，这样的侧重点对于宣传“赶走满洲皇帝”，确实是有鼓动性的。

袁世凯的形象值得注意。这是一个性格比较复杂的人物：一方面，他投机钻营、处事圆滑、玩弄权术、两面三刀，有一套政客手腕；另一方面，他有魄力、胆识和学问，处变不惊，能笼络人心，善于权衡轻重利弊。晚清一些谴责小说作家写官僚，往往写他们混迹官场的伎俩，以及贪财好货、荒淫无耻之类，而本书却突出袁世凯在政治、军事、外交方面的才干，写他在处理政务时游刃有余，写他周旋于满、汉大臣之间，最后却成为“新旧之争”、“满汉之争”的牺牲品。现在看起来，作者用的是“反跌法”，就是说：越是表现袁世凯才能、胆识之高，就越能表现清廷守旧的顽固派的愚蠢可笑，也就越能表现满族大臣猜忌、排挤汉人大臣是出于狭隘的私利。

事实上，尽管作者对袁世凯的政治才干有不少渲染夸张，但对这个人物的认识还是比较清醒的。比如说，当时有一些爱国的热血青年，见他是汉人的“能员”，握有军权，对他处事圆滑产生幻想，纷纷写信给他，劝他“反满”，这显然是不切实际的天真想法。小说第十五回写道，如果袁世凯掌握了政权，也将是专制政权的“独夫”。小说还这样写道：“便是独立得来，终不脱专制政治，于国民断无幸福，也不想到这层。”看来，作者对袁世凯的施展阴谋的政治手腕和毒辣的伪装欺骗手段是有预见性的，认为反清革命决不能依靠这样的独夫民贼。这部小说出版以后第三年（1912年），袁世凯重新出山，故伎重演，窃取了辛亥革命的胜利果实，甚至“黄袍加身”，可见是被作者不幸而言中了。

该书结构上以袁世凯的宦海升沉为主线，沿着这条粗实的主线，囊括了晚清十余年间的重大事件，描绘了与这些事件有关的上层官僚群，叙事井然，不乏生动的场面描写。如第十二回，沙俄不履行从东北撤军的条约，又传闻中、俄有密约联盟，留日学生组织“拒俄义勇队”，派两个代表回天津，袁世凯亲切接见，设宴款待，席间高谈阔论，一会儿说：“中国人材缺乏，正在需人而用。且自经过甲午、庚子两场战祸，一切军队遇着洋兵，即望风而溃。今两位有此学问，他日学成卒业，学问必更为超卓，将来治军，实是国家之幸！”一会儿又说：“你看鄙人仅练三两镇陆军，尚须聘请外人来做顾问，若中国早见过外人军法的，像两位学得专门，何至借材异地？……还望两位不要自弃，须勉力前程才好！”谈话中有赞赏，有勉励，甚至肯定了他们的爱国热情。当时清廷下令逮捕回国的义勇队员，而袁世凯却以礼相待，显得开明、有雅量，也很有学问，这足见他高强的政治手腕，但也不难看出他的虚伪和欺骗，他的目的是扑灭一个有声势的反清爱国运动。

《宦海升沉录》在演述某些历史事件和塑造袁世凯形象方面，也有不妥当或不准确的地方，但不失为一部有特色的小说，它的革命的进步倾向是主要的。

总体风貌

上面我们评介了黄小配的四部重要作品。这四部作品和《洪秀全演义》，反映了黄小配小说创作的总体风貌。

纵观黄小配的小说创作，他的十多部作品的题材，从鸦片战争开始（《洪秀全演义》即从鸦片战争写起）至辛亥革命（《五日风声》反映辛亥革命当年的黄花岗起义），中国近代史上所有的重大事件，清政府的内政外交，几乎都一一写到，有的作为故事背景，有的则作为小说的重点描写对象。

从黄小配的作品中，我们可以看到十九世纪下半叶至二十世纪初中国社会的情状。他的作品集中叙描广州、上海、天津、香港等沿海城市，描写北京则以上层官场为主。这些地方，正是能集中表现帝国主义的侵略和清政府腐败的地方，也正是无数志士仁人为中国的独立富强而进行斗争的地方。中国逐步沦为半殖民地半封建社会的过程，中国社会经济和阶级关系的变化，在他的作品中也有一定程度的反映。

黄小配站在资产阶级革命派的立场上，审视历史事件及其重要人物，观察当时的社会生活，使他的作品普遍具有一定的进步性，从内容到主题都比较严肃，格调比较高，基本上没有某些晚清小说的卑琐、庸俗的内容。

概括说来，黄小配的小说无沦是“历史”的还是“近事”的，都是为了批判改良保皇主张，服务于反清革命。这些作品的主要思想内容，大致有四个方面：歌颂广大人民反抗清朝专制统治的斗争，宣扬资产阶级民主革命的政治理想，揭露帝国主义的侵略，鞭挞晚清政治的黑暗腐朽和晚清官僚的腐败无能。这四个方面的内容，他的作品几乎都有所涉及，只是侧重点不同罢了。

作为一个历史小说家，黄小配对鸦片战争至辛亥革命半个多世纪的历史作了深刻的反思。他痛感西方列强和沙俄、日本对中国的欺凌，以及清王朝的封建专制造成的落后、愚昧、贫穷；他猛烈抨击清廷大员以至地方官吏疯狂地聚敛财富，使边防废弛，军队装备陈旧，造成接连不断的割地赔款。这方面的作品，除了我们上面评析的四部外，还有《黄粱梦》《镜中影》《广东世家传》《宦海冤魂》《岑春煊》《朝鲜血》等。《黄粱梦》虽然是写乾隆、嘉庆年间满族权臣和珅的，但和珅家族骇人听闻的豪奢，显然是针对现实的；还有《广东世家传》，虽然写广东卢氏、潘氏等世家豪族，但《中国日报》1907 年 10 月刊载的广告中说，描写这些世家大族的盛衰，目的在于“以述古之幽情，为讽时之深意”，具有强烈的现实针对性。

黄小配还有不少作品反映了近代史上志士仁人为了寻求救国救民的真理而进行的斗争，歌颂他们的英雄业绩，总结失败的经验教训，如《洪秀全演义》《陈开演义》《党人碑》《新汉建国志》《十日建国志》《五日风声》等。在近代小说史上，没有第二个作家像黄小配这样，创作如此繁富的作品来正面反映反清斗争。

黄小配的历史小说也有缺点和不足，特别是表现在对戊戌维新和义和团运动的评价方面。毛泽东指出，一百年来，包括戊戌维新，“都是为了反抗外敌，或改革现状”（《青年运动的方向》）的。资产阶级改良派在当时条件下具有一定的进步意义，而当黄小配攻击康、梁的“保皇”主张时，连百日维新也全盘否定了。关于义和团运动，黄小配为了攻击清廷顽固派，着眼于顽固派利用义和团，便称义和团是“邪党”，用“邪术”对付洋枪洋炮，渲染其落后性，没有把握这个声势浩大的反帝爱国运动的主流。

（三）独树一帜的创作风格

独特的创作风格

黄小配不仅创作繁富，而且他的小说在思想和艺术上别具面目，在小说理论方面也很有见地。在近代小说史上，黄小配的小说无论在题材选择还是表现手法方面，都能独树一帜，堪称晚清第一流的革命派小说家。

那么，黄小配小说独树一帜的题材选择标准和创作风格是怎样的呢？从他的小说理论和全部小说作品来看，主要表现为：一是选取重大历史事件中起过重要作用的人物，以真人真事为基础；二是故事情节有粗实的主干，以一人为主，重在写人物的人生际遇和命运，通过一个主要人物的遭遇反映重大的历史事件；三是在揭露、谴责中渗透着进步的理想，贯注着深沉的思考和敏锐的观察力；四是以人情世故、世态炎凉作为全书的“大主脑”，通过日常生活场景描写、细节描写和心理描写来反映世态人情。这四个方面有机地结合在一起，形成了黄小配的独树一帜的创作风格。

这种创作风格，表现为黄小配的作品兼有抉摘社会弊恶的谴责小说、描摹世态情伪的世情小说和演述真人真事的历史演义小说的写法，具有独特的面貌。

按照传统的小说分类，《洪秀全演义》《陈开演义》称为历史演义小说，人们往往把《宦海潮》《廿载繁华梦》《宦海升沉录》等归属于谴责小说一类。其实，黄小配的小说与谴责小说有很大的区别，与同时期的其他革命派小说家的作品也有不同。他自己也认为自己的小说不同于“寻常说部”，乃是兼具历史小说、谴责小说和世情小说的特点。

下面，我们在晚清同时期小说的横向比较中，考察黄小配小说独特的创作风格。

与谴责小说相比较

黄小配小说与同时期改良派的谴责小说相比，虽然笔力上比某些名作稍有逊色，但思想先进、深刻，写法上有所突破，有着不同的特点。

谴责小说是戊戌变法失败以后，到辛亥革命前十年间，一些具有改良主义思想的作家用小说来暴露清政府和各级官吏的腐败无能，抨击时政的弊端，希望改良国家政治、挽救世风的小说流派。这一小说流派的代表作，有大家熟知的所谓“清末四大谴责小说”：李宝嘉（伯元）的《官场现形记》、吴沃尧（趼人）的《二十年目睹之怪现状》、刘鹗的《老残游记》、曾朴的《孽海花》。黄小配的全部小说作品，也正是在谴责小说大盛之时创作的，更能显出两者的不同点：

第一，从思想内容和立意方面看。

谴责小说对晚清的政治、军事、经济、文化等各个领域揭发弊恶，确实对人们认识晚清的社会情状起过很大作用，但往往千篇一律地暴露官场伎俩，停留在指斥、嘲骂时弊之上，流露出留恋往昔，有意无意地攻击革命党人。

所以谴责小说在思想内容方面有着明显的局限性，即使是一些思想和艺术成就较高的作家的作品，也在所难免。如吴趼人的《上海游骖录》反对革命，“一则时势不对，谈革命有败无成；二则革命党人格不高”等等。书中描写的几个革命党人，都是嫖妓赌钱的骗子，政治上的投机者，一味效法洋人而忘了祖宗。刘鹗的《老残游记》第一回，就肆意歪曲革命党人，要把革命党人扔进大海。有的谴责小说格调不高，甚至采取玩世不恭的态度。

黄小配的小说没有停留在暴露谴责上面，而是始终渗透着作者的理想，呼唤资产阶级民主革命的到来。例如，《宦海潮》揭露官场的黑暗，重点则在揭示中国贫弱挨打的原因。作者写张任磐出使美国时亲见西方国家“考求工艺”（即重视科学技术），有意穿插描写京中大臣整天讲论古诗、古画、古玩器，在故纸堆里讨生活，开口就是“公羊学”（用《春秋公羊传》作为议论政治的工具）。

谴责小说感叹世风日下、道德沦丧，要求改良社会或回到过去的时代，而黄小配的小说通过具体情节和人物形象的叙描，展示了一幅未来中国的蓝图：仿效西方国家的“开明政体”，发展先进的科技，建立与西方列强平等互利的通商关系，富国强兵，与西方列强抗衡等等。在《洪秀全演义》中，作者对洪仁玕的《资政新篇》作了新的解释，把太平天国写成“泰西文明政体”的雏型。

与谴责小说相反，黄小配的小说《陈开演义》肯定了天地会首领陈开，《宦海潮》中称赞戊戌六君子之一的谭嗣同的革命思想，《五日风声》以饱含感情的激昂笔调叙描同盟会骨干攻打总督衙门时的浴血奋战，《宦海升沉录》写留日学生的爱国热情。正当梁启超在小说《新中国未来记》（1902年）中鼓吹革命会引起下层社会“混账乱民”的“暴动”，“现在的民德、民智、民力，不但不可以和他讲革命，就是你天天讲，天天跳，这革命也是万不能做到”的时候，黄小配在《洪秀全演义》中热情歌颂了广大人民、特别是贫苦农民参加太平军，反抗清朝残暴统治的斗争。

谴责小说并不否定封建制度本身，暴露的目的在于匡正世风，改良社会，挽救封建社会的“末世”，这就是所谓“专门指摘他们做官的坏处，好叫他们读了知过必改”（李伯元《官场现形记》第十六回）。黄小配的“近事小说”也都揭露时弊．但有着明确的意图——推倒清王朝的封建统治，实现资产阶级民主革命的理想，在揭露中蕴含着积极的主题，有作者进步理想的闪光。这恐怕就是黄小配的小说与一般谴责小说最大的不同点，也是他的小说独特创作风格的体现。

第二，从小说结构方面来看。

采用平面的横式结构，是晚清谴责小说的通例。这就是说，这类小说罗列奇闻怪状和官场丑闻，编成一组组互不关联的故事，所以在结构上像吴敬梓的《儒林外史》，用一段一段的短篇小说连缀起来，拆开来可以各自成篇，合起来成为若断若续的长篇章回体。清末的所谓“四大谴责小说”基本上都采用这种写法，全书没有贯穿始终的故事主干。《二十年目睹之怪现状》虽有“九死一生”这个人物作为线索，把一百八十九件怪现状串连起来，可是这个人物与小说中的事件无关，只是一个冷眼旁观者。后出的《孽海花》似乎以金雯青、傅彩云作为全书的主人公，其实这两个人物也只起贯穿线索的作用，书中叙描的大部分事件还是平行的、互相独立的，金雯青、傅彩云只有在几个事件中算是主要人物，作者自己也承认，《孽海花》和《儒林外史》一样，“同是联缀多数短篇成长篇的方式”（《修改后要说的几句话》）。其他二、三流的谴责小说，在结构方面也往往大同小异。

黄小配的小说都采用纵式结构，他的小说都是反映一个或几个重大历史事件的全过程，书中的主人公都是在重大历史事件中起过重要作用的人物。不仅如此，他的每一部小说都只有一个主要人物，以一人遭际反映一个时期的社会生活进程，以一人的经历反映重大历史事件的始末。如果说一般谴责小说的结构好像一根线串上一些珠子，那么，黄小配的每一部小说都有粗实的主干，围绕一个主要人物叙描，组成有机结构。例如，《廿载繁华梦》主要写广东官场，“是和《官场现形记》同一类型作品”，但是“结构和《官场现形记》不同，写一个整体故事”。（阿英《晚清文学丛抄·小说三卷》的《叙例》）又如，《宦海升沉录》写北京上层官场，叙描“纵的史实”，“以袁氏为全书骨干”，“在组织上，他用了一个很强的干线，沿着干线的发展，写了晚清十余年的中国军事政治”（阿英《晚清小说史》第十一章）。小说从甲午战争写到光绪帝、慈禧太后去世期间的重大事件，各种事件相互联系非常自然，因为都与袁世凯有关。黄小配的其他小说，都有很强的干线，采用纵的史实的结构方法。

这种纵式结构，据黄小配自己说，目的很明确：通过主要人物的一生遭遇和宦海浮沉，通过重大政治军事事件的始末经过，“隐寓国势盛衰之感情”，激发读者的爱国思想，使读者“保种之情可以出”，“保国之念可以生”（黄小配《宦海潮·凡例》）。可见，黄小配坚持小说的题材选择标准，采用纵式结构的写法，是有意识的。

第三，从人物形象塑造方面来看。

今天看来，晚清谴责小说数量可观，其中也有一些上乘之作，但是缺少完整的典型塑造，往往是人物性格单一，形象单纯。例如《老残游记》为了写“清官”比“赃官”更可恨，整部小说就写了玉贤和刚弼这两个不爱钱的响当当的“清官”，但是他们种种“可恨”事实几乎是一样的，无非是滥用酷刑、枉杀良民之类，反复叙述大同小异的案例。更多的谴责小说是用一件或几件怪状、丑闻叙描一个人物，写完了就换成另一个人物——这类小说重点在暴露弊恶，形容怪状，人物形象的塑造反而被忽视了。

黄小配的小说都只以一个主要人物为描写对象，重在写一人的人生际遇和命运，比较注意刻画人物性格，所以人物性格有发展变化，人物形象比较复杂，有的人物形象还写得相当丰满。例如《宦海升沉录》中的袁世凯，《宦海潮》中的张任磐，《廿载繁华梦》中的周庸祐等，都是形象鲜明完整、个性突出的典型人物，这在前面已有比较详细的分析。

当然，晚清谴责小说、特别是“四大谴责小说”自有值得称道之处，笔力也有胜过黄小配的。我们只是通过比较，说明黄小配的小说确实不同于当时盛行的谴责小说，确实具有独树一帜的创作风格。

与其他资产阶级革命派小说相比较

黄小配的小说与同时期的其他资产阶级革命派小说家的小说相比，他的观点大都能渗透在生活画面的具体描绘之中，他善于广泛地、多角度地反映生活本身，着重于人情物理、日常起居、家庭琐事的描写来反映社会重大问题。简单说来，黄小配小说的观点比较隐蔽，也比较符合艺术创作的规律。

用小说作为武器鼓吹改良政治或宣传革命，在当时是一种风气。与黄小配齐名的革命派小说家陈天华，他的有名的小说《狮子吼》鼓吹“排满”革命，激情澎湃，笔锋锐利，但缺点也很明显：词意浅露，基本上是把革命派的政治主张用一个简单故事直接演述出来。署名万古恨的《自由结婚》，更是直接站出来号召组织革命军，制订出四个革命步骤等等。这类作品的情节和细节都比较直露，略无含蓄，如《自由结婚》中的主人公“绝世英雄”黄祸和“绝代佳人”关关，每天结伴上学，一日大雪，关关在一个小丘上打狗，黄祸问她为何要打狗，她说她的表兄一窍不通，甘当洋行买办，正像这只狗一样，所以见狗就要痛打。在这里，作品的思想是由作者直接说出，而不是由小说的情节和场面中自然流露出来的。

黄小配也以小说宣传革命，但他的小说能用接近于生活的故事情节，情节的进展符合生活本身的发展逻辑，塑造出比较完整的人物典型形象。例如《廿载繁华梦》写买办式官僚周庸祐，骄奢淫逸，挥金如土，把大量财产转移到香港，把钱财存入洋行；他自称自己受洋人保护，把巨款捐助给外国，而国内发生严重灾荒，他却拒绝捐助，“一毛不拔”。这个令人憎恶的洋奴买办，是通过人物的发迹经过、官场活动、日常起居乃至家庭琐事来表现的，也就是通过具体情节自然流露出来的，而不是作者耳提面命、直接指示给读者的。比较起来，黄小配的小说用“绘声绘影”的艺术感染力激发读者的爱国感情，确实要比《自由结婚》中作者直接说出“打狗”是指鞭挞洋奴，要高明得多了。

还有一个值得注意的现象，这就是一般革命派小说家为了宣传“新理想”，小说的故事和人物大率出于虚构，想象和幻想的成分比较多。署名“汉国厌世者”的《洗耻记》，写“世外桃源”“不降村”等，显然是幻想式的，象征性的。《自由结婚》写一个国家叫“爱国”，这个国家里有两种人，“一种叫做盗贼，一种叫做奴隶，国家政权都被盗贼霸持”，所以是“盗主国体，贼民政体”。《狮子吼》中的主要人物狄必攘和主干故事也是凭空想象的。另外，这些小说中的人物和情节是理想化的，如两个小学生黄祸和关关，年龄幼小却宣讲革命，小女孩关关的乳母也能宣传革命之道。小说的人物和情节应当虚构，这是不言而喻的，但一些革命派小说家出于宣传革命的需要，虚构的情节和人物往往幻想成分比较多，议论连篇，而贴近社会生活的形象描绘较少，在艺术上存在着明显的不足之处。

也有一部分革命派小说有事实的依据，如署名羽衣女士的《东欧女豪杰》，写俄国虚无党人苏菲亚刺杀沙皇；署名静观子的《六月霜》，写女革命家秋瑾。这类作品毕竟不多，艺术上也不够成熟。

黄小配的小说有意从历史和现实中选材。他的小说作品的题材内容，都是实有其事，实有其人。他所揭露、抨击、谴责的，一律是晚清政治、军事、外交方面的风云人物，再现了这些人物在重大历史事件中的活动和日常生活，寄寓作者的革命思想。作者说：“当环球斗智时代，以若辈当国，安得不危？读者可会其深意。”（《宦海潮·凡例》）他的意思是说，小说中写的腐败官场和昏庸腐朽的官僚，正当“环球斗智时代”，帝国主义不断入侵，世界范围的科学技术迅速发展，而清王朝由这些沉迷在古书、古董里和流连于诗酒中的封建官僚当政，怎么不会危亡?

作者在国际环境的大背景下，通过具体叙描当时一系列丧权辱国的事件，塑造在这些事件中起过重要作用的封建官僚形象，展现当时中国的社会现实，以及帝国主义对中国的军事、经济等方面无孔不入的侵略，把触目惊心的事实摆在读者面前，自然能引发读者的忧患意识，达到宣传反清革命的目的。当时陈天华等革命派的小说在宣传反清革命方面起过很大的宣传鼓动作用，这些小说的内容和采用的形式也出于当时宣传鼓动的需要。例如陈天华的《狮子吼》就是影响很大、在文学史上的地位应当肯定的作品。

我们对黄小配的小说作品与同时期的革命派小说作品进行横向比较，只是从小说这种文学体裁的一般艺术规律来说的。小说是以塑造人物形象、叙述故事情节为主的文学体裁，应当细致而多方面地刻画人物性格，充分地、多方面地展现人物的生活环境，生动而完整地叙述故事情节。从这些方面看来，黄小配比较重视小说创作的艺术规律，因而更有艺术感染力。

独到的小说理论

黄小配的小说理论，阐明了他的创作主张，有一定的针对性，有些还称得上是独到的见解。

在中国小说史上，晚清“是一个最繁荣的时代”，晚清小说形成了“空前繁荣的局面”（阿英《晚清小说史》第一章），而晚清的小说理论也掀起了高潮。以梁启超为代表的资产阶级改良派提倡“小说界革命”，把小说作为改良政治的武器，极力强调小说的社会政治作用。资产阶级革命派也倡导以小说宣传革命，批判改良派，撰写了颇有新见的小说理论文章，也注意到小说的艺术性。今天看来，无论是改良派还是革命派，都强调把小说作为宣传自己政治主张的工具，不同程度地忽视了小说的艺术性。

黄小配在小说的序言、例言和凡例中，正面提出了小说创作主张，涉及到相当广泛的小说理论问题。他在主张小说服务于反清革命的同时，也阐述了小说本身的内部规律。他的小说理论，有一定的针对性，也是他的创作经验的总结，有助于我们理解他的独树一帜的创作风格，所以有必要作一点介绍。至于一些比较专门的小说理论问题，在这里就略去不讲了。

下面，我们选择他的小说理论中的六个方面，作一点简要的说明。

第一，反对褒贬失当。他说：“寻常著书，褒贬过于渲染。或叙一先辱后荣之人物，写其人每视之太高，过为雕琢。”他的意思是，即使是写反面人物，也不能“贬”得过头，力求把握分寸感；刻画正面人物，要真实可信。他的这一观点，显然是针对当时谴责小说的通病的。晚清谴责小说描写官场伎俩和官吏贪酷，往往张大其辞，形容过度，有时给读者以失真的感觉。从总体上说，黄小配的小说除个别作品（如《大马扁》）之外，比较注意克服这种“褒贬过于渲染”的毛病。

第二，注意写出人物性格的复杂性，写出人物性格合乎生活逻辑的发展变化。我国传统小说的人物性格描绘，在人物出场时就预先固定成型，人物性格单一，也缺少发展变化，也就是鲁迅多次指出的“叙好人完全是好，坏人完全是坏”。黄小配的这一重要见解，在《洪秀全演义·例言》中有具体说明。从创作实践来看，《宦海潮》中的张任磐，《宦海升沉录》中的袁世凯，《洪秀全演义》中的洪仁发、杨秀清，乃至清军将领中的一些人物，有的人物性格比较复杂，有的人物性格有发展变化。

第三，主张作者的观点和爱憎感情应“隐寓”于小说的情节、场面之中，让读者自己“会其深意”。黄小配多次说过：他的小说“于描写人情世故之外，隐寓国势盛衰之感情”。他的小说叙描近代史上的重大事件、重要人物，暗示出清王朝的闭关锁国和清廷顽固派官僚因循守旧是导致国势危殆的一个原因。他认为作家的这种思想不必向读者直接提示，而是应在“绘写人情冷暖”之中让读者“悠然发现”，也就是让读者自己领悟。我国古代小说一般采取评述模式，有时作家会在小说中站出来，对情节和人物评述一番，有时还直接指出创作意图和全书主题。黄小配的这一观点，是对古代小说评述模式的突破。

第四，主张小说要分“宾主”，要有“主脑”，也就是要有贯穿始终的主要人物，有连贯主线，有情节主干。对此，他在《宦海潮·凡例》中有详细说明。当时的谴责小说头绪纷繁，人物杂出，杂集种种“话柄”，缺乏连贯主线，没有情节主干，黄小配则提出了不同的创作主张。事实上，他的小说的确是采取人物分宾主、情节有主干的写法。

第五，主张“取材从实”，小说要“从实事上搬演得来”，反对“凭空结构”。这体现了他的小说的取材原则。

第六，主张继承古代小说的艺术传统，又主张打破传统的格局老套，不落窠臼。黄小配在小说前面的序言、例言、凡例中，举实例说明他采用的传统小说技法，如详叙法、欲合仍离法、以文运事、以事成文等等，并高度评价古代优秀小说的艺术传统。另一方面，他对古代“寻常小说”的格局老套加以摒弃。例如，他指出有些小说“多主因果之说”，“每取谶兆，以定书中之格局”。明清小说往往用因果报应安排情节结构，开篇时就把主要事件的结局和主要人物的命运作出明确交代，甚至用某种迷信色彩的“谶兆”暗示全书格局。黄小配认为决定故事的结局、人物命运的归宿不能“杜撰”，而应写出“真相”，他更对古代小说“铺张仙佛鬼神之事”表示不满。又如，他认为有些明清小说“美人名士，动以衣锦荣归、团圆结构者，千首雷同，既庸且俗”，他的小说也事实上冲破了这种传统的结构模式。此外，黄小配对明清小说的正统思想表示大胆否定，像一些历史题材的小说往往“编若者为正统，若者为僭国，若者为伪朝”等等，就是封建统治者的正统思想。

从以上简略介绍可以看出，黄小配的小说理论与当时最进步的政治思想相联系，在内容上突破了明清小说儒家伦理道德的规范，提倡小说为资产阶级民主革命服务，具有进步性、战斗性。当时的一些资产阶级改良派小说家和有的资产阶级革命派小说家，把小说的社会政治作用提到了不恰当的高度，忽视了小说的本质特征，梁启超在 1902 年还认为小说“有不可思议之力”，“欲新政治必新小说”，“故今日要改良群治，必自小说界革命始；欲新民，必自新小说始”（《论小说与政治之关系》），这就把文学和社会生活的关系也倒置了。梁启超等人为了提倡“小说界革命”，还过多地否定古代小说的艺术传统。黄小配则不然。他的小说理论着重于小说本身的内部规律、特别是小说技法的阐述，主张在继承古代小说优良传统的基础上创新。同时，他的小说理论是他的创作经验的总结，是他的独特创作风格的具体解释，所以很值得我们珍视。

在晚清时期，随着西方小说的翻译介绍，西方小说的技法也渐渐被引入中国；同时，小说要表现新的内容，也要求有新的描写手段。因此，晚清小说正酝酿着传统型小说向现代型小说的转变，开始了中西小说技法的融会。黄小配的小说理论反映了从近代到现代的小说自身发展中的某些轨迹，可以看出晚清小说在传统型向“五四”以后现代型小说过渡中的桥梁作用。关于这方面，我们在具体分析黄小配的小说作品时已经谈到，这里不再重复。

黄小配的小说理论也存在着明显的局限和不足。最明显的一点，他过于强调“取材从实”，在《宦海潮》的“凡例”中，还强调书中所叙主人公张任磐的一生“无一事无来历”，忽视对现实生活的典型概括。今天我们从他创作的十多部中、长篇小说中可以看到，他塑造了众多的人物形象，其中有些人物个性突出，令读者难忘，但也带有晚清小说普遍存在的根本性缺陷：在小说中罗列事实，忽视对现实生活的典型概括，缺少个别与一般、现象与本质统一的，具有高度概括力的典型人物形象。这个问题比较复杂，造成这种现象的原因也是多方面的，我们不可能在这里详加探讨。总之，黄小配的小说理论是时代的产物，但他站在时代的前列，提出了一些独到的见解，体现了独树一帜的创作风格，因而他的小说也不愧是晚清小说百花园中的一枝奇葩。

二　太平天国革命的颂歌

黄小配的《洪秀全演义》是近代小说史上一部富有革命性的优秀的历史演义小说。

《洪秀全演义》最初连载于1905年的《有所谓报》和1906年的《香港少年报》。1908年香港《中国日报》印行单行本，以后版本很多。书前有章炳麟（太炎）1906年9月的序言，还有作者的自序和“例言”二十二条。今天我们见到的版本，从太平天国革命的酝酿发动写起，到走向高潮以至转入守势，止于五十四回。

在黄小配所创作的小说作品中，《洪秀全演义》是一部经过长期酝酿、历经三个春秋才写成的最成功的长篇小说。根据作者的序言，这是作者“蓄虑积愤”之作。早在童年时代，他就听到曾祖父、祖父讲述洪秀全领导的太平天国革命的故事，留下了难忘的印象。1895年秋天，黄小配在广州一个寺院中结识了一个叫“璜山上人”（杨世骥《文苑谈往》第一集作“璜山上人”）的老和尚，这个老人曾经做过太平天国名将、侍王李世贤的幕宾。此年，正值孙中山在香港成立兴中会总部，计划在广州起义，但计划泄露，被两广总督捕去四十余人，起义失败了。黄小配与老人一起议论时局，老人如数家珍地讲述了太平军将士可歌可泣的斗争。这一切，使黄小配“蓄虑积愤”，正是他创作《洪秀全演义》的契机。此后他赴南洋谋生。1903年回香港后，在办报之余搜集素材、动笔写作，终于写成了这部近代小说史上的第一流作品。

这部曾经风行海内外、历久不衰的长篇小说，热情歌颂了太平军将士的英勇壮烈的反清斗争，故事高潮迭起，很有鉴赏价值。

如果我们把这部小说与同时期出版的众多同类小说作一番横向比较，更可看出《洪秀全演义》在思想内容上的难能可贵。例如沁梅子的《精卫填海记》（1906年）写明末清初的历史，虽然对误国奸臣有所斥责，含有反清的意义，但对李自成起义军加以污蔑和歪曲，斥为“流寇”。吴兴待飞生的《国朝中兴记》四十回和《中兴平捻记》四十回（1909年），更是直接地诬蔑太平军、捻军的反清起义，歪曲历史事实，向清廷献媚的作品。

从当时出现的同类历史演义小说来看，正如阿英在《晚清小说史》中所说的：“其较同情当时农民革命的，只有黄小配的《洪秀全演义》。”这是符合事实的结论。

（一）全书的故事梗概

小说从清代道光年间的奸相穆彰阿写起。穆彰阿把持朝政，结党营私，滥杀无辜，被太子琏当面指责。他怀恨在心，在道光帝那里谗害太子琏。道光帝受到蒙蔽，一脚踢死了太子。不久，这件事被太监泄露出来，全国纷纷传说，激发一位英雄立志“救国安民”，此人就是浙江归安人钱江。后来他得悉广东、广西一带义军四起，就远游广东花县，并与冯云山相识，两人志同道合。钱江又结识了洪秀全和洪仁发、洪仁达兄弟。五人在山寺中，对天设誓，共举大义，这就是“群英大结义”。钱江到广州，准备结识富商，为义军解决军费。

广西桂平人萧朝贵和洪秀全计议举事，决定借为天主教传道为名，到广西组织起义人员。冯云山会合洪秀全三兄弟及其胞妹洪宣娇，来到萧朝贵家中，见了传教士秦日纲。洪秀全登坛传道，乘机演说国家大事，宣传推翻清政府。众人又到保良攻匪会（地主武装）首领胡以晃的山村中，共图大事。洪秀全又来到桂平县，劝说杨秀清以创办团练为名，招集人马，举起义旗，然后联合天地会首领罗大纲，夺取广西。杨秀清热心富贵，果然借口县内“盗贼蜂起”，申请兴办团练，自费招兵买马。不消十天，已得了精壮二千多人。已被革职的江西管带营官李开芳和结义兄弟林凤翔闻讯赶来，与萧朝贵一起负责训练这支义军。

不料洪秀全在教堂演说反清的事，被人以“妖言惑众”“图谋不轨”的罪名告发了，他与传教士秦日纲被捉拿，关在桂平县牢中。幸得牢中差役头目韦昌辉送信到杨秀清家，众人商议，请当时广西最大的一支天地会武装的首领罗大纲前来营救。冯云山说服罗大纲参加了拜上帝会。韦昌辉从牢中救出洪秀全，逃到金田村，联合当地的保良攻匪会首领黄文金。于是金田村一带参加拜上帝会的十有八九，经投票选举，公推洪秀全为保良会总理，歃血为誓，宣读誓言：“大家要戮力同心，共挽山河，救民水火。”冯云山又说服邻村武秀才谭绍洸参加起义，因此金田一带的保良会纷纷归附洪秀全。消息传出，平南县县令马兆周带了差勇，直扑金田村黄文金家中，被拜上帝会的村民包围。马县令独自逃命回去，通报附近州县。知府白炳文调拨一千余人，浩浩荡荡杀奔金田村而来。洪秀全召集各地保良会首领会议，发表演说，伏击官军。马县令战死，知府白炳文带领残败人马仅二百余人逃回。金田村起义就此爆发了！

洪秀全发布檄文，揭露清政府政治腐败，声讨清廷对外割地赔款、对内残酷剥削百姓的罪行，阐明政治纲领和具体政策。远近纷纷响应，选得精兵六千余人。为了解决军饷，洪秀全用计招至了富豪石达开，并议定兵分东西两路出击。广东副都统乌兰泰领三千清军杀来，洪秀全派罗大纲攻取永安，乌兰泰回救，被韦昌辉截住，在逃跑中被冯云山杀死。萧朝贵、洪仁达假扮商人，偷袭官军屯积辎重的梧州关。杨秀清、冯云山又攻占桂平县，一路取恭城，入兴安，直取全州。广东提督向荣与太平军激战，太平军的谋士冯云山不幸中箭牺牲。清廷派大学士赛尚阿都督广西军事，率提督向荣反扑，被洪秀全的太平军四面包围。灵川一战，杨秀清等从全州南下接应，赛尚阿化装逃跑。从此，太平军把清军的两广交通截断了。

农民出身的李秀成受石达开的举荐，参加了太平军，仅用百骑攻克柳州。钱江在广州被捕，充军新疆，在押解途中脱逃，投奔洪秀全，献计进攻湖南。太平军集中在灵川，大会诸将，商议攻打湖南，留下杨秀清、胡以晃、秦日纲留守全州，主力十万人挥师湖南。又议定营中官制，自第一天将杨秀清至第十五天将李秀成，军师钱江，千岁洪秀全，“兴师伐清”。前锋石达开、罗大纲起程，发布檄文，远近震惊，清军闻风丧胆，投诚者不计其数。石达开攻下湖南永州，直取祁阳，势如破竹。

这时候，清廷侍郎曾国藩正在湖南家乡。巡抚张亮基请他出面办团练，镇压太平军，募集乡勇五千人。太平军急攻衡州，张亮基聘翰林院庶吉士胡林翼为参谋，带兵救衡州，又请曾国藩率团练军策应。衡州一役，清军诸路皆败，只有胡林翼设计埋伏精兵，萧朝贵不听李秀成劝告，孤军深入，不幸中弹牺牲。太平军四面出击，李秀成攻克衡州，曾国藩狼狈北逃。此时留守广西全州的杨秀清与洪秀全争权，又中了胡林翼的反间计，心怀不满，钱江建议把萧朝贵之妹萧三娘婚配杨秀清，暂时缓和了矛盾。

曾国藩在窘迫之际，退守长沙，招左宗棠入抚衙参赞军事。洪秀全打算攻长沙，钱江、李秀成则主张沿湘江进军武昌，再占据江、浙一带。洪秀全亲统大军围攻长沙，四十余天，久攻不下。钱江用煤矿工人挖地道，轰开长沙城门，乘清军集中守御时，绕过长沙北上岳州。太平军进驻岳州，各将请洪秀全“改元正位”。因为“宗教起义，崇尚天父天兄”，所以洪秀全自称“天王”，改元“太平天国元年”；颁行天下。杨秀清要求“享同等荣华”，于是洪秀全不听钱江、李秀成、石达开等人的劝阻，大封东、南、西、北诸王，种下了诸王相争的祸根。杨秀清又把侄女婚配给洪秀全，自称“国丈”，位东王，掌军机，大权在握。

在广西多次与太平军激战的江忠源任湖北按察使，向荣任钦差大臣，与太平军对阵。石达开与副先锋李秀成渡长江，水陆并进，以迅雷不及掩耳之势，抢在江忠源到达之前，攻占了汉阳，抚恤被火烧的百姓之家，安插难民。在汉阳，太平军商议攻取武昌。东王杨秀清轻敌，不听李秀成劝阻，率部盲目渡江，被向荣夜袭得手，几乎被俘，幸被老将林凤翔救了出来。钱江乘向荣追杀杨秀清之机，急令主力渡江攻武昌。城破之后，杨秀清与石达开、李秀成结怨。

太平军众将都主张向四川、陕西进攻，独钱江、石达开、李秀成主张东取金陵（南京）。钱江尤其警惕杨秀清篡位，向洪秀全呈上《兴王策》一篇十二条，制定政治、经济、文化和国际关系等方面的大政方针。洪秀全很赞成，派员布告各国，申明“汉人复国”；又宣布开科取士，镇定人心。湖北全境已被太平军平定，洪秀全、钱江等大修国制，改订刑章，废除了清廷的酷刑陋规。

太平军向安徽大举进攻，直指金陵。清廷调兵遣将，琦善、向荣同拜钦差大臣，琦善统领十余万清军出镇河南，向荣率十余万守安徽，曾国藩率湘军会攻湖北，三路并进。洪秀全统二十万太平军东征安庆，先取太湖、宿松两路。石达开率精锐老万营攻占宿松，一路秋毫无犯，杀败清将张国梁、向荣，直逼安庆。两江总督陆建瀛不战而逃，奔回南京。钱江用反间计，巡抚蒋文钦死于乱军之中，安徽布政使江忠源死里逃生，于是省城安庆落入太平军手中。

湖广总督官文、湖北巡抚胡林翼与曾国藩的湘军同时出击，湖北战局危急，守卫武昌的杨秀清力主太子军回湖北救援。钱江只派黄文金回援汉阳，而遣李秀成分兵江西，主力则先发制人，攻向金陵。太平军打败了上海道吴观察引来的洋人水师，洋人纷纷举白旗投降，缴获了全部洋枪洋炮。太平军留一部守卫安庆，大部起程，进驻金陵城下。洪宣娇率一千女兵，攻占镇江。

石达开用一千兵伪装僧人混入金陵，又挖地道轰坍城墙，里应外合，攻入城中，两江总督陆建瀛还在督衙里焚香念经，无路可逃。

太平军攻占金陵（南京），军力、财力猛增，声威大震。于是在金陵定都，改名“天京”；加封官爵，杨秀清、石达开“假节钺”，得专征伐；设立女官，修明故宫为王宫，布告中外。洪秀全勤求政治，每天君臣两次共议大事，“扫去一人独尊的习气”，朝政井井有条。但东王杨秀清执掌重权，党羽日盛。军师钱江深为忧虑，料定会“乱自内兴”，托病不出，私下与石达开、韦昌辉商议。石达开等建议杨秀清由汉阳直趋汴、梁，调李秀成回天京巩固根本，太平军主力北上山东攻取北京。洪秀全不听从钱江、石达开的建议，无意北伐，命令李秀成南征。

曾国藩、胡林翼率湘军进逼武昌，杨秀清正在一心争夺王位，仓促应战，一把火烧了汉阳，弃城而逃。李秀成率军袭胡林翼后军，攻占了岳州，又伪装清军旗号向汉阳进发，用计策赚得江忠源到庐州，鼓动兵变，清军战将江忠源落荒而逃，在桥上投水自杀。李秀成大驱前进，收复了汉阳城。

洪秀全调杨秀清回天京，大权由杨秀清一人独掌。杨秀清反对钱江的北伐计划，只派林凤翔一旅孤军进击扬州。石达开、韦昌辉与钱江密谋，要阻止林凤翔北进，避免铸成大错。林凤翔带兵十万，与清军大将胜保的黑龙江马队决战，使胜保全军覆没。林凤翔身先士卒，率百人乘夜攀上城墙，占了扬州。杨秀清十分得意，又派党羽李开芳进军河南，策应林凤翔。

杨秀清认为军国大事只是“洪杨两家之事”，迫逼洪秀全封他为“九千岁”。北王韦昌辉得悉杨秀清要取代洪秀全，诱使杨秀清来到府中，杀了杨秀清，并亲向洪秀全请死。不料韦昌辉之弟韦昌祚要斩草除根，杀了杨秀清全家，翼王石达开对此极为气愤，韦昌辉也气晕倒地。因为石达开与韦昌辉情密，就纷纷传说石达开是同谋。洪仁达出于私愤，要求杀掉石达开。形势十分危急，石达开被逼出走，得到洪秀全应允以后，就召集老万营精锐六万起程，进军西川。杨秀清之弟杨辅清要联合林凤翔杀回天京报仇，林凤翔表示东王有罪，但不宜全家受害，并说服李开芳顾全大局，攻向淮北。

洪秀全招李秀成回天京，封李秀成为忠王，水陆军务都督，专征伐。李开芳逼洪秀全杀掉韦昌辉。钱江、李秀成相互叹息，认为必须公布杨秀清罪状，只将杀害杨府家属的韦昌祚正法。有人劝韦昌辉仿效石达开出走，韦昌辉以大局为重，担心杨秀清党羽叛变，就决然自杀。

合肥李鸿章投靠曾国藩后，进兵武昌。太平军战将谭绍洸败走，汉阳失守。钱江也因福王洪仁达拔扈，北伐大权操于杨党，觉得大势已去，立意归隐，上了峨嵋山。李秀成见局势严重，派兵坚守安庆，又率大军先攻苏、杭一带，巩固天京根本。连拔常州、苏州等城，即回天京商议北征。李秀成致信林凤翔，请他暂缓进兵，以待大军接应。林凤翔以为李秀成轻视自己，一意孤行，要独自攻取北京。

林凤翔孤军深入，取盐城、兴化之后，西上河南，与李开芳合兵。分军两班，轮流北攻，首战归德府，杀败胜保援军，又夺了卫辉城。他胜而生骄，不待李秀成援军到来，急令进兵，进山西，攻河北。清廷直隶总督大学士讷尔经额统帅大军驻正定，蒙古郡王僧格林沁率蒙古兵应战，清军三万人马仅存百余人逃跑。林凤翔大胜，不听部将劝阻，进兵正定府，约李开芳在天津会合。这时候，诸将见前后都有大敌，深为忧虑，林凤翔私下也觉后悔。正在犹豫之际，林凤翔被洪秀全封为威王，信心大增，决意继续北进，又疑忌李秀成要夺自己的功劳，就准备一月之内攻占北京，率军进了广平府。

李秀成得知林凤翔冒险北进的消息，大惊失色，急调五万人马，亲率大军北上增援。清将胜保料定李秀成一时难以飞渡黄河，全力围攻林凤翔。李开芳与林凤翔合兵以后，一路猛攻，李开芳兵至静海，林凤翔到达天津府。北京震动，城中富户逃走一空。但是林凤翔四面受敌，前后受困，军心大惧。林凤翔与僧格林沁、胜保会战，顺王吉文元战死，清军缩小了对太平军的包围圈。林凤翔被敌军围困，就孤注一掷，乘夜劫营，又被僧格林沁击溃。林凤翔突围到静海，中弹受伤，清军漫山遍野而来。林凤翔感叹自己一时好胜，不听良言，挫动国家锐气，在拼死一战之后，拔剑自刎，时年六十五岁。

太平军大将温大贺被包围，修书一封，劝僧格林沁勿杀百姓，自己悬梁自尽。太平军毅王李开芳伤重被俘，死于敌营。李秀成援军刚到山东，得悉北伐军全军覆没，只得回天京巩固根本，并与洪秀全议定，分兵略取大江南北，暂缓北伐。洪秀全率军攻占九江，作为英王陈玉成的后援，使陈玉成平定江西南昌等地。

李秀成决心攻取上海，阻止洋人帮助清军，密遣部将鼓动上海华商举事。上海的广东商人刘丽川奉李秀成之命，借祭孔之机起事，杀了上海县令，捉住上海道台吴健彰。上海的帝国主义势力伪装中立，却帮助清军镇压刘丽川，吴健彰也被美国领事救出。

洪秀全与李秀成合兵，收取桐城，大败清将鲍超，安徽全省震动。胡林翼举荐左宗棠襄办皖南军务，湘军大集，陕甘总督舒兴阿也引兵来到庐州，都被太平军杀败。清军见太平军横扫安徽，由钦差大臣向荣率大兵攻天京，洪秀全回天京安定人心。李秀成迎击向荣，攻破向荣大营。向荣受伤，又得知李秀成向他挑战，当场口吐鲜血，死于丹阳。清军对天京的威胁暂时缓和了。

正当洪秀全在天京大开太平宴时，清军曾国藩、胡林翼又攻破了武昌。洪秀全遣李秀成前去湖北救援，又令罗大纲前往扬州，攻破钦差大臣托明阿的大营。清廷钦差大臣和春、张国梁乘天京空虚，大举进攻，洪秀全又急令罗大纲回军保卫天京，使罗大纲的北征“又成画饼”。武昌失守之后，安徽、湖北一带被清军控制，太平天国的形势又严峻起来。英王陈玉成由皖北直趋湖北，侍王李世贤纵横江西，石达开横行川黔，太平天国的形势又趋好转。

李秀成重占武昌，正欲北征河南，因天京的军情紧急，又被洪秀全调回，使他徒劳往返。陈玉成横扫皖鄂两省，准备北伐，因胜保南下，双方决战，胜保败退。清将和春、张国梁围攻天京，以六合为依托。李秀成猛攻六合，清军六合守将温绍原顽强抵抗，战斗空前残酷、激烈。激战三月有余，李秀成方才攻下六合，击破和春、张国梁的大营，天京暂告无患。因为李秀成、陈玉成战功显赫，受到洪秀全的提拔。李秀成主持军政，统领十三王；洪仁发、洪仁达守卫天京，更加飞扬跋扈。

洪仁玕回国总理政事，参酌外国文明政治，改制政法，禁绝鸦片。太平天国七年，天京开科取士，男、女科并重，录取女子傅善祥为女状元。设立议政院，类似各国议院。湖南提督鲍超率“霆军”攻江西太平军守将李世贤，双方死伤惨重，李世贤最终大败。湘军左宗棠占领了浙江，天京震动。和春、张国梁又合力围攻金陵。李秀成北上救应，使张国梁四面受敌，退守丹阳，天京之围得以缓解。李秀成乘势追杀，两军会战。张国梁全军覆没，投河自尽，和春也被迫自杀。丹阳大捷之后，清军对天京的包围已全线瓦解。

曾国藩、胡林翼深知，要孤立天京，就要切断太平军东西联络，先取安庆；要取安庆，必须先取数省咽喉九江。清军五路人马争夺战略要地安庆，陈玉成联络捻军首领龚德树等人，分兵迎击，粉碎了清军对安庆的包围，龚德树阵亡。双方又为争夺九江进行会战，陈玉成被清军截住，九江危急。李秀成亲往九江增援林启荣，先攻下铜陵。林启荣坚守九江，先击败湘军一部，湘军战将塔齐布死于非命。曾国藩故伎重演，调集五路人马进攻武昌、安庆、天京等地，使太平军互不相顾，重兵包围九江。洪秀全恐天京不保，洪仁发、洪仁达又疑忌李秀成拥重兵在外，于是再三严责李秀成回天京。太平军九江守将林启荣孤立无援，以死自誓，战斗空前激烈。九江被清军包围二月有余，城内死尸堆积，疠疫流行，最后城破巷战，林启荣和部下将校全部壮烈牺牲。英王陈玉成由安徽进入湖北，与号称“多龙”的清将多隆阿、号称“鲍虎”的清将鲍超相遇。一场“龙虎大战”，陈玉成失利后退，胡林翼乘机重占武昌。

太平军接连失利之后，李秀成与陈玉成联合作战，取得湖口、三河、桐城、浦口战役的胜利，军威重振。先是李秀成渡江向南，与清军战于湖口，曾国藩大败，狼狈奔逃，几欲自杀。清军大败之后，安徽巡抚李续宾东进庐州，被李秀成、陈玉成的联军包围在三河。李续宾绝望之下，焚毁文件，拔剑自尽。接着李秀成又大破清将鲍超，使鲍超溃不成军。至此三战三捷，清军精锐丧失殆尽，曾国藩十分伤心。陈玉成又战败胜保，夺得浦口，使天京的隔江交通恢复。

江苏巡抚李鸿章从上海借得洋人枪械，率淮军从常州进犯天京，以洋兵三千人为前部。陈玉成回安徽保江北，李秀成率兵迎击李鸿章以保江南。李秀成杀退洋兵，得洋枪千余枝，又乘胜占苏州，清军投降，又得洋枪万余枝。此时太平军在大江南北，基本上取守势。江北陈玉成与清将李孟群战于庐州，江南李世贤与湘军左宗棠战于江西，杨辅清率军进入福建，双方互有胜败，太平军不再有大的作为了。

曾国藩等人分析了数年来镇压太平军的经过，认为东南大局常有危急，是因为太平军久踞天京，有大江之险，西有安庆作屏障，东南有苏州、常州之富庶，天京稳固，则太平军有余力南北出击，清军即使战胜一次也无济于事。曾国藩决定全力围攻天京，如果江北的胜保南下直攻，天京危急，各地太平军自然回救，即可各个击破。驻守凤阳的清将胜保正准备向天京进攻，太平军大将李昭寿献滁州投降清军。

现存的《洪秀全演义》只写到这里为止，还没有写到湘军攻陷安庆、英王陈玉成在河南战败就义、石达开在大渡河全军覆没、洪秀全去世、天京陷落、李秀成被俘，以及太平军余部与捻军继续战斗等大事。

(二) 丰富而深刻的思想内容

从上面的故事梗概中可以看到：《洪秀全演义》叙描了轰轰烈烈的金田村起义，疾风暴雨般向长江中、下游进军，如火如荼的斗争场面，激烈悲壮的攻守战，以及清统治者阴险毒辣的计谋和残酷的镇压手段。这是近代小说史上第一部正面肯定太平天国革命的正义性和热情歌颂太平军将士英勇斗争的长篇小说。

毛泽东称太平天国革命是“反对帝国主义走狗清朝的太平天国战争”(《唯心历史观的破产》)，指明了它的反帝反封建性质。黄小配是一个资产阶级革命派小说家，他通过塑造人物形象、叙述故事情节，再现太平天国战争的完整过程，显示出资产阶级民主革命的思想倾向。

第一，宣传反清革命，表现资产阶级民主革命理想

《洪秀全演义》的写作和发表，正当1905年前后，革命派与改良派进行激烈论战的时候。双方论战的焦点，就是要不要推翻清政府，要不要进行反清革命。改良派认为，要使中国富强，不需要推翻清政府，只要“立宪”就可以了，这就是所谓“宜以要求，勿以暴动”。改良派还以种种谬说攻击革命，其中主要的一条，认为进行革命会引起“下层社会”的“暴乱”，破坏社会秩序，还会引起西方列强的干涉而导致国家被瓜分的危险。黄小配为了驳斥这种言论，运用小说的各种艺术手段显示：不进行革命，就不能推翻清王朝。《香港少年报》在1906年夏续载《洪秀全演义》时，有一则《本社要告》中说：“此书为近代民族上最有关系之纪念，且为太平天国一朝之历史。”作者在“自序”中还理直气壮地称赞“奋然举义为种族争、为国民死”的革命精神。当时的革命党人冯自由在《革命逸吏》中说：“出版后风行海内外，南洋、美洲各地华侨几乎家喻户晓，且有编作戏剧者，其发挥种族观念之影响，可谓至深且巨。”这一切都说明，黄小配创作这部小说，是有意识地为反清革命的政治目的服务的。

为了宣传资产阶级革命理想，作者热情肯定太平天国的政制，并把这种政制写成近代西方资产阶级政治体制的雏型。为了这种“以史写心”，作者对史实进行了选择和改造，书前《例言》中说：

君臣以兄弟相称，则举国皆同胞，而上下皆平等也，……开录女科，有男女平权之体段；遣使通商，有中外交通之思想；行政必行会议，有立宪议院之体裁。此等眼光，固非清国诸臣所及，亦不在欧美诸政治家及外交家之下。

作者在“自序”中还说：

我观洪氏之起义师……当其定鼎金陵，宣布新国，雅得文明风气之先。君臣则以兄弟平等，男女则以官位平权，凡举国政戎机，去专制独权，必集君臣会议。复除锢闭陋习，首与欧美大国遣使通商，文明灿物，规模大备。

视泰西（泰西——“极西”的意思，当时用来称西方欧美国家）文明政体，又宁多让乎！

小说中叙描的，正是推倒清王朝的专制政体，按西方资本主义国家的模式，建立“泰西文明政体”，实现公民自由平等、男女平权、立宪议院、与各国通商平等互利等资产阶级民主革命理想。第二十一回钱江的《兴王策》十二条，还提出了兴办工业，修建铁路，发展教育事业，防止西方列强干涉，与外国建立平等关系等一系列具体措施。

小说具体描写太平天国对西方列强的态度，包含有两方面：一方面，建立西方式的“文明政体”，发展与西方列强的平等关系；另一方面，坚决反对外国干涉，抗击外国侵略。洪秀全的族弟洪仁玕久居海外，“熟知外国政治”，他回到天京以后，“参酌中西，改制政法”，还是结合了太平天国的具体情况的。洪秀全定都天京以后，小说这样描写：

有美国人到南京谒见秀全，亦见其政治与西国暗合，乃叹道：“此自有中国以来第一人也！”遂请秀全遣使美国，共通和好。秀全道：“此事甚合朕意，如贵国官民到此，吾当优礼相待。惟吾国旅居贵国者，亦请贵国一视同仁可也。”美国人听得此请，为之大惊，急唯唯应诺。（第二十五回）

后来洪仁玕出使美国，向美国总统递交的国书中有“今我国民奋兴贵国独立之义，谋复宗社。幸得人民响应，东南各省次第戡定，建立太平天国……此后与贵国共敦和好，共保侨民，互兴商务，造世界和平之福”等语。

作者描写洪秀全要求欧美列强尊重中国的独立和主权，也反对西方列强对中国的侵略和干涉。小说多次谴责外国侵略者对中国“交攻”，如刘丽川攻占上海时，美国领事公然庇护上海道台吴健彰。第五十一回，描写李鸿章在上海“借得洋械”，率美国军事流氓组成的洋枪队进犯太平军，李秀成迎头痛击，在苏州杀败洋兵，缴洋枪万余条。这些描写，生动地体现了作者的资产阶级民主革命理想。

应该说，黄小配把太平天国的政制描写成为近代西方资产阶级民主政治的雏型，有些是符合史实的，有些则是为了宣传推倒封建专制制度而有意附会、装点的。洪秀全在天京设立女官，“知女才不可轻弃”，第四十三回写天京开女科，录取女状元，体现男女平权。洪仁玕定政制，有“议政台，凡有要政，君臣会议于此，皆有座位，言者起兴，方许发言”；又有“议政院”。“类如各国议院”，美国人也称说“金陵政治，与我外国立宪政体相似”。第二十五回写洪秀全“勤求政治，每天分辰、午两次君臣共议大事。议事时，诸臣皆有座位，扫去一人独尊习气。其有请见论事者，一体官民，皆免拜跪。”第十九回洪秀全说：“孤自与众兄弟起义以来，奔走患难，皆如手足，各以兄弟相称，原是平等的道理。”当然，有些描写是并不符合实际的，但作者突出太平天国革命的反帝反封建性质，表现出对历史事件的深刻洞察力，令我们钦佩。

第二，揭露封建专制的残暴统治和清廷对太平军的血腥镇压。

从小说中可以看到，道光皇帝晚年溺于晏安，清王朝极端腐朽，西方列强纷纷入侵，“专制汉族同胞”，“民如蝼蚁官如狼”，各地义军揭竿而起，这就是当时的社会现实。第九回写金田村起义时，洪秀全发布檄文，声讨贪官殃民，对百姓“挖肉敲脂”的残酷剥削，以至生民涂炭；斥责清廷“外敌交攻，割地赔钱，视为闲事”的卖国政策。值得注意的是，书中虽有当时革命派流行的“排满”倾向，也有划清“汉满界限”的话，但基本出发点还是在揭露专制统治。洪秀全说：“起事伊始，不宜急说满汉界限，因二百年积习相忘，已不知有主奴之辨，故当缓言之。不如先斥朝廷之无道与官府之苛民，较易激人猛省，兄弟以为如何?”这部小说描写太平天国领导者高举反对封建专制的旗帜，比起当时一些革命派小说家的“种族革命小说”来，确实要高出一筹。

小说揭露清军所到之处，奸淫掳掠，无所不为。有的清军将领攻占一地，就纵兵抢劫三日，清将张国梁、和春就以抢劫百姓财物闻名。第四十四回，李秀成、李世贤攻下丹阳，清军悍将张国梁投河自杀，和春带残兵东逃，小说写道：

因和、张两军向多抢掠，苏省人民多视之如仇，故和春奔至浒墅关时，见居民户首多有楹联贴出，道是：

同心尽杀张、和贼，

协力相扶天国兵。

和春见民心如此，即欲在苏州再复招兵亦是难事……乃即悬梁自缢。

至于清军镇压太平军的残忍，更是令人发指。清军攻下汉阳、武昌、九江等城，对太平军斩尽杀绝；又因城内百姓支援太平军，就大肆屠杀百姓，火烧民居。

作者重点揭露封建专制的残暴统治，揭露和斥责清廷对外国侵略者的投降卖国政策，正是这部小说产生广泛影响的重要原因之一。

第三，充分肯定、高度评价太平天国革命。

黄小配在“自序”中说：

“四十年来，书腐忘国，肆口雌黄，‘发逆’‘洪匪’之称，犹不绝耳”，“贬洪王曰‘匪’曰‘逆’者，皆戕同媚异、忘国颂仇之辈，又狃于成王败寇之说，故颠倒其是非，此皆媚上之文章，而非史笔之传记也。”

这些明确果断的话，在当时可说是石破天惊的一声霹雳。

明、清历史演义小说，即使是其中的佼佼者，也不外乎颂扬“英君名将忠臣义士有关于风化者”，贬斥昏君奸臣佞宦，但是对农民起义，往往诬蔑为“贼”“寇”“伪”“僭”“逆”。例如《杨家府演义》颂扬孟良、焦赞等爱国英雄，乃是他们已“改邪归正”、不再当“草寇”之时。就是与黄小配同时期的晚清小说，写到太平天国革命时也称为“发匪”、“长毛”，且多污蔑性描写。黄小配则公然声言，这些小说都存在着封建统治者的偏见。他把太平军将士称为“英雄”，认为是“汉族之光荣”，这很可以看出作者的胆识。

作者充分肯定太平天国革命的正义性，强调太平军所到之处，受到人民热烈拥护。在清代的官方记载以至一些笔记和小说中，看到的是太平军如何烧杀抢掠，狰狞可怖。在这部小说里，太平军纪律严明，他们攻下一城，专杀“暴官污吏”，没收府库财物赈济贫民，安抚百姓，使百姓各安生业，保护商人的正常经营。太平军一路如秋风扫落叶，疾风般攻占半个中国，队伍不断壮大，深得民心是一个主要原因。如第二十回太平军攻下汉阳，洪秀全“看见汉阳被火之后，民舍凋残，百姓许多失所”，“就令搭数十棚厂，权把难民安插，一面发帑赈济贫民”。人民不仅“香花灯烛”欢迎太平军，而且为太平军提供情报。清军名将和春、罗泽南等人，就是在人民奋起反抗的怒涛中，遭到灭顶之灾的。

太平军将领十分重视舆论宣传，他们每到一处，就张贴布告，亲自发表演说，向各地人民揭露清廷的暴政，宣扬“民族大义”，阐明太平军的政策。小说以生动的笔触描写了一些清政府的地方官吏和守将受到感召，献城请降、放下武器的情形。如第五十一回写江苏巡抚李鸿章带了洋兵进犯太平军，攻占常州，李秀成“发出告示，谓‘李鸿章引洋人来打仗，纵将来得回城池，亦必与洋人共分土地’等语，于是苏、常一带土人，皆攻击李鸿章，日望秀成战胜。”苏州清军守将何信义出于“民族大义”，不战而降。但当时苏州附近数县的民团在清政府官吏和地方豪绅的控制下，抢到苏州攻杀太平军。李秀成率数十人深入到民团之中，发表演说：

（李秀成）乃带同部将汪安均、汪大成及随从数十人，并乘舟只亲往各乡抚谕。时各乡团丁听得李秀成到来，乃一齐召集，往围李秀成。是时汪安均见其来势凶猛，欲劝秀成逃走，秀成道："此时走亦难矣。待其至时，吾当以言抚之。"不料各团丁行近时，举矛挺刃，直向秀成。凡随往各员皆为变色。秀成却面不改容，即当众说道："……我天王定鼎金陵，并无暴虐政治；即我等带兵出征，亦不如清兵之骚扰……今清国自知不敌，又借洋兵，纵后来得胜，亦必分土地于洋人，于尔等有何利益？今我朝只欲恢复中国，拯救人民而已……"

太平军反对清王朝的暴政和帝国主义侵略的正义立场，使民团大受感动，立即放下武器，情愿接受招抚，附近各县也就迅速平定。

太平军将士作战勇猛，不怕牺牲、威武不屈的精神，更是作者所着力叙描的，构成了这部小说中最精彩的部分。

第四，形象地揭示了太平天国革命失败的原因。

历史学家依据史实，分析、论证太平天国革命失败的原因。黄小配则用小说这一文学体裁，用塑造人物形象、叙述故事情节的方法，展示广阔的社会生活、复杂的社会关系，用形象的画面展示太平天国的兴衰过程。

《洪秀全演义》虽然只写到太平军将领李昭寿献滁州投降清军，还没有写到太平天国革命的失败，但小说一开始就有伏笔，这是中国小说传统的"千里之外伏线"的方法。在作者看来，太平天国革命的宗旨是好的，是正义的，是得到人民群众拥护的，太平军将领的品质才能远胜于清军将领，也不乏远见卓识之人，只是"馑疫洊臻，而贪荣慕禄、戕同媚异之徒，又从而推之，遂所事不终，半途失败"。作者在序言中总结了太平天国失败的两个原因：由于清王朝的残酷镇压，饥荒瘟疫连年不断，太平天国上层领导的"同室操戈"。从小说的情节和场面中自然流露出来的思想看，太平天国革命失败的原因主要有以下几个方面：

原因之一，战略上的失误

太平天国革命的目标是推翻整个清王朝。金田起义的队伍，是由洪秀全的拜上帝会联合天地会武装和控制团练局（地主豪绅办的地方武装）而组成的，后者不愿远离广西家乡，使起义陷入困境。第十二回洪秀全终于下了决心，突破清军的重围，大驱北进，因为战略正确，迅速占领了长江中、下游重镇。可见，战略问题在起义之初就存在了。小说后半部，钱江、李秀成、陈玉成等反复苦劝洪秀全，先确保武昌、九江、安庆、天京，截断大江南北清军的相互救应，再派主力部队北伐，直捣北京，消灭清王朝。洪秀全一心保住天京，根本不听劝谏。杨秀清与韦昌辉相互残杀的“天京之变”后，石达开欲引老万营精锐远走西川，钱江劝他：“与其西行，不如北伐。”石达开也不听劝告。钱江认为“方今大局之成败，系于北伐之胜负”，见洪秀全无意北伐，觉得大势已去，就隐居峨嵋岭。以后洪秀全坐守天京，一有风吹草动，屡屡命令在外地取得节节胜利的李秀成、陈玉成“回救”，使整个战局陷于被动。作者把小说前半部太平军放弃桂林、扩大战果与后期保守天京、陷于被动形成对比，意图很明显：困守天京不能动摇清王朝的根本，说明洪秀全的保守政策，乃是战略上的失误。

原因之二，封王过滥和杨秀清的“帝王思想”

这部小说对金田起义初期的众将领，基本上都是肯定的，唯独杨秀清这样的个别人物是例外。第四回杨秀清出场时，他的儿女亲家胡以晃说：“只敝亲杨秀清……广有家资，附近村乡的田亩都是他的产业。叵耐这人不识世故，还恐说他不动。惟有一种癖性，专好人谀颂他的……”他是富豪，且捐得候补同知，好忌妒同事，始终想压倒洪秀全，以刘邦、朱元璋自诩。最后他迫封“九千岁”，酿成杨、韦两党互相残杀惨剧。杨秀清还拉帮结派，形成一个庞大的“杨党”，即“广西派”，排挤、打击广东将领。全书无处不贬斥杨秀清，无处不暴露他的“帝王思想”。作者把杨秀清“开互杀之媒”提到是否坚持反清斗争的原则高度，纠正清代统治者关于“洪杨内讧”是“争夺女色”的说法。为了使小说的情节发展更为合理，作者把原为紫金山区烧炭的贫民杨秀清，改为大地主豪绅；相反，韦昌辉本来饶有家财，却改为桂平县的狱卒。

由于杨秀清的野心，引发了洪秀全滥封王位。第十九回太平军占领岳州，洪秀全登大位时说：“孤自与众兄弟起义以来，奔走患难，皆如手足，各以兄弟相称，原是平等的道理。若以孤一人徒居大位，使各兄弟不能共享荣名，孤不忍也。孤意欲择贤加封王位……”钱江、李秀成、石达开等人指出“各自为王”的危害是“初则互争权柄，继则抗违军令”，最后会造成“诸王相争，各不用命”的严重后果。洪秀全封王的初意固然是“不忍专权”，但实际上也有使诸王互相牵制的用意。小说最后几回，忠王李秀成、英王陈玉成支持危局，但他们不能统一调遣诸王的力量。安、福二王（洪仁发、洪仁达）把持政权，使英王、忠王动辄掣肘。后来洪秀全虽然对封王“心内原有些悔意”，但滥封王位已是既成事实，停止封王会引起新老将领之间的矛盾，最后越封越滥，导致太平军内部的四分五裂。

原因之三，外国侵略者的干涉

定都天京以后，小说写到洪秀全要和西方列强建立平等互利的关系；太平军攻占上海，也有意绕开“居留地”（租界），以免发生冲突。可是，美国领事马遐氏联合其他外国侵略者，以保护上海外国人“居留地”和“商场”为名，派出“巡警防兵”干涉。刘丽川写信给美国领事责问：“我们起事，皆遵守法则，未尝损及居留地分毫。今忽然干涉我们战事……且贵国自与我天国通商以来，实相和好，则贵国对于天国与对于清国，实不宜有所偏倚也。”小说揭露帝国主义国家“偏倚”清王朝，因为他们在中国需要的是走狗，而不是所谓“文明政体”的、平等关系的政权。作者这样描写，实在是很深刻的。全书还用大量篇幅描写太平军与外国侵略者激烈交战的场面，在安庆、苏州、常州和上海附近各县，太子军将士用大刀对付洋枪洋炮，把外国军事流氓组成的洋枪队杀得大败。第五十一回，淮军首领、江苏巡抚李鸿章“决意借用洋兵洋械”，反映出清政府勾结外国侵略者共同绞杀太平天国革命的事实。

从根本上说，太平天国革命的失败，是因为敌人的强大。清王朝有着庞大的政权体系，其财力物力远比太平天国雄厚，这在小说的后半部表现得尤其明显。

作为文学作品，《洪秀全演义》叙描的太平天国革命，并不能与历史事实等同。小说是作者对历史事件的选择、集中、概括，与作者的创作意图有关，是作者审美认识的结果。因此，作者对太平天国的史实是有取舍的，甚至还有意讳避。例如，为了表现“洪朝人物之真为豪杰”，对洪秀全后期的退居深宫不见群臣和荒谬的迷信活动，包括洪秀全在内的一些上层领导建筑豪华的宫殿王府，宫中使役成群，出行仪仗呼拥，这种导致太平天国革命失败的享乐腐化思想，在小说中就没有写到。再如，为了极力描写“洪朝”是符合西方“文明政体”的，是“君臣平等”的，对于太平天国制订的等级森严的“礼制”，种种繁文缛节，以及其他一些封建性的东西，作者也一概略去不写。

三　生动鲜明的人物形象

《洪秀全演义》描写了众多的人物，几乎囊括了太平军和清军的重要将领，有不少人物塑造得个性突出，形象鲜明，栩栩如生。太平军方面，除了贯穿全书的洪秀全之外，重点描写的有：胡以晃、杨秀清、罗大纲、韦昌辉、冯云山、石达开、萧朝贵、李秀成、洪仁发、林凤翔、谭绍洸、李开芳、陈玉成、林启荣等，其中洪秀全、林启荣、林凤翔、陈玉成、李秀成等人物形象刻画得相当成功。另外，洪仁达、钱江、洪仁玕、洪宣娇、曾天养、吉文元、李世贤、黄文金，以及献滁州降清的李昭寿等人物，作者用的笔墨也比较多。在清军方面，主要人物向荣、张国梁、赛尚阿、胡林翼、曾国藩、左宗棠、鲍超、江忠源、李鸿章、胜保、塔齐布、李续宾等人物，给读者留下了深刻的印象。此外，乌兰泰、曾国荃、彭玉麟、讷尔经额、琦善、庆瑞、温绍源、汪有龄等人物，也描写得各有特点。

《洪秀全演义》以太平天国的历史和人物为主，叙描了这一波澜壮阔的斗争，热情讴歌了太平军英雄开创新政权的业绩，塑造了太平军可歌可泣的众多英雄形象，其中个性突出、形象鲜明的不下十个。作者克服了一些明清小说脸谱化、类型化的毛病，写出了人物丰富的内心世界，刻画出人物不同的性格特点。

下面我们重点分析太平军的几个英雄形象，至于清军中的重要人物和太平军中的其他人物则在第三节作扼要介绍。

(一) 北伐老将林凤翔

林凤翔是作者用浓墨重彩刻画的老英雄。黄小配笔下的这位有缺点的英雄，令人叹惋，但又不失其形象的光辉。

林凤翔早年在新疆从军，后来得悉杨秀清在家乡办团练，与结义兄弟、革职都司李开芳一同投奔杨秀清，成为杨党广西派的重要将领，起义后即被封为十四天将，任丞相。他英勇善战，所向披靡，坚忍卓绝，屡立战功。后来杨秀清大权在握，“又为国丈，位东王，掌军机；且李开芳、林凤翔一门羽翼，皆任丞相，贵盛无比”（第十九回）。林凤翔的忠勇就成为杨秀清对抗洪秀全的一张王牌。太平军占领汉阳以后，杨秀清轻敌冒进，渡长江取武昌，被清将向荣偷袭，措手不及，险遭向荣活捉，幸被林凤翔救出。定都天京（南京）之后，商讨北伐大计，杨秀清把持朝政，力主林凤翔率军北伐，以便“身操北伐之权”，攻占北京后可以取代洪秀全，南面称帝。随着太平军节节胜利，林凤翔握重兵，胜而生骄，又喜与人“争功”，倚老卖老，骄傲轻敌，听不进不同意见。这些弱点和缺点，从他被任为“平北大都督”、率军北伐之后，就更加充分地暴露出来，导致全军覆没。

不过，林凤翔的上述缺点和弱点，并不是他的性格的主要方面。他虽然属于杨党，但是他忠于整个太平天国革命事业，识大体，明大义，光明磊落。当他攻占蕲州时，清军守将伍文元不肯投诚，就晓以大义，正告伍文元："助满拒汉，如城破之日，玉石俱焚，实非天国救民水火的本意。"（二十一回）伍文元被活捉之后，不愿"贪位以损臣节"，林凤翔就将他放归田园，侍奉老母。林凤翔自告奋勇，自请北伐，既是出于公心，也是"喜功好胜"，决不是为杨秀清的阴谋服务的。他说："愿以一旅之师，沿扬州直进，以临天津，管取北京城市双手奉献。"（二十七回）

在大是大非面前，林凤翔能顾全大局，维护太平天国高层领导的团结。当他平定扬州之后，得知杨秀清被韦昌辉杀害的凶讯，部下诸将"恐东王的羽翼都剪除了"，不免"心中疑惧"，就大集诸将，发表演说，制止军心动摇。杨辅清要为其兄报仇，准备"举旗由镇江反攻南京"，派人联络林凤翔、吉文元等。林凤翔义正词严地说："同室互斗，万一清军乘之，恐举天国之君臣无葬身地矣！"他斥责吉文元"念小恩而忘大义"，坚决主张监视吉文元的行动。他并不讳言自己曾是东王杨秀清的"心腹"，但是他坦诚地说："在士为知己者用，某岂不为之伤感？但东王知遇，只私恩耳；国家大计，乃公事也！某岂能以私废公？"（二十九回）他劝杨辅清不要"以私愤坏公事"，终于使杨辅清、吉文元等将领不敢轻举妄动。

林凤翔率十万大军北伐，时年已六十三岁，但宝刀不老，精神矍烁，志气恢宏，准备"沿扬州渡淮，直趋山东：兵行神速，出其不意以临天津"。初夏时节，清廷派出有钦差大臣、相臣、总督如胜保、琦善等统率的大军，拼全力保守扬州。林凤翔用计杀败胜保和悍将张国梁，逼得胜保几乎自杀，毁清军营垒六十九座，杀死胜保的部将二十名，"这一场大战，三尺小儿也识得林凤翔名字了"。扫清了外围，他一鼓作气，连夜攻破了扬州城。小说写道：

林凤翔奋然道："用兵全凭一股锐气耳！今方乘胜，何患不得。"说罢，即点精壮军士百人，皆身材矫健者，令随着自己而行。约令朱锡琨三鼓时分带兵到扬州城附近呐喊助威，朱锡琨领诺。林凤翔又令军士各带坚实麻绳一条，长约二丈，绳上各束铁枝一条。二更时分，悄悄到了城外。是时扬州城里人心惊惧，不敢出现。故凤翔百人得直抵城外，用绳抛过城垣，那铁枝一头坠在城里，即借力援绳而上。那百人随凤翔登了城垣，大喊一声，杀入城楼上，拔出短枪。城楼上所有清军已闻风胆落，皆一哄而逃。朱锡琨又领大队人马赶到，在扬州城外金鼓乱鸣，呐喊助威。琦善听得洪军已进了城，急欲调兵时，林凤翔百人已夺开城门，朱锡琨大队拥入……是时听得扬州失守，琦善早没了主意，又不知洪军人马多少，只得弃城而遁。林凤翔就得了扬州，一面出榜安民，秋毫无犯，传檄各州县，纷纷来附，声威大振。清军皆望淮南而逃。风声报到北京里面，清廷大惧……

这位六十三岁的老将，威风不减当年，竟能率领身材矫健的精壮军士，亲自冒着矢石爬上城墙。

攻克扬州之后，林凤翔进军淮南，如摧枯拉朽，十日之内平定九郡。空前的胜利使他进一步滋长了骄傲轻敌思想。他不听部将的正确意见，劝他等待李秀成的接应大军，奋然道："诸兄弟何以小觑吾耶！某此行将独进幽燕，双手取回北京，然后单骑迎天王于都下，方称本心！"（三十三回）接连攻克归德府、卫辉城，杀得清军闻风丧胆，使他更加听不进部将的劝谏，决意孤军深入。此时忠王李秀成已平定江苏，写信约他一同北进，他不屑一顾。因他最初被封为夏官丞相，位在副丞相李秀成之上，后来李秀成被封为忠王，且又年轻，很不服气。他率军旋风般横扫江苏、山东、安徽、河南、山西、直隶，"纵横五六省"，一月之间十余次捷报，势如破竹。众部将再三苦谏，"孤军深入，非兵法所宜"，"不如扼要自守，以待忠王兵到"，但他一意孤行，准备直捣天津。恰在此时，他被封为威王，更加志得意满，听得忠王李秀成的大军准备北上接应，以为要夺自己的功劳，就派人向洪秀全报告："不消一月，准延天王至北京高坐也！"当他率军直扑广平府、大名府时，清军却有意避开锋锐，形成合围之势。此时，他竟认不清局势的严重性，奋武扬威，进抵河间府，直逼天津，联合李开芳、吉文元北伐大军，准备会攻北京。"各州县听林凤翔名字，小儿不敢夜啼，清国官吏纷纷投诚"。京城大震，富户逃走一空，咸丰帝也要逃归热河。其实，此时林凤翔已是强弩之末，穷于应付了。清廷钦差大臣胜保、蒙古亲王僧格林沁和刑部尚书桂良统率清军，或战或不战，只与太平军周旋，养精蓄锐已久，将太平军步步合围，只有毅王李开芳逃往高唐。

林凤翔的大军被清军四面包围，他只得率领饥饿之卒，冒险冲杀，左臂受伤，杀到静海，清军随后追至。他视死如归，不愿化装逃生，最后壮烈牺牲。小说写道：

凤翔又道："某纵偷生回去，有何面目见天王与李秀成乎？"李文祥道："以老将军之才勇，倘自轻如此，是国家损一栋梁，甚可惜也！"凤翔道："我国人才尚多，老夫年逾六旬，譬如风前之烛，光亮几时，留亦何用！

……”说罢，清兵喊声渐近，凤翔复整束上马，志在冲进敌军，杀一敌将而甘心。……正待领亲军进战，时清兵已杀到，左是桂良，右是默德，势如川涌。林凤翔大叫一声，冲进默德军中，万枪齐发，清将默德先已中枪毙命。林凤翔复奋进，军士皆以清将残酷，恐降亦被杀，故欲死里求生，个个奋勇。默德军士见主将已死，皆无斗志。凤翔杀了一阵，斩首三千余级。桂良又被李文祥牵制，不能相救。这一战，实出凤翔意外。不提防僧格林沁军到，凤翔部下数日苦战，死伤既众，只存五千余人，哪里敌得僧王，因复大败。凤翔逃至一个小山上，见敌兵渐聚，把小山团团围住，料不能脱，遂拔剑自刎而薨，亡年六十五岁。（三十六回）

此役林凤翔与毅王李开芳、顺王吉文元以及名将温大贺等都英勇牺牲。僧格林沁“恨林凤翔屡败清军，前后杀清国将校大小百余员，兵士死伤数万”，进行疯狂报复，大肆屠杀太平军将士，残忍无比。北伐失败，使太平天国损失了一支强大的精锐部队。诚如忠王李秀成所说：“凤翔一败，锐气丧尽，南方必多事，恐大局从此去矣！”

作者从总结历史经验的角度。成功地塑造了林凤翔这个英雄形象。从第五回林凤翔出场，至三十六回牺牲为止，作者紧紧抓住人物性格的两方面：一方面，突出他识大体、明大义、顾大局，年届六十仍驰骋疆场，奋不顾身，所向无敌，这是他的性格中的主流，另一方面，他“争功好胜”、“胜而生骄”，瞧不起年轻将领，骄傲轻敌，过于自信，喜欢炫耀战功。这两方面，作者通过情节和细节的叙描，有机地、合理地统一在一个人物身上。对林凤翔性格中的缺点和弱点，作者用笔很有分寸。如写林凤翔孤军深入，攻占广平府，胜利中隐伏着危机，他却手绰白髯，说道：“诸君皆以某不如秀成，若吾行将入燕京，获虏酋悬首藁街，与天王作太平宴，方洗诸君小视老夫之耻！”他的缺点和弱点，是他性格中的次要方面。他在清军的重围之中，说出了这样悔恨的话，“为将者得死沙场，固亦幸事，况吾视死如归。所忧者，以一时之误，致国家挫动锐气耳！”为了突出林凤翔对自己失误的悔恨心情和在敌人面前宁死不屈的精神，作者还特意设计了一个情节，描写他最后拔剑自刎，而不是左臂受伤被俘后遭杀害（按：黄小配在书前《例言》中称林凤翔“功败垂成，就义以殁”，说明作者对林凤翔被俘后英勇就义的历史事实是很清楚的）。这就增添了浓重的悲剧色彩，给读者留下了深沉的思索。

作者塑造出林凤翔这个有弱点和缺点，但又光彩照人的正面英雄形象，确实笔力不凡。

(二)与九江共存亡的林启荣

林启荣与林凤翔的性格特点,在小说中形成了鲜明的对比。两人对太平天国革命事业无比忠诚,都是太平军不可多得的“将才”,身先士卒,英勇无畏,坚忍卓绝,最后壮烈牺牲,但两人各有鲜明的个性特征,他们的失败所引出的教训也是不同的。

林启荣最初被任为元帅兼都检使,原在石达开部下,是副丞相李秀成部下的一名偏将,属于地位较低的将领。定都天京后,他因功被封为真天侯。太平军攻克武昌,决定东征,由于李秀成举荐林启荣“才可大用”,得以协助李秀成攻克九江。定都天京以后,李秀成奉命南征,留林启荣守九江。从此,林启荣独当一面,充分显示出他的才干。

九江是四战之地,大江南北数省的咽喉,天京的重要屏障。守住九江,就使清军南北声气不能互通,截断清军由长江中游向下游进犯的路线。湘军首领调集大军重占九江,不久,洪秀全亲率林启荣击败湘军名将彭玉麟,重新夺回。从此,林启荣坚守九江,左应湖北,右带天京,长达七八年之久,有力地配合了太平军在皖、鄂、赣广大地区的军事行动,牵制了清军围攻天京的兵力。例如,湘军首领曾国藩、湖广总督官文和湖北巡抚胡林翼调集五路大军围攻安庆,就因林启荣扼守九江,分兵截击,使清军五路大将不能如期会合,被英王陈玉成各个击破。

林启荣谋勇足备,能审时度势,谦虚谨慎,战术灵活。他暇时周览地势,绘为战图;研读兵书,手不释卷。曾国藩在汉阳总结了失败的教训,认为九江比安庆更为重要,发誓要夺回九江,先遣提督杨霈率万人鼓行而东。林启荣分析说:“杨霈此来,志在必胜。彼前以失机落职,欲立功以兴复其官阶,故夸大口而来。其志极骄,吾当以骄破之也!”就写信给太平军诸将,若杨霈兵到,要他们略与接战,就假装溃败而逃。杨霈果然“大有得色”,自以为能“直陷九江府城,斩林启荣之首,以雪历年诸将屡败之耻矣”,要独吞战功,恢复湖广总督原职,拒绝援军相助。杨霈到了九江附近,方才发觉中计,但已孤军无继,欲退不能,被太平军伏兵杀败,乘船狼狈逃窜。杨霈因复职无望,羞愤交加,得重病而死。作者用杨霈“小胜则喜,因败则怯,骄矜用事”的“取败之道”,来反衬林启荣的好谋而成、智勇双全、善于用兵的品格。

林启荣为人精细,凡事从不大意,防守更是步步严密,枕戈待旦,无懈可击。曾国藩把他看作心腹之患,又派提督塔齐布前往攻取。塔齐布从乡勇团练起家，凶悍健斗，为清廷效命八九年，是出名的悍将，号为“能员”。塔齐布攻九江，采用“暗袭”之计，先派水师提督杨载福佯攻湖口以壮声势，亲率大军星驰电闪般偷袭九江。不料林启荣平时侦察敌情从不松懈，窥破清军的图谋，将计就计，传令城内偃旗息鼓。正当清军逼近城垣时，太平军四面出击，塔齐布身负重伤，留下遗书，一命呜呼。清廷大为震悼，此时已升任两江总督的钦差大臣曾国藩老羞成怒，令清军敌住各路太平军，亲自纠合五路大军，十万之众，“以全力制林启荣死命”。

林启荣的“将才”，不仅表现在外御强敌，而且还在“内抚人心”。他扼守九江七八年，使清军前后损失七八万人马，折数十员将官，其中一二品大员就有十余人。战果如此辉煌，原因就在于平时能与士卒同甘苦，爱护百姓，深谋远虑，防患于未然。他与部将兄弟相称，待士卒如弟子，把战功归于部将，从不居功自傲。在九江城内，他待居民如同一家，赈恤贫民，为贫家子弟设立义学，为无靠的孩童设立保婴局，建立“义仓”积谷防饥，这些措施深得百姓拥护。他还设立宣讲所，每月四次亲临宣讲所向居民演说，宣传反清大义。至于战守之策，措置尤为周密精明，训练士卒得法，确保粮饷器械供应。曾国藩率大军合围九江达两月之久，前后数战，损伤二万余人，九江却岿然不动。

作者塑造林启荣的英雄形象，是在九江保卫战的最后时刻完成的。曾国藩考虑到林启荣“精悍得人”，在合围时故意网开一面，“留东路让林启荣逃走”，不敢死战。岂料林启荣寸土必守，两军对垒旷日持久，清军只得四面合围，断绝内外交通，步步为营，掘地道前进，不惜一切代价。林启荣一面大量杀伤清军，一面向城外开掘地道，对抗清军向城内挖地道埋炸药的计策。空前惨烈的九江攻守战是这样结束的：

时清兵所开地道，前后已被林启荣破了数处，压死清兵四五千人，仍从事开掘不已，凡未经林启荣所破之地道，尚有西北两处，皆藏了炸药。那日是六月初七日，官文、曾国藩、胡林翼、李续宜引兵齐进，并力环攻四门。林军在城上一齐发铳抵御，清兵死在城下者又如山积。两军方猛战间，忽然轰天响震，西北城垣陷了百余丈，砖石与血肉腾飞空中。太平人马在西北城者俱已毙命，尸首掷至半空；清兵死伤更众。官文、胡林翼率兵践尸而进，四出放火，乘势冲杀。太平兵犹抵死巷战。城内人民亦怒清兵乱杀，皆同在街巷相拒。此时烟焰蔽天，不见人影，但闻喊杀之声；积尸流血，壅塞街衢。太平守将真天侯林启荣先已自尽，其部将李兴隆、元戒、张辉、杜应时、陈官义等二十余人皆奋力抵杀，力尽而殁。至是九江遂陷……

军民知林启荣既死，更奋勇与清兵格斗，极至手无寸铁者，犹以石相掷。计城破时，尚在午间，及至夜深，胡林翼首先下令招降，惟自军人以至百姓，无有一人言降者。城东菜佣张吉，惧其老父被害，诣胡林翼军前称降；城中军民大怒，竟击死张吉。胡林翼见杀人太多，竟无一人降服，不禁下泪，乃谓左右道："不意林先生结得人心一至如此，古所未闻也！"乃请诸官文、曾国藩速行止杀；凡太平兵马杀不尽的及城中居民，愿留者留城，不愿留者听其自去。于是城内旧日军民人等，皆各检细软逃出城外，行时并将府库军械粮食及田亩种植与房屋所存物业，一概尽行焚毁，并不留分毫以资敌人……计是役九江被陷，太平兵马死去万余人，城内居民死去八九千人，清兵前后死伤直逾五六万，可谓一场凶战，为历来破城所未有。

作者在惊心动魄的攻守战中成功地刻画了林启荣的英雄形象，重点突出他与清军"斗智斗力"、与士卒同甘苦和爱护百姓，以及措置周密精细、谦虚谨慎等方面。很明显，作者在重点描写林凤翔北伐之后，紧接着用大量篇幅叙描九江攻守战，有意使林启荣与林凤翔的胜而生骄、争功好胜、轻敌冒进形成鲜明对比。

小说除了正面刻画林启荣的形象之外，还从清军方面进行侧面烘托。例如清军悍将塔齐布死于九江，曾国藩"拍案大怒"，气急败坏地说："何物林启荣，以奸计坏我虎臣！今后我军如折一左臂矣，此仇不可以不报也！"当即调集大军十万，对付孤立无援的林启荣一万余人。从三月至六月，清军轮番进攻，损兵折将，死伤山积，个个怯惧，人人震恐。湘军首领之一左宗棠说："吾敢以孤军与百万之众战于沙场，不敢以本部与林启荣决胜于九江城外。"清军攻城也极顽强，穿火林而进，冒死冲锋。这些描写，正是为了烘托、反衬出林启荣的英雄性格，使形象更加丰满。

由九江失陷和林启荣壮烈牺牲所引出的历史教训，与林凤翔北伐失败是不同的。林启荣的悲剧性结局，主要是客观方面的，也是太平天国决策者的保守政策导致的必然结果。自从杨、韦内讧以后，洪秀全只关注天京的安危，众将领主动出击就被看成"谋叛""有异志"，动辄掣肘。英王陈玉成痛心地说："吾等奔走驰驱，皆在东南半壁，此最失算也。"李秀成也一针见血地指出："以今日大势，进则图功，守则坐败。"可惜洪秀全听信乃兄洪仁达、洪仁发的谗言，只保守天京及其附近地区。曾国藩利用洪秀全的保守政策，在攻击九江的同时，调胜保等人率清军一部向天京佯动，使天王洪秀全惊慌失措。九江被清军围得铁桶相似，危在旦夕，李秀成要率大军往援，洪秀全却数次严令他回军保卫天京，导致林启荣全军覆没的惨剧。九江既失，安庆难保，天京也就失去了最后一道屏障。所以，作者越是描写林启荣守城的英勇壮烈，筹划无遗策，就越能总结出太平天国革命失败的极其深刻的历史教训。

（三）青年将领陈玉成

陈玉成是功勋卓著的太平军年轻将领。他参加太平军比较晚，已是在洪秀全率起义军攻到湖南的时候。在前期，由于地位低下，他的政治、军事才能没有得到充分发挥。天京事变（杨、韦内讧）以后，他被封为英王，成为太平天国后期支撑“东南半壁”的重要力量之一，号称“东西两成”（东面李秀成转战于江、浙一带）。他杀得钦差大臣胜保的三万人马溃不成军，在皖、鄂两省纵横千里，挫败了大江南北清军的夹攻。他南渡长江，配合李秀成歼灭清军和春、张国梁包围天京的大营，又行军数千里回皖北，联络捻军，攻破各路清军。

正当太平军北伐失败，武昌、九江相继失守的严峻形势下，陈玉成发动了三大战役：皖北二郎河“龙虎”会战，与号称“鲍虎”的清将鲍超血战，歼灭大量有生力量；皖北三河大战，围歼清军悍将李续宾所部三万余人，李续宾自杀；江苏浦口之战，打得钦差大臣胜保狼狈逃窜，解除了天京之围。这三次大战，阻止了北方清军与南方曾国藩湘军对太平军的合围，缓解了清军对天京的威胁，立下了赫赫战功。

在作者笔下，陈玉成是一个英气勃勃的年轻将领。他不是一个常胜将军，但是失败了不气馁，善于总结经验，屡蹶屡起，始终是太平天国后期两支最强大的生力军之一。二郎河大战，陈玉成虽给清军以重大杀伤，但最后被鲍超的“霆军”打败，精锐丧失过半，元气大伤。战后，他总结说：“吾唯以屡胜之故，小觑清兵，以至于此耳！”他对这次会战作了检讨，为自己没有把战斗计划向部下交代清楚而感到内疚。他说：“兵家每失于细微。”认为自己在战斗步骤方面，不及林启荣措置精细周密。在痛心之余，他立即招抚义勇，训练新降清兵，重振雄风。

陈玉成每与清军接战，大刀阔斧，勇猛顽强，使敌人胆战心惊。同时，他的战略战术又十分灵活，随机应变，战阵变化莫测，使敌人防不胜防。下面我们列举一些变化多端的战阵，来看看这位年轻军事家的指挥才能。

小儿队：他挑选健儿三百，都是十四五岁的少年，各冠红巾，绿绸围腰，手执令旗，号称“小儿队”，个个矫健机警。小儿队冲锋陷阵在前，最是得心应手。

五旗管：每旗二十人，分红、黄、白、黑、青五旗，又称“五色旗亲兵”。与敌人接战时，“五旗管”轮番冲阵，手舞长矛，身佩短剑，有如雷疾电闪，锐不可当。

三十六回马枪：又称“马枪军”，每枪百人，各背负红、黄绸袱，包袱中藏金钱。当全军后退，一路抛下金银，敌人争抢时，立杀回马枪，使敌人措手不及。

七十二行军检点：作战时押住后阵，不使阵脚动摇；安营后严守粮屯，确保全军安全，并随时与侦探队互通消息。

作者着力描写陈玉成的部队组织严密，行军神速，指挥自如，往往出敌不意，突出了青年军事家的特点。

陈玉成是太平军将领的杰出代表。他不仅有非凡的军事才能，而且“深谋远略”，具有政治家的战略眼光。他多次与李秀成等将领商议大计，对洪秀全的保守政策表示不满，竭力主张“引大军北向”，打破清军对太平军的分割包围，开创新的局面。只因为他考虑到维护洪秀全的地位，从太平天国的大局出发，始终尽忠尽职，遵从洪秀全的调遣。

《洪秀全演义》只写到陈玉成发动浦口战役，打垮清帅胜保，解除清军对天京的威胁。此后，陈玉成为挽救太平天国的危局，转战千里。他在河南延津英勇就义时，年仅二十六岁。

(四) 其他次要人物

“时势造英雄”。轰轰烈烈的太平天国革命运动，造就了众多的叱咤风云的著名将领，这给小说家黄小配提供了艺术创造的广阔天地。上面我们分析了林凤翔、林启荣、陈玉成三个人物形象，足见作者满腔热情地正面歌颂太平军英雄，以及在塑造人物形象方面取得的艺术成就。事实上，《洪秀全演义》重点刻画的太平军将领还有很多，而且都有鲜明突出的性格特点。有些人物，如冯云山、萧朝贵等，作者用墨不多，却给读者留下了难忘的印象。

以冯云山来说，这个人物在小说第十二回就死于战场，作者描写他的篇幅很少，却也光彩夺目。冯云山是个白面书生，隐居广东花县，是群英结义、金田起事的核心人物，在联络、团结各种武装力量的过程中起了关键作用。如天地会首领罗大纲、地方武装首领谭绍洸等，都是他用计谋争取过来的。

他协调起义军各将领（包括已初露野心的杨秀清）的关系，在他牺牲之前，起义军核心领导始终保持坚强团结。他的领导才能，还表现在他为起义军制定了正确的战略目标，进军湖南，向长江中、下游发展。正当大多数起义人员留恋乡土，杨秀清想坐地称王，洪秀全举棋不定之时，冯云山提出了摆脱清军围追堵截，推翻清王朝的方略。这一切，都可以看出他的政治家的远见卓识。他在战斗中身负重伤，牺牲前留下遗言，告诫太平军将领“和衷共济，各勿猜忌”，警惕内部出现吴三桂式的人物，指出明末清初的吴三桂“不知国家大义，徒欲南面称尊，伤残同类，自取灭亡，可为殷鉴”。这些遗言，可以看作整部小说的一条副线。太平天国革命的兴起、发展以至败亡，也伴随着太平军将领内部如杨秀清、洪仁发的野心逐渐膨胀的过程。他们或是“帝王思想”作祟，或是相互猜忌，直到葬送整个革命事业，构成了全书的一条重要线索。所以，冯云山作为太平军早期的“军师”形象，尽管用笔不多，却写得很有特点。

《洪秀全演义》中无论是主要人物，还是次要人物，都是经过作者精心设计的。有些偶尔提到的人物，也写得有声有色，读了令人难忘。如女将洪宣娇率女兵攻城掠地，英姿飒爽；吉妃（杨党吉文元之妹，北王韦昌辉之妃）在骨肉亲情与夫妻感情之间的矛盾心理等等，举不胜举。

作者也有疏漏之处，如太平军将领温大贺，在第二十八回时被韦昌辉招募刺杀杨秀清，接着又被杀；后来却随林凤翔北伐，被清将僧格林沁包围，悬梁自尽。不过，这样的例子毕竟是个别的。

四　艺术上的继承和创新

《洪秀全演义》是一部历史演义小说。作为我国长篇小说的一大门类，历史演义小说在明代蜂起以后，积累了丰富的创作经验，在思想和艺术上形成了优良的传统。黄小配的《洪秀全演义》极其明显地继承了优秀演义小说《三国演义》的艺术经验，在人物塑造、布局结构以至情节安排等方面加以效仿。同时，这部小说还明显地汲取了英雄传奇小说《水浒传》的写法。

黄小配在汲取明、清优秀历史演义小说传统技法的同时，顺应时代潮流，用新的观点评价历史事件，在小说技法上有所创新，对历史演义小说的形式有所突破。

清代末年出现了一批历史演义小说，这不是偶然的。晚清政治的腐败黑暗和民族危机的加深，促使一些作家用历史题材来影射现实，曲折地揭露现实。例如吴趼人的《痛史》，写南宋覆亡的经过，斥责卖国奸臣；《两晋演义》写西晋、东晋混乱的政局。这两部小说影射和揭露当时现实的意图是很明显的。此外，像李亮丞的《热血痕》，借春秋末期吴、越两国之事，宣扬国难当头，要卧薪尝胆，共御外侮。另一类作品则借历史题材，宣传“种族革命”即反清革命，或宣传改革社会。如署名痛哭生第二的《仇史》，演述明朝的灭亡经过，表现异族的侵略，作者自称这部小说能抵得上邹容“《革命军》之价值”；陆士谔的《新三国》借三国故事，设想社会改革方案。总的来说，晚清的历史演义小说虽有可取之处，但在成就上都不及吴趼人的《痛史》和《两晋演义》。

在晚清的历史演义小说中，真正能与吴趼人的作品相匹敌的，就要算黄小配的《洪秀全演义》了。

《洪秀全演义》不失为大量历史演义小说中的上乘之作，也不失为整个晚清小说中的上乘之作。下面我们来分析这部小说的艺术成就。

(一) 关于材料的取舍

明、清历史演义小说的一个普遍特点，就是依傍史书，依据史书的材料写成小说。“小说所以敷衍正史”（清代清凉道人《听雨轩笔记》）。这类小说演述史书，重大史实依年依次写来，虽然也虚构情节，添设细节，对史实加以穿插剪裁，叙描人物也有附会、想象的成分，甚至采用民间传说，但基本史实和重大事件都是有根据的。这就是所谓“七分实事、三分虚构”（清代章学诚语）。

《洪秀全演义》继承了我国历史演义小说的上述传统。全面考察这部作品，即可发现其中的基本情节和人物都是有史实根据的。作者的取材范围，除了以刘成禺的史学著作《太平天国战史》作为主要情节线索之外，还采用了《满清纪事》《太平实录》《南都新录》《取杭政略》等书记载的材料。此外，作者还参阅了当时已刊布的曾国藩的大事记、《杨辅清福州供词》《李秀成自述》等文献资料。

值得注意的是，黄小配在材料的取舍方面有自己的标准。他对以前的历史演义小说未能摆脱封建统治阶级的正统观点，表示极大的不满。他在自序中说：“后儒矫揉，只能为媚上之文章，而不得为史笔之传记也。”这是说，以往有些演义小说宣扬封建统治阶级的正统观点，实际上是向封建统治者献媚。他斥责那些“戕同媚异、忘国颂仇之辈”诬蔑洪秀全的太平军是“发逆”、“洪匪”，决心“扫成王败寇之腐说”，也就是要扫除“成则为王，败则为寇”的腐朽观点。因此，《洪秀全演义》所依据的材料，都是有利于表现太平军将士“奋然举义为种族争、为国民死”，“为英雄生色”。章炳麟的序言中关于历史演义小说选材立意的见解，是极为深刻的：

演事者，则小说家之能事。根据旧史，观其会通，察其情伪，推己意以明古人之用心；而附之以街谈巷议，亦使田家孺子知有秦汉至今帝王师相之业。不然，则中夏齐民之不知故国，将与印度同列。然则演事者虽多稗传，而存古之功亦大矣。

章炳麟这段话主要有以下几个意思：第一，历史演义小说虽然根据“旧史”，但旧史并不都是真实的，要辨别真伪，要有选择和取舍；第二，不排除“街谈巷议”民间传说；第三，表达了强烈的反清革命思想，指出小说的作用在于使田家孺子认识到异族的统治（当时的印度是英国的殖民地）。这些观点与《洪秀全演义》在材料取舍和创作宗旨方面是一致的。

我们且举几个例子说明作者对材料的取舍。如钱江这个人物，《清史稿》和清代笔记都有记载，不过是官僚雷以诚的幕客，曾为清军江北大营筹集军饷献策，为人狂傲不羁，后来被雷以诚杀害。但是，也有一些野史笔记称钱江担任太平天国的军师、大司马等要职。小说中的钱江，是一位诸葛亮式的重要人物，担任军师、大司马，为太平天国规划大政方针，写下洋洋数千言的《兴王策》，料敌如神，这些情节就见于《近世中国秘史》中的《满清纪事》一卷。作者把钱江作为小说的重要人物，在情节结构上仿效《三国演义》，并通过钱江的《兴王策》宣扬资产阶级民主革命思想，通过钱江的隐退表现太平天国败亡的原因。又如小说中多处描写太平天国与英、美等国的关系，二十五回照录《洪秀全致美国总统国书》等等，也见于清代记载。虽然小说中采录的《兴王策》十二条和致美国总统国书均系后人伪造，但也说明黄小配是有一定依据的（参见《中国近代史资料选编·重编说明》，三联书店1954年版）。再如第三十回“石达开诗退曾国藩”中，引用石达开的《答曾国藩五首》，最早见于梁启超的《饮冰室诗话》，前人已经查明，其实是高天梅写的。黄小配根据这五首诗，铺叙了一段绘声绘色、引人入胜的小说情节：

曾国藩看罢，不觉诧异道：“达开有文事而兼武备，其志不凡，我甚敬之！以大敌当前，而雍容整暇，其殆风流儒将乎？”遂传令，退军二十里，让石达开过去。塔齐布道：“达开穷而他窜，我复让之，朝廷其谓我何？”曾国藩道:“彼众而我寡，且达开虎将也，其部下皆能征惯战，实不易胜之；战如不胜，贻笑天下矣。况彼去金陵而过西川，使洪秀全失其羽翼，因而纵之，不亦可乎?”罗泽南亦以为然，遂拔寨退军而去。早有细作报到石达开军里，左右皆喜道：“清军避我矣，长驱而进可也!”石达开道：“不然！彼料势不如我，故示之以礼让；但吾军若到荆、襄，则胡林翼诸军必合而谋我，此时曾军将绕吾后夹击。我军若三面受敌，胜负之数固不可知。我不如亦示之以礼，转辗江西贯湖南绕道入川，有何不可?”遂令大小三军，改道入九江而去。(第三十回)

作者根据五首诗，增饰、装点成富于戏剧性的情节，刻画出曾国藩虚伪狡猾，石达开的雍容儒雅的大将风度，也使小说更加引人入胜。

总之，《洪秀全演义》是根据作者的创作宗旨取舍材料的。作者对材料的选择和处理，既为宣传反清革命、歌颂太平天国革命事业服务，又符合小说创作的艺术规律。

(二) 关于结构布局和艺术手法

《洪秀全演义》在结构布局和技法上明显汲取了《三国演义》《水浒传》的艺术经验，又有所创新。

鲁迅曾指出，《三国演义》之后，历史演义小说存在着一种“讲史之病”，这就是“拘牵史实，袭用陈言”(《中国小说史略》)。意思是说，一些庸劣的演义小说，通篇摘录、排比历史事件，用编年的平铺直叙的方法，存在着结构死板、冗长拖沓、语言枯燥乏味的毛病，写得“历史不成历史，小说不成小说”。黄小配在《例言》中评论《东周列国志》时说：“《列国》人物事体太多，笔下难于转动。”就是这个意思。

《洪秀全演义》在结构布局上是经过苦心经营的。

首先，作者以太平军的兴衰为经，选取一些重大事件和重大战役为纬，把重点放在金田起事和武昌、九江、南京、扬州等城市的攻守战，以及天京事件和北伐失败，陈玉成驰骋皖、鄂、赣，李秀成主持军政和江、浙用兵。作者有意详叙几个重大事件和重大战役，重点刻画敌我双方几个重要人物，其他则或略写，或一笔带过，达到《例言》中所说的“简而意赅”的效果。

其次，在情节安排上，作者有意仿效《三国演义》、《水浒传》，使情节曲折多变，波澜起伏，高潮迭起。如小说前八回，开篇“穆彰阿惑主”，犹如《水浒传》从高俅把持朝政写起；接着写道光皇帝听信丞相穆彰阿的谗言，一脚踢死太子琏，消息传出，引起两广“盗贼四起”、归安府钱江“沉机应变”，也有《水浒传》“乱自上作”的意思。自第二回至第八回群英结义、洪秀全陷桂平牢、韦昌辉杀妻后义释洪秀全、冯云山联合保良会、杨秀清夺取团练局等，也与《水浒传》三阮撞筹、七星聚义、宋江杀惜放晁盖、梁山小夺泊等，有明显的相似之处。又如，《三国演义》注意对历史事件的穿插剪裁，把头绪纷繁的史料，组织成一幅幅波澜壮阔的画卷。同样，《洪秀全演义》把战场分散、人物众多的错综复杂的革命运动，组织成一个有机结构，展现了它的兴起、发展壮大和逐渐衰亡的过程，写得波诡云谲，慷慨悲壮。

下面，我们从黄小配借鉴我国历史演义小说描写战争的艺术经验，并加以创新发展的角度，再作一些具体分析。

我国一些优秀的演义小说，特别是《三国演义》在情节处理方面，力求变换节奏，做到有张有弛，有时紧张激烈，有时悲壮动人，有时带有喜剧色彩，双方的胜利和失败、激烈交战和政治斗争的唇枪舌战交替出现，斗智斗勇，又文又武，使小说富有跌宕变化。

《洪秀全演义》的作者也深谙这种艺术辩证法。以林凤翔北伐为例，从第二十五回林凤翔被任为平北大都督起，到第三十五回在静海地区自杀，横扫六省，十战十捷，而重点则放在两个情节高潮：一是表现林凤翔老将神威、所向无敌的扬州之战，二是表现林凤翔壮烈牺牲的最后一战。中间还穿插了太平天国上层派别斗争、天京事变和石达开出走，衬托林凤翔顾全大局；还穿插李秀成多次打败清军，与林凤翔一南一北，相映生辉。经过作者这样的精心剪裁和巧妙穿插，内部政治斗争和战场两军激战相互转换，使情节波浪式推进。

从总的来看，这部小说是由一个一个的情节段落组成的，一个重大战役或重大事件组成一个情节段落，而几个较小的战役逐渐推向一个重大战役高潮。在重大战役之间，作者往往插入敌我双方态势的讨论，太平天国的政治经济措施，其他战场情况，以至传闻逸事等等，并不一味表现紧张、激烈的气氛和残酷、凄惨的厮杀。从艺术效果来说，这既避免了平铺直叙的毛病，又顾及了读者的欣赏要求。

为了使小说的情节起伏多变，作者有意使双方的胜败相互交替，清军中也有耐战的悍将，太平军名将也有失利的战役。在定都天京以前，太平军势如破竹，暴风雨般胜利进军，但小说也详细叙描了许多恶仗，如冯云山、萧朝贵先后死于向荣、曾国藩之手，就是小说重点叙描的情节。小说后半部，写太平军由盛转衰，但李秀成、陈玉成也打了不少使清军元气大伤的歼灭战。即使像林启荣守九江以失败告终，但也打得清军焦头烂额，战局几经起落。作者往往在一回之内，上半回写清军小胜，下半回写太平军大捷；或先写清军大胜，再写太平军也有斩获。有时先写太平军在甲战场大破清军，接写乙战场失利。我们可以看到，这都是作者精心处理的结果。

在战争场面的描写方面，《洪秀全演义》中的重大战役写得千变万化，各有特点，互不雷同。第四十回“罗大纲夜夺扬州府”和第二十八回“林凤翔夜夺扬州府”，都是“夜夺”，攻取经过却不同。林凤翔的对手是清军胜保的黑龙江马队和出名的悍将张国梁，非同寻常，而林凤翔也是“争功好胜”的大将。双方先在城外决战，林凤翔得手后，就率先攻城，亲冒矢石。罗大纲攻扬州，避开清廷钦差大臣托明阿的吉林马队，攻城则用智取，派亲兵百人混入城内，里应外合，一鼓而定。攻城方法的不同，显然是与刻画不同的人物性格相结合的。

晚清是近代新小说勃兴的时期，也是传统型小说向现代型小说初步转变的时期。《洪秀全演义》的出世，也体现了近代小说在技法上的进步。

明、清历史演义小说继承了讲史艺术的传统，在表现手法上叙述多于描写。具体说来，这类小说刻画人物，一般只叙述一个人物的行动、举止，描写心理、情绪的变化不多；反映事件，往往只叙述事件的来龙去脉，侧重故事性，很少有静止的场面描写，环境、气氛的点染也相当简省。《洪秀全演义》在继承传统的基础上，小说技法有变革，有创新，最明显的就是心理描写、场面描写方面兼容了西洋小说的技巧。如第三十二回写李鸿章从合肥到九江谒见曾国藩，谋求出路。他年轻气盛，以为功名即可到手。不想曾国藩故意轻慢他，先是沐浴，再是洗脚，把他长时间冷落在大营之外。他“暗忖在京为师生时何等投契，今一旦兵权在手，遂忘故旧耶？意欲逃去，忽转念他有什么原故……且远道而来，纵彼以轻傲相加，尽不妨骂他一顿。”他再次求见，很久不见回音，使他愤怒不能忍耐。小说接着写道：过了半天，里面才传出一个“请”字。李鸿章直进帐里，只见堂上只有三五人在谈天说地，指手划脚。忽然见到曾国藩还在洗脚，十分傲慢，李鸿章一言不发，拂袖而出。他走了十几步，只听见曾国藩讥笑他：“少年盛气非大人物也！”他听了如万箭攒心，竟掉头不顾，走出营门，曾国藩也不叫人出来挽留。下面一段描写也相当精彩：

鸿章出了营外，骑上牲口，且行且愤。自忖在京时与国藩何等投契，且蒙他以国士相许；今如此冷淡，薄待故人，试问你国藩有何本领，敢如此相傲！枉自己从前错识了他。想罢，仰天长叹。不禁又奋然道："岂俺李鸿章舍你国藩一席地，遂无出头处耶？"说罢，约行了数里，意欲奔回合肥，忽又转念道，"自己当初来时，诸兄弟曾以言相谏，阻我之行；奈自己功名心急，又看得国藩那厮太重，致遭此奚落？就令回去，何以见诸兄弟？"想到此情，不禁勒住了马。看看西山日落，暮烟四起，又不知往那里才好。正自着闷，忽见一个农夫迎面而来，鸿章便向农夫问投栖止……农夫道："……且此间曾帅有示，惧人侦探军情，故生面之人不准留宿……"说罢，飘然而去。

李鸿章又气又恼，踌躇了一会儿，忽见罗泽南策马而来，向鸿章大笑道："曾帅谓兄才具有余而养气不足，今果然矣。"鸿章一听，心上怒上加怒。忽回头自想，暗忖曾国藩如此相待，难道故意相弄以挫折自己不成？果尔，则自己如在梦中也，便向泽南问道："罗山此来，有何用意？"罗泽南道："奉涤公之令，专请足下回去。曾公向言足下头角太露，故为此计，何足下竟堕其术中耶？"鸿章听罢，不觉摇首叹道："何涤生反能戏吾耶！"泽南道："天下盛气之人，皆可以戏。何必多怪。"鸿章无语，便与罗泽南策马同回。(第三十二回)

这里写老奸巨滑的曾国藩看透李鸿章"功名心重"的心思，把他玩弄于股掌之上。李鸿章兴冲冲而来，先是疑惑，接着就是埋怨、愤怒，直至气急败坏，但又为了功名，忍辱含耻，自宽自解，甚至还有阿Q式的精神胜利法。作者用细腻的笔触，层次清晰地层现了人物的心理变化，把人物灵魂深处的隐微部分描写得历历如绘。很清楚，这里已经融入了西洋小说的技法，接近于现代型小说的写法了。

在传统的历史演义小说中，环境描写特别是自然景物描写相当简省，因为这类小说主要是以叙述故事为主的。《洪秀全演义》在这方面有了较大的突破。如写湘军"儒将"罗泽南被太平军击败，全军覆没，单骑落荒而逃情形：

且说罗泽南自败于冯文炳之手，军士伤亡降溃，已经散尽，只有单人匹马，望东而逃……羞愤交集，且行且愤。已近黄昏时分，但见荒山斜照，倒映疏林，一望皆山原田野，中间亦有农夫耕作，远地又见有些村落，已是炊烟四起。罗泽南停马，向农夫问路，叩以欲回武昌，将由何路前进。……农夫听罢，低头不语。泽南心中大怒，但以为此乃无知农夫，不必与较，仍催马而行，心中自念道："当初若终身研究理学，设帐授徒，当不至此。"正想象间，忽近一座短桥。泽南不知欲回武昌须过桥否，正自踌躇，回望又无人可问，便欲策马过桥。忽闻枪声响处，罗泽南竟跌在马下，即有一人从桥下飞越而出。罗泽南扬目一望，却是一青年童子，年约十四五岁。罗泽南道："汝尚年幼，即能为逆耶？"那童子道："我杀汝，未尝为逆也！"罗泽南尚欲再言，那童子复放一枪，罗泽南登时殒命。（第四十回）

这里的人物行动描写、心理描写和自然景物描写紧密结合，把罗泽南走投无路、死前顷刻间的心情放在荒山落日的环境氛围之中，行文细密，没有"说书人"的口气，极其逼真。这种新的描写技巧，说明作者开始摆脱传统的"说书体"的叙述方式，在章回小说旧模式中孕育了新的表现手法，呈现出近代小说由传统型向现代型逐步转变的迹象。

（三）关于人物形象的塑造

黄小配在"例言"中说，"读此书如读《三国演义》"，这是不无原因的。单从小说中的人物来看，作者说："钱江、冯云山、李秀成三人，犹武侯、徐庶、姜维也。"冯云山是金田起事最早的核心人物之一，善出谋划策，却先死战，就像《三国演义》的徐庶最早为刘备献计献策，却为侍奉老母很快离去；钱江中途加入太平军任军师，运筹帷幄，定都天京后隐退，就像诸葛亮；太平天国后期由李秀成支撑危局，就好像姜维。其他相似的人物形象还不少，如清军悍将鲍超，则俨然是《三国演义》中赤膊上阵的许褚。此外，本书前半部的洪仁发，粗鲁率直、鲁莽成性、快人快语，又何尝不是《水浒传》中的李逵呢？这说明作者汲取古代小说塑造人物的艺术经验，甚至有意模拟。由于这种模拟在整个小说进展中较合逻辑，不是情节和细节的生硬模仿，因而取得了相当的成功。

《洪秀全演义》在刻画人物性格、塑造人物形象方面，与古代小说相比，有着长足的进步。这主要表现在以下两点：

一是传统小说在人物出场时，人物性格往往"一次定型"，固定不变，缺少发展变化，形成人物塑造"类型化"的毛病。如《三国演义》抓住人物性格的基本特征加以突出和夸大，"诸葛亮智绝，关羽义绝，曹操奸绝"，贯穿全书的始终。《洪秀全演义》的作者刻画人物性格、塑造人物形象不取一次固定成型的写法，如洪仁发、杨秀清、林凤翔等人的性格都是发展变化的。

二是古代小说中的人物形象往往美丑判然、善恶分明，也就是"叙好人完全是好，坏人完全是坏"（鲁迅语），甚至优秀作品如《三国演义》也不例外。《洪秀全演义》在这方面有较大的突破。作者写出了人物性格的复杂性，对太平军将领以至洪秀全这样的领导人物，在表现他们的才略和优秀品质的同时，也描写他们次要方面的缺点、弱点，并不把他们写成“神”。作者对清军将领也没有一概丑化，能如实描写，避免了“脸谱化”。

洪秀全这个形象，就体现了人物性格的复杂性。在历史上，洪秀全创立“拜上帝会”，自称“天王”，这种教义本来就带有迷信和革命两种成分。在作者笔下，洪秀全是一个有血有肉的现实的人，原是不屑仕进的秀才，头上没有灵光圈。作为太平天国革命的领袖人物，他胸怀大志，腹有良谋，具有资产阶级民主革命思想的反清斗士。小说描写他在教会发表激动人心的演说：

洪秀全……就从国家大事上说道：“凡属平等的人民，皆黄帝子孙，都是同胞兄弟姊妹，各有主权，那里好受他人虐待？……况且朝廷无道，官吏贪庸，专事抽剥，待我同胞全无人理，岂不可恨？”说罢不觉大哭起来。（第四回）

他提出的起义纲领也很有远见：“不宜急说满、汉界限”，“先斥朝廷之无道与官府之苛民”，提醒同胞“外侮频仍”，反帝反封建的斗争矛头明确。定都天京以后，他采纳“熟知外国文明政治”的洪仁玕的意见，“参酌中西，改制政法”。他“勤政恤民”，为国事呕心沥血，每天数次议政，保护百姓利益，团结其他将领，具有很高的威信。他还大度能容，倾听不同意见。如在进军途中，采纳正确意见，放弃桂林、长沙，直捣清廷的心脏地区。又如他礼贤下士，在武昌、天京都举行考试，“度量颇为豁达”。当时的“江南名下士”李生呈上一副对联：

一统江山七十二里半

满朝文武三百六行全

这十八个字，讥讽“秀全坐守金陵，不思远取；又讥其在朝文武为不懂政治”，说得十分尖刻。当时“左右请杀之”，洪秀全则认为“匹夫不可夺志”，遣送李生回家。文献记载的太平军火烧孔庙、焚毁书籍等“经史文章尽日烧”的情况，在这部小说里一句也没有涉及到，而是处处叙描洪秀全号令全军，纪律严明，“秋毫无犯”。至于“天父天兄”、“妖魔”等迷信说教，在洪秀全口里也是一句也没有的。总之，黄小配塑造的洪秀全形象，是一个正面的、革命的领袖人物。

作者在描写洪秀全性格的主流的同时，还写出了洪秀全性格中的另一面。在金田起事后不久，洪秀全就暴露出“不忍之心”，“畏忌”杨秀清，步步忍让。太平军在广西时，杨秀清已有觊觎“九五之尊”的野心，洪秀全被迫答应将来“让其大位”。他见到新老将领之间、广西将领和广东将领之间的矛盾，就用“加封官爵”的办法缓和，结果“封不胜封”。他始终“不忍同室操戈”，杨秀清乘机得寸进尺，最后酿成了空前惨烈的自相残杀的悲剧。其次是“笃于兄弟之情”，包庇安、福二王（即洪仁发、洪仁达）。太平天国后期，安王、福王徇私贪财，进谗妒贤，滥施淫威，使朝政严重混乱，但洪秀全“惟念亲亲之义，不加罪责”，使各将怨愤，加速了太平天国的败亡。第三是定都天京以后，“以金陵为根本，不思远图”。他只关心天京的安全，“一闻有警”，就急调各路将领回京，使各地清军有了喘息的机会，太平军用鲜血换来的土地得而复失。清军也利用了这一点，往往在关键时刻派少量兵力佯攻天京，使太平军诸将来回奔波，“徒劳往返”，感叹“今番出军，又成画饼矣！”由于“猜忌”心理作怪，如果太平军诸将稍有迟疑，洪秀全就指斥他们有“异志”，无端地怀疑他们不忠。作者对洪秀全忍让杨秀清的“逼封”充满了同情，对洪秀全容忍其兄飞扬拔扈则表示惋惜，对洪秀全不图进取的保守政策又深感痛心。

《洪秀全演义》塑造了一个性格比较复杂的洪秀全形象，但下笔很有分寸。作者摒弃了一些历史文献和野史笔记中有损于洪秀全领袖形象的记载，如宗教迷信、生活腐化、退居深宫不理朝政、多疑猜忌等等，从自己的创作宗旨出发，合理安排情节和人物的关系，对洪秀全作出了高度评价，又并不讳言他的性格中的缺点、弱点。前面我们说过，黄小配反对描写人物“褒贬过于渲染”，他的创作实践证明了这一点。太平天国革命如燎原之火，燃遍了大半个中国，如果没有洪秀全这样顺应时代潮流的、有先进思想的、有威信的领袖人物，则是不可思议的；如果把洪秀全写得十全十美，那么太平天国后期上层领导集团的内讧、朝政紊乱的情况就无法解释了。

《洪秀全演义》描写清军将领，也不同于明、清演义小说“好人完全是好，坏人完全是坏”的写法。小说责备一些清军将领身为汉人，不明“民族大义”，为虎作伥，为清廷卖命，但在具体描写中，却是各有不同，没有一概加以丑化。这部小说描写的清军将领，大致可分三类。一类是太平军最凶恶的敌人，如湘军首领曾国藩、左宗棠、胡林翼和淮军首领李鸿章等人，突出他们的虚伪和残忍，在写他们的才能和学问时，字里行间透出嘲讽和贬斥。第二类是清军悍将鲍超、张国梁等人，写他们勇悍善战、治军有方，又暴露他们凶残嗜杀、抢掠民财、奸淫妇女等罪恶。第三类如浙江巡抚王有龄、铜陵守将赵景贤、江西巡抚严树森等人，称赞他们的政绩，自奉俭朴、关心百姓的疾苦之类。对清军战将江忠源、李续宾等人，称道他们能尽忠“殉难”，严于治军，智勇果决。总之，作者对清廷大臣和清军将领，能如实描写。

在作者的笔下，满族大臣和将领，既有无德无能之辈，也不乏有谋有勇的“能员”。如多隆阿与鲍超齐名，号称“多龙鲍虎”：僧格林沁以凶狠残忍著称，在战场上手段恶辣。许多满族“能员”足以成为太平军的劲敌，并不都是一触即溃、不堪一击的乌合之众。作者这样如实描写，显然是意识到以往的历史演义小说描写人物的不足，避免类型化、脸谱化的毛病，塑造出各具个性的、丰富多彩的人物形象。作者写清军中“能员”的能征惯战，也是为了反衬太平军将士的英勇无畏。从全书布局来考虑，太平军定都天京以后，与清军“胜败无常”（陈玉成语），如果把清军将领写得过于腐败无能，就无法解释北伐失利和汉阳、武昌、九江等地相继失守。

从上面的分析，我们可以这样说：《洪秀全演义》的一个重要贡献，不仅如实描写太平军的对立面——清军将领，而且写得丰富多彩，各有不同的面貌，具有鲜明的个性特征。就拿湘军首领曾国藩、左宗棠来说吧，这是两个有着相同特点的人物，他们功名心重，摆出“道学”的架势，儒家的忠实信徒，但我们很容易把他们区别开来；他们都是作者所嘲讽和贬斥的，但他们的言行比较符合情理，人物形象也相当真实。

先看曾国藩。此人号称“知人善任”，也就是善于用人，其实是处处控制他人，妒忌同僚的才干；他一开口就是仁义道德，实际上是心怀叵测；他几次被太平军追杀而处于绝境，口称忠臣理当“尽节”，甚至装模作样地写下了“遗书”，内心却十分恐惧，扔下残部只身逃窜。比如他嫉妒二弟曾国荃的才能，以“在家尽孝”为名，千方百计阻挠曾国荃出仕。他对亲弟尚且如此，更不用说对同僚了。又如他在湖口战败，“计各路合计不下五万人，所存不过数千，损兵折将，何以见人，又不知何以奏报。不如煞性做个梗直，报称全军覆没，仅以身免。”作者深入刻画曾国藩的内心世界，用人物的心理活动和一言一行，撕下他“道学”的伪装，可说是入木三分，形神毕肖。

再看左宗棠。他是个急于功名的“后进”之辈，其性格特点是恃才倨傲，又充满投机性。他“不肯向人叩头，不肯向人递手本”，傲视一切，又受到曾国藩的排挤、压制，自叹不得做官。后来由胡林翼保举，襄办皖南军务，很快就独当一面。他自恃才高，急不可耐地要施展才能，甚至上书洪秀全，劝洪秀全“尊崇孔子”，投机没有成功；在江西，他被太平军侍王李世贤包围，正当走投无路之际，得知曾国藩十路救兵赶到，就借救兵之力，乘机赶杀太平军二十里而回，结果“自贪小功致纵大敌”，却还要邀功请赏。

上面我们说过，明、清历史演义小说中的人物性格，往往是一次成型后固定不变的，而《洪秀全演义》则突破了这种写法，有些人物的性格是有发展变化的。现在我们以洪仁发为例，来说明作者在刻画人物性格、塑造人物形象方面又一个新的尝试。

洪仁发是洪秀全的长兄，在第二回“群英大结义”时就出场了。起义之前，他本是“赤着双足，头戴蓑笠，手挽犁锄，气象粗豪”的菜农。他“性情憨直，却怀着一副热忱”，表现出一个农民的淳朴。在小说前半部，他虽然“卤莽任性”，但是“性本率直，却是个天真烂漫的人”。太平军将领对他寄予厚望，对他的性急、任性、无礼的举动予以宽容。后来，他不守纪律、喜欢奉承、与人争功的弱点就暴露出来了。第十回写他与人争功，率军前去降服富川盗贼首领张嘉祥（此人即是后来的清军悍将张国梁），鲁莽误事，酿成大错。他既无才能，又无战功，只因是洪秀全的长兄，就被封为安王。此后，他与洪仁达（洪秀全次兄，封福王）渐渐不听指挥，变得桀骜不驯，性情也越来越“悍暴”，破城后竟滥杀无辜居民。杨秀清与韦昌辉互相残杀、石达开出走以后，洪仁发“性情大异”，变得飞扬拔扈，拥重兵驻卫天京，“只是揽权恃势，妒忌功臣”，大肆贪污，结党营私。他对其他将领无端猜忌，动辄诬告其他将领有“异心”，淫威用事，使得人人自危。太平军将领蒙得恩说：“亡国者，其安、福二王乎！”安王洪仁发、福王洪仁达等广东派相互勾结，成为瓦解内部团结、使太平天国革命走向衰亡的重要原因之一。

作者令人信服地写出了洪仁发这个人物性格发展变化的逻辑：内在原因是他原有的性格上的弱点，随着地位的升高，妒忌和私欲恶性膨胀；外在的原因是他目睹杨秀清广树党羽，暴露出夺取最高权力的野心，已经威胁到洪秀全兄弟的地位，于是他对其他握有重权的异姓将领一概猜忌。此时的洪仁发，已经不是作风朴实、性格率直的菜农，而是生活腐化、为人阴险的安王了。作者在“例言”中说：“是书上半截写洪仁发却好，后半截却不好，何也？盖仁发为受和受采之人，初时何等天真烂漫，其后殆不如矣！得毋观杨秀清之举动，有以变其心志耶？”这段话有两个主要意思：首先是说明了洪仁发性格发展变化的依据，其次是说明了人物性格的流动变化是小说情节发展的必然结果。

《洪秀全演义》在思想内容上冲破了旧的传统观念，在艺术上既继承历史演义小说的优良传统，又在表现手法方面有创新、有发展。我们认为，这也正是这部小说的思想和艺术价值所在。